忠孝为经　奇事为纬

与世道人心总有裨益

徐哲身

武侠小说

孝侠酬恩记

徐哲身 著

中国文史出版社

目　录

刘　序 ……………………………………………………… 1

自　序 ……………………………………………………… 2

第一回　全身绝技荡子偷香

　　　　满口甜言佳人受骗 ……………………………… 1

第二回　爱河愁起浪问计刁鬟

　　　　情海惧生波推恩黠婢 …………………………… 9

第三回　苦命女三更惊噩梦

　　　　慈心娘一笑恕亲生 ……………………………… 17

第四回　弄假成真褙衣防女盗

　　　　喜新厌故衔鸟获娇妻 …………………………… 25

第五回　锦上添花凤凰出世

　　　　雪中送炭麋鹿行医 ……………………………… 33

第六回　含血喷人强凶如黑煞

　　　　饮鸩止渴弹泪做红娘 …………………………… 41

第七回　死难瞑目黑夜投环

　　　　生不逢辰青年守节 ……………………………… 49

第八回　眼前惊怪影劝主安心

　　　　鼻内现奇光累妻授首 …………………………… 57

1

第 九 回　看轻红拂易服私奔

　　　　媲美缇萦上书乞赦 …………………… 64

第 十 回　山骸川血大败官兵

　　　　花貌雪肤分编匪队 …………………… 72

第十一回　糟蹋夫人临时劳侑酒

　　　　成全淑女当众吃交杯 …………………… 79

第十二回　救僵尸无端诛兽怪

　　　　避侠女不幸遇人妖 …………………… 87

第十三回　母夜叉飞叉丧命

　　　　神弹子击子亡身 …………………… 95

第十四回　清风岭剑仙聚会

　　　　赤石岗侠客求和 …………………… 103

第十五回　掩耳盗铃金龙献诡计

　　　　存心窃箭小虎失芳踪 …………………… 111

第十六回　彬彬有礼一揖窃衣箱

　　　　脉脉含情两番赠路费 …………………… 119

第十七回　柳下惠坐怀不乱

　　　　孟尝君着手成春 …………………… 127

第十八回　关山难越谁悲失路之人

　　　　萍水相逢尽是他乡之客 …………………… 135

第十九回　阶下囚翻为座上客

　　　　刀头肉竟作意中人 …………………… 142

第二十回　发热昏羊郎生笑病

　　　　说冷语牛姐受笞刑 …………………… 150

第二十一回　异想天开刀尖炫处女

　　　　奇谈海外剑底匿痴人 …………………… 158

第二十二回　闹笑话错认狐仙

　　　　抱不平代惩狗贼 …………………… 166

第二十三回　巧匠弄玄虚传代孤孀传代娼

　　　　　　名姝甘服侍有时小婢有时娘 …………… 174

第二十四回　画容貌禄位长生

　　　　　　闻姓名魂灵出窍 …………………………… 182

第二十五回　恩仇夹杂窘煞迂儒

　　　　　　因果循环惨遭刺客 …………………………… 190

第二十六回　寻义女老先生仗义

　　　　　　审官司新大令辞官 …………………………… 197

第二十七回　入竹阁劫印辱妖姬

　　　　　　游兰亭题诗避少妇 …………………………… 205

第二十八回　收门徒勉释冤家

　　　　　　遇伙计误传噩耗 …………………………… 213

第二十九回　蓄心作妓妻妾爱风流

　　　　　　举目无亲仆从叹星散 …………………………… 221

第 三 十 回　避重就轻肩上惟添一点

　　　　　　改邪归正胸中尚惧三分 …………………………… 229

第三十一回　见财起意乳母记前仇

　　　　　　送礼上门奸商交大运 …………………………… 236

第三十二回　违父命辩明公理

　　　　　　报娘仇放弃私恩 …………………………… 244

刘　序

二十余年前，识诗人徐子哲身于吴中，扪虱谈心，不修边幅，即知其非庸俗流也。厥后数数过从，遂相友善。

间尝出其所著各种小说见示，思想玲珑，文笔超脱，用以下酒，沉闷顿消。盖其擅长此道，自幼即然矣。

其最足动人听闻、使人颠倒者，以《红灯照》小说中回目"温旧梦神女会襄王，昵新欢杨妃收义子"一联，句斟字酌，对偶工整。以故作小说之名益噪，直与清初之李笠翁、清末之李涵秋诸先进相颉颃。

近复新著《孝侠酬恩记》，凡三十二回，都三十万言，洋洋洒洒，端庄流丽。罗举清代剑侠源流、朝野逸事，历述繁文缛节，杂以种种趣闻。恍如身入银幕中，倏忽变幻，出人意表，殊有一揭惊人之概。行文造意，尤足醒睡解颐。记故事于新文之中，令人百读不厌。正如杜工部诗，无一字无来历者，有裨实学，无乖体裁。徐子呕心之作，于此可见一斑。

吾知是书出世，纸贵洛阳，作小说书读可，作历史书读亦无不可，诚洋洋乎大观矣。苟读此书而不击节称赏者，是无目者也。

喜为序。

天台山农序于南湖寄庐

一九二九年十月

自　序

　　五年前，予友叶劲风氏，曾一度主编商务印书馆之小说世界，月出四期，每期销数可达八万册有奇，一时海上之著作名家，无不搜入珊网，洵空前绝后之大观也。其时鄙人亦属投稿之一，某期刊登拙著之恩仇短篇，篇中所记，即《孝侠酬恩记》之大意。稿凡八千字，短篇中之长文字，当以此稿为最。出版日，无论识与不识鄙人者，接踵见访，蜗居一椽，竟至无容足之地。

　　时姬人粉蝶，方患河鱼颇剧，受惊过度，几至不起。某日昏沉中，尚发呓语曰：呜呜者众，又猬集吾榻畔矣。经予数四慰解，仍闭目摇首示意，一若阮氏之作无鬼论时，众鬼索命，一带花墙，挤至倾圮也。是日情态，正复如是，今日追思，可气亦觉可笑。迨姬人病愈，尚有姊妹行，假问病为由，络绎而至。至所访何事，盖为《恩仇记》中白凤凰之婚姻一事，俨如世人阅《红楼梦》者，凡见黛玉之不能嫁怡红公子，无不代抱不平，非将宝、黛联姻，而始大快人心也。

　　拙作固无价值，而能轰动世人如此，亦为鄙人初料所不及。

　　近日时还书局主人，丐予编一武侠说部，予偶忆及前事，拟将《恩仇》篇中未尽之意，推广至数十万字，使世人向之欲求而不得者，今日得以饱其所欲焉，主人亦赞是议。予乃挥汗撰稿，经时二月，书成，惟分四集，陆续出版。此集乃其首也，主人索序于予，予即以此事始末，示之世人。即以为序。

剡溪养花轩主序于申寓之养花轩次

一九二九年八月一日

第一回

全身绝技荡子偷香
满口甜言佳人受骗

诗曰：

> 武侠如何香艳名，英雄儿女自多情。
> 安良除暴犹余事，惯打闺中抱不平。

大凡做小说的，须具两种资格，第一种是读万卷书，第二种是行万里路。读书多的，学问关系，做出来的东西，既有根基，自无俗笔；行路多的，阅历关系，做出来的东西，既有材料，自少浮文。不佞对于第一种资格，十年灯火，不善文章，惭愧得很，对于第二种资格，二十载江湖，稍有闻见，尚可敷衍。因此之故，阅者专注重拙著的事实，至于笔墨欠缺一点，都肯原谅几分。不佞却也不敢自暴自弃，辜负阅者爱护我的盛意。

这部书中所取的资料，乃是逊清同光年间许多女侠的奇闻逸事，内中尤以一个绰号唤作白凤凰的事迹，非但贤孝可风，而且香艳无比。现在就从她的祖上写起。

她的祖父，姓白名羽，原籍湖北孝感县人氏，他由军功出身，年才三十，已经做到安徽寿州镇台之职。只因从前打过一场败仗，不敢复命，要想自尽，亏得一位道号无忧老人的剑侠相救。后来得法之后，每思报恩，无奈打听不着这位剑侠的下落，不能如愿。及至到了镇署，屡次出过赏格，令人四处打听。又过数年，仍无消息。

那时正值寿州邻境发现大股土匪，势甚猖獗。白镇台守土有责，只好先顾国事，暂把私恩的事情搁过一边。

有一天，白镇台接到镇署密探报告，说是不日即有大股土匪要来占据寿州城池。白镇台一得此信，当然调兵遣将，亲自巡城。岂知那班悍匪，来得比较司马懿还要神速，一夜之间，竟将寿州东南西北四门，围得水泄不通。土匪人数共有二万以上，白镇台手下的兵丁呢，除了分防出去的不算外，城内仅剩千人，兵少匪众，万难抵御。幸而白镇台还是一员战将，心里虽然惊慌，面上尚能镇定，一面劝令百姓帮同守城，一面飞禀皖抚发兵救援。不料援兵犹未到来，城池已被土匪攻破。

白镇台到了此时，自知失守土地，就要军前正法，同是一死，何不自尽，还可博些恤典。他打定这个主意，于是真的把心一横，瞒过他的娇妻爱子，急取一杯毒酒。正待向他口边送去的当口儿，陡见对面屋上，扑地飞来一块瓦片，不偏不正，可巧打在他的手上，那杯毒酒，早已倾得满地都是。同时又见屋上跳下一个人来，蹿至他的面前，对他朗声说道："白大人，莫非又想尽忠不成？"

白镇台一听此人声音极熟，赶忙定睛一看，不禁又惊又喜。你道此人是谁？

原来正是白镇台日日夜夜要想报恩的那位无忧老人。白镇台此时也不及叙话，急向老人长跪求救道："长老快快大发慈悲，先救全城百姓要紧。"

只见老人一面将他扶起，一面哈哈大笑地答道："老朽此来，正是为的寿州百姓。"

道言未毕，只见他已飞身上屋，将口一张，吐出一道白光。闪了几闪，连同他的人影，早已不知去向。

白镇台久知他的剑术厉害，一定能够收拾这班土匪，当下也想亲自出马。谁知他还没有披挂齐备，忽见他的那位娇滴滴的夫人，拖着他的那个七八岁的儿子，两脚三步地奔至他的面前，一把将他狠命抱住，上气不接下气地说道："老爷性命要紧，万万不可出去。"

白镇台听了，顿时装出勇气百倍的样儿答道："夫人不必这般样子，你难道还不晓得无忧老人的本领吗？"

他的夫人仍旧拉着不放，口里又说道："老人本领，妾原知道，老爷若要亲临险地，妾真害怕死了。"

白镇台发急道："夫人快快放手，我若不趁此出去，将来的功劳，怎么能够加到我的头上来呢？"

他的夫人听到这句，方始将手一松，让她老爷前去立功，自己也赶忙奔出大堂，钻进镇署的吹鼓亭内，拼命地击鼓助威。因为她也姓梁，她想学那古人梁红玉的故事，这且丢下。

单讲白镇台当时出得衙去，隐身朝外一望，只见多如蚂蚁般的土匪，正像潮退般地各自逃命。白镇台见了这种情状，忙又抬头一看，果见空中有疾如飞电的一道白光，跟着逃命的那班土匪追击。白镇台此时胆子愈壮，急忙上马杀贼，他的两耳之中，同时又听得他的夫人在吹鼓亭内的击鼓声、那班土匪们的奔跑声、百姓们的助威声、几个老弱残兵们的放枪声，再加上那些妇女们的逃难声、小孩儿们的啼哭声、街犬狂吠声，以及他自己所骑的马的蹄声，一时闹得烟瘴雾气，反将他的锐气减了下去。他在马上又转折一想："我是万金之躯，如何夹在此中？好在既有这位长老的神剑在此替我杀贼，多了我一个人，于事无补。"他这样一想，忙又一马奔回衙门。

谁知街上的那班老百姓们，看见这位镇台雄赳赳地骑着高头大马，忽而奔去，忽而奔回，这样地驰驱疆场，为民杀贼，谁不称赞白镇台是个好官？不到一刻，全城的土匪早已统统逃光。无忧老人反比白镇台先进衙内。

此时白镇台夫妇双双地真把老人当作救命大王，白镇台一面办

3

了公事，自己请功，一面力恳老人留在衙内，教授他儿子秋练的剑术。又知老人不喜做官，乐得功归自己，不必保他，除了口头恭维之外，也送不少的金银，作为酬劳。老人哪里肯受？推来推去，仍是白镇台收了进去。

无忧老人因见白镇台说得恳切，本来也想传授秋练公子的剑术，后来看出秋练小小年纪，心术已不纯正，于是仅教武艺，不授剑术。白镇台夫妇虽不满意，倒也不敢相强。

秋练一学十年，业已成就，老人也久静思动，要向四海云游。白镇台挽留无效，只得备酒饯行。

老人就在席间郑重地对白镇台说道："老朽也与大人有缘，两次相遇，宾主尽欢。现在老朽就要远别，后会难期。临别赠言，大人须要注意。"老人说着，又指着秋练续向白镇台道："我这徒弟的本领，除了剑术以外，凡我所有，无不学会。不过我看他聪明太露，很是担忧，以后大人切宜严加管束，不要使他离开身边才好。"

白镇台不知老人话中有话，自然不在心上。当下随口敷衍几句，带同儿子，亲自送出十里长亭，珍重而别。

白镇台回衙之后，因为只有这个儿子，如何肯去管他？秋练因此便成没缰之马，四处闲游，嫖赌吃着，门门都来，尚是小事。还要调戏良家妇女，不顾人家名节，人家见他一则是现任镇台的公子，二则是身怀绝技，无论讲理动蛮，一样敌他不过。无耻的人呢，索性拍他马屁，弄些遮羞之钱；要脸的人呢，只有携眷他去，以避其锋。秋练自己呢，自从学了武艺之后，如虎添翼，当然无所不为。至于他的师父临别的良言，早已忘得干干净净，这也是命中注定之事，虽有无忧老人提醒他们，也是枉然。

这天，秋练又到街上闲逛，偶然经过一家绅士门前，忽见对头来了一乘轿子。内中端坐着一位如花似玉的二八佳人，抬到这家门口，停了下来。这位佳人出轿之后，却不马上入内，反带着一个美

4

貌无伦的大丫头，一同站在屏门背后，闲看街上的景致。秋练本是个色中饿鬼，一见这位天仙般的小姐，还要添上一个美婢，你想想看，这还了得？于是他的那双尊目，只向那位小姐脸上盯着尽看，一丝也不转动。那位小姐一见有人定睛看她，方才把脸一红，躲了进去。

秋练直待那位小姐的影子望不见了，始向闲人打听这位小姐姓甚名谁。有人认得他是镇台公子，谁不凑趣？便老实告诉他道："这家姓丁，他们老大人在日，也曾做过一任知府。膝下无儿，只有这位小姐芳名叫作圆珠，今年一十六岁。可惜已经许与本城典商羊安庭的儿子羊青阳了。"

秋练听罢，回至衙内，一个人暗忖道："世间真有这般美女，我今天晚上，何不用出我那飞檐走壁的功夫，做个韩寿第二，有何不可？"

秋练想毕，忙去傅粉薰香，换上一身新衣，等到半夜，悄悄出了衙门，来至丁家后园，飞身上屋。绕到正厅屋面，站定脚步，急向四处一望，看见第二进楼房一带很精致的雕窗，虽然静默地闭着，但从窗格子中看去，里面隐约悬着几幅湖色绣花的纱帘，窗槛上面，还摆着几盆鲜花。这般布置，心知必是小姐的凤阁。他就趁着星月之光，飞快地走近楼窗口的屋檐上面，轻轻地卸下一扇窗子，钻身入内。走到绣榻前面，揭起帐子一看，只见圆珠小姐一个人鼻息齁齁地拥衾而卧，正在好梦方酣，一时不至醒的。

秋练此时早已色胆如天，若在别份人家呢，他本可以用强，现在对于圆珠小姐，一则知她是绅士的千金，须要替他们留点儿脸面；二则又因这位圆珠小姐，真个长得太美，若是用强，殊非怜香惜玉的行为。不过要她醒来，情情愿愿地失身于人，这也是万办不到的事。秋练想至此地，他便拿出稍许闷香，弹入圆珠小姐的鼻孔之中。当时只见圆珠小姐一个喷嚏之后，越加沉沉地睡熟。可怜这位圆珠小姐，一朵未开苞的鲜花，就在此时，已被秋练用了迷药，不费吹毫之力，容容易易地采了去了。

秋练如愿以偿之后，他还不肯罢休，又把圆珠小姐的罗衫绣裤藏过一边，布置已妥，方才去呷了一口凉水，喷在圆珠小姐脸上。

圆珠小姐猛然惊醒转来，突见自己枕边并头而睡的有一个美貌男子，同时又觉已经失身，这一吓还当了得？本想大喊起来，复又转折一想，要顾颜面，反而含羞忍辱地问着秋练道："你是何人，怎么这般胆大，难道不怕王法的吗？"说着，咬牙切齿地尽管瞪着秋练。

秋练听了，微笑着答道："我就是镇台公子白秋练，因爱小姐美貌，故敢冒犯小姐，千万要求小姐原谅。至于'王法'二字，不要说既有我父亲面子，官官相护，又有我这全身本事，何至到我的身上？就令因此犯了王法，我是为了小姐而死，这也情愿，决不懊悔。"

圆珠小姐听罢，更是泪流满面地呜咽道："你既是存心害人，叫我还有何说？不过我乃千金之体，又是清白之身，今天被你如此糟蹋，我无非一死了事。"说完，急想起来寻死。谁知一看自己身上这种形状，羞人答答地如何可以下床？跟着长叹一声，默默无语。

秋练却已知她可欺，忙又对圆珠说道："小姐已经失身于我，木已成舟，闹了出来，彼此都没有颜面。好在我还没有定亲，小姐何妨不嫁姓羊的呢？"

圆珠小姐这人本来老实，一见事已至此，果如其言，从一而终，还可遮羞。况且堂堂镇台公子，也不辱没丁氏门风。想到这里，不由得再问秋练道："你真能够心口如一，我始有命。但是羊家面上，又怎么办理呢？"

秋练道："小姐不必担心，商不与官斗，这句本是古语，这事只要我去征我母亲，转商家父，况而我们堂上二老只有我这一个儿子，没有不答应的事情。"

圆珠小姐听结道:"我这个人,一则向来是长厚出名的,没有主见;二则既已失身公子,公子或者不至于负我。但是我的一条性命,悬在公子手中,此事若成,还好补救,否则只有一死。但是死了,还没有面目见我亡父呢!"

秋练道:"小姐可以一万个放心,小姐要晓得我是真正爱慕小姐的容貌,方有这场事情发生。我难道肯把我这个爱人置诸不顾的吗?"

圆珠小姐听至此地,方才把心放下一半,又一个人想前想后地想了半天,只有此法比较略胜一筹,始答秋练道:"公子叫我放心,叫我如何放得下来?现在唯有听天由命,但望公子那面快快请人先来代伐。至于家母面前,如何办法,方能使她老人家肯向羊家退婚?这个主意,也要公子去想。"

秋练听了急答道:"当然,当然,小姐尽管高枕无忧就是。"说着,又向圆珠动手动脚,尚思歪缠。

圆珠一见秋练只贪欢乐,不在正事上面着想,不禁发恨道:"时已不早,公子可以回府去了。"说着,忽见一片月光,直从窗子外面射进,照得戈微毕现。圆珠陡地粉颊一红道:"公子做事真是荒唐,你看,你将窗子大开,还不快去上好,万一有人瞧见,那还了得?"

秋练听了,赶忙就此跳下床去,去上窗门。

圆珠一见秋练那个样儿,又把她羞得连说:"该死该死,你也是一位堂堂公子,如此行径,真成下流了。"边说,边将她的身体躲入衾中去了。

秋练上好窗门,仍想再睡下来。圆珠急把被头用力裹紧,拼命地也不准秋练再来同衾。秋练如何肯依?于是一个抗拒,一个软求。圆珠哪有秋练的气力?可怜喊又不敢出声;不喊呢,自己就要失败,真正一时没有法子,只得呜呜地哭了起来。

谁知她这一哭，早有一个人被她哭醒，赶忙两脚三步地跨到圆珠房里，那人睡眼蒙眬，陡见一个少年男子站在小姐床前，当然又羞又吓，几乎喊出声来。正是：

　　　　春色已从帷外露，羞云应向颊边堆。

　　不知此人是谁，且听下回分解。

第二回

爱河愁起浪问计刁鬟
情海惧生波推恩黠婢

却说进来这人非别，就是圆珠身边的大丫头春梅。春梅还比圆珠大着两岁，非但容颜长得俊俏，而且心地十分玲珑。圆珠爱她聪明得用，面子上虽是主仆称呼，暗底下实与姊妹无异。春梅却也能受抬举，对于圆珠这人，真是尽心服侍，毫无二意，圆珠偶有病痛，她便衣不解带地替她熬汤煎药；圆珠偶尔心烦，她便口不停声地代她解闷消愁。圆珠有了她在身边，连她娘的楼下都少去了。

原来丁太太本是住在楼上的，她的卧房设在圆珠对面，后来因为丁老爷逝世以后，遗下偌大家财，当然需人经理。住在楼上，照顾不到，又见春梅服侍小姐，既能如此贴心，因此移居楼下。

春梅睡在圆珠套房，每天白天，总在外房陪伴小姐，必至深夜，方才回到自己套房去睡。这几天忽然听见有人说起，她的那位尚未过门的羊姑爷行为既是刻薄，品貌又极平常，她自从听到此言，心里就替她的小姐发愁。但是姻缘前定，无可挽回，所以也不敢就去告知小姐。她的心里呢，但望小姐嫁了过去，新姑爷的行为也可以随时劝好的，行为若能劝好，至于相貌平常一点儿，那就不成问题了。谁知就在那天白天，她跟着小姐上坟回来，小姐既要站在屏门背后闲看景致，她自然只好陪着。后来看见一个美貌公子站在她们大门前面，把眼睛盯着看她小姐，她就连带想到羊姑爷身上，她想：

"我们小姐的相貌，活是一个美人，譬如我们羊姑爷的品貌也能和这位公子一样，岂不是天生的一对儿佳偶？"她刚刚想到这里，又见她的小姐忽然将脸一红，急急忙忙回到楼上，她自然只好跟了上楼，她心里的念头，也就因此打断。

这天晚上，她伺候小姐睡下之后，回至自己房内，躺在床上，复又思潮陡起陡落，胡思妄想了一阵，方才沉沉睡去。正在好睡的时候，忽在睡梦之中闻着她小姐的哭声，因为她心上只有这位小姐，所以精神贯注，略有动静，就能钻入她的耳内。不然，是任你敲锣击鼓，恐怕也闹她不醒呢。她的套房内，素来是不关闭的，以备小姐夜间随时呼唤，便好立刻出来服侍。此时她一听见小姐呜呜之声，自然马上奔了出来。及入小姐房内，忽见一个标致少年站在床前，她一面虽然羞得没有地缝可钻，一面却在转动她那敏捷的脑筋，以为此人必是她小姐的情郎。

她既认是小姐的情郎，反把她的羞容和缓了好些。她当下急奔到圆珠的床上，俯了身子，咬着耳朵地安慰圆珠道："小姐不必害怕，我春梅蒙小姐的厚恩，情同姊妹，岂肯去坏小姐的名誉？不过小姐的嘴巴也太谨慎了，行事也太秘密了，其实何必瞒我呢？此人究竟是谁，平时从何而入，倘到天亮，又怎样出去？我说一人没有二人之智，小姐快快告诉我，使我也好放心。"

圆珠起先一见春梅突然而至，心里也甚惊慌。及见春梅只有羞容，并无坏意，已经放心一半。此时又被春梅这般一问，自己反受了不白之冤，顿时又羞又急、又气又怨，虽有万语千言，一时又无从说起。可怜她只急出了一句说话道："你快先叫白公子回去，我和你慢慢地再说。"说着，东方已将放白。

秋练此时也已看出春梅定是圆珠的心腹，绝不至于来坏好事，且先一面穿上衣服，一面始向圆珠说道："我此刻就遵小姐之命，暂时回衙，等得晚上，再来可好？"

春梅听了，不待圆珠答话，自己做主，急对秋练说道："我看此刻天已将亮，路上必有行人，出去反而不便。还是索性等到晚上出去，来得稳当。"

秋练听了，微笑着答道："你这位姊姊，可认得我是谁?"

春梅听说，仔细朝着秋练脸上一望，不禁失惊道："你不是昨儿白天站在我们大门口的那位公子吗?"

秋练听了，又边含笑点点头，边答道："是的，姊姊不知我的本领，自然有些害怕，这也难怪姊姊。"说着，便去开了窗子，一壁一脚跨出窗子外面，站在屋檐之上，一壁又对春梅说道："姊姊，快看我的绝技，自然放心了……"

言犹未毕，只见他嗖嗖几个箭步，已由屋上蹿到后花园外，真个捷若猿猴，轻同飞燕，转瞬之间，形影全无。

春梅此时反而呆若木鸡，惊骇不止，一个人只是望着天空，痴痴地在那儿出神。还是圆珠睡在床上，看见秋练已走，急对春梅说道："他已走了，你一个人还在呆看什么? 你快关上窗门过来，我有事情。"

春梅听得她的小姐叫她，方才如同梦醒，将窗关好，回到床上又问道："此人究竟是谁? 小姐怎么称他是白公子，怎有这般本事?"

圆珠听了，且不答话，先令春梅速在橱内取了一身衫裤，私在被中悄悄穿好之后，始命春梅卧在外床，一五一十、半句不瞒，把昨夜的事情一齐告诉了春梅。

春梅听完，先在肚里想了一会儿，方问圆珠道："这么小姐可曾向白公子要了什么信物没有呢?"

圆珠愕然道："这倒没有，他既说定托人就来求婚，何必还要什么信物?"

春梅听了，连连地摇着头道："如今时世，口是心非的人很多，只要一达了他的目的，任你死活，他也不顾的了。白公子虽是官家子弟，或者不至如此，但也不可不防。"

圆珠听到这里，吓得大变其色地道："他果口不应心，从此把我

11

置诸脑后，这是我只有一索子吊死的了。"

春梅见她小姐吓得这般模样，怕她弄出事来，忙又安慰她道："我想白公子，他既是爱得小姐连王法也不怕，想来不会变心，也未可知。"

圆珠道："他们那面，日内倘若有人前来说亲，太太必定一口拒绝。你是一个女诸葛亮，你快替我想想法子才好。"

春梅道："说起羊家，我现在老实对小姐讲了吧，我听见有人说，羊家姑爷的品行相貌都很平常，我怕小姐怨命，不敢来说。白公子的事情，若是成功，真是天从人愿。但是太太那里，这事倒不好办。且等白公子今天晚上来过，看他们的太太怎样说法，先要白家二老答应他儿子的请求，我们方好设法去对我们的太太开口。不然，羊肉倒没有上口，反而惹了一身羊臊臭，更加不妙。"

圆珠听了，甚以为然，准定等白公子来过再说。

春梅一见此刻没有事情商量，又见圆珠方才嘴上虽在说话，同时又尽着把她的眉头一皱一皱的，必是身体深感不便。果有什么毛病，须得预为医治。好在她与小姐是无话不谈的，无所避忌，她便问圆珠道："小姐身上，可有不适意的地方？万万不可讳疾，我是好意，小姐也不必害臊。"

圆珠听了，将脸一红道："我的身子，虽然不好，可是这等毛病，我就马上痛死，我也不要医生看的。"

春梅听了，只得由她。当下又见圆珠双眼已经抬不起来，似乎很是疲倦的样儿，她便轻轻起来，放下帐子道："这么小姐养息一霎，太太问起，我就说小姐略受风寒，今天不下楼了。"

圆珠迷迷糊糊，似答应非答应地，不知说了一声什么，早已沉沉地睡去。

春梅过了一会儿，下得楼去，丁太太正要来唤圆珠，一见春梅，便问她道："小姐醒了没有？"

春梅忙答道："小姐今天略受风寒，我叫她多睡一霎，因恐太太

12

惦记，我特来奉告一声。"

丁太太听了，点点头道："小姐有你当心，我也放心一点儿。她既身体不适，可要去请医生，你去斟酌，我把小姐这人早已交给你了。现在羊家那面，已叫媒人来向我商量，说是最好今年就娶。我说我们小姐年纪还小，没有答应他们。"

春梅听了，大吃一惊，慌忙接口说道："太太主张得不错，我们小姐今年还只有十六岁，如今就要迎娶，况且太太身边只有这位宝贝心肝。我说再过三年五载，也不为迟。"

太太听了道："你的说话，我自然赞成，不过羊家也是独子，羊安庭亲家望孙情切，要想早娶媳妇，也难怪他。我现在打定主意，至早要过今年再说。"

春梅道："我有一句说话，每想禀知太太，又怕太太听了不乐，所以不敢来说。"

丁太太听了，急问道："你有什么说话，尽管对我讲。我知道你还忠心，不是我当面宠你，你们小姐人太老实，反不及你来得能干。"

春梅听了，微现得色道："太太抬举我，我只有一心一意地伺候小姐，方才不负太太的栽培。我要说的说话，就是小姐的终身之事，我听人说，羊家姑爷的品貌不甚整齐。"

丁太太急接口道："是呀！我也现在方才知道，那两个断命媒人，真正害人不浅。"

春梅道："品貌还是小事，听说行为也不很对，小姐将来过门之后，恐怕要受苦的呢！"

丁太太听了，顿时流下几点眼泪道："这也没有法子，只有你将来随嫁过去，卫护你的小姐的了。"

春梅又劝了丁太太几句，方始上楼。走入圆珠房内，揭开帐子一看，她的小姐正在好睡，不便叫醒，只好一个人坐在床沿上守着。

一直等得下午，圆珠方才醒来。春梅忙问现在身体如何，圆珠答道："稍觉好些。"

春梅便将丁太太和她所讲的说话告知圆珠，圆珠听了，单是长叹一声，也没说话。春梅劝她起来梳洗，圆珠也就起来，坐到靠窗的那张桌上。春梅见她小姐走路仍有不适的样子，主张去请医生。圆珠一定不肯，春梅只得替她梳头。梳好之后，等得吃过晚饭，春梅先去关上楼门，省得有人上来。

圆珠此时只望秋练早来，要听他们那面的信息。春梅已知其意，早把窗门开了，便同圆珠二人并立窗前，等候白公子前来。等了半天，春梅恐怕圆珠腿酸，正要想叫圆珠坐了等候的当口，忽见正厅屋上，似有一条黑影，慌忙指与圆珠看道："那边一条黑影，莫非就是白公子吗？"

圆珠尚未答腔，早见那条黑影已经闪到面前。细细一看，不是秋练是谁？主婢二人赶忙将他接入，让他坐定。

圆珠一见秋练今天晚上又换了身漂亮装束，越显得风流俊逸，确是一位如意郎君，也会敛去羞容，开口急问道："公子想已禀知过令堂的了，不知如何说法？此事关乎我的性命，不能儿戏。"

秋练道："我已与母亲说过，据我母亲意思，略须从缓。因为这件事情，内中夹着逼人退婚，若有反响，自然要大动干戈。家父若不赞成，就没良好结果，所以要俟家父高兴的时候，家母一说上去，自然成功。我看此事，毫没问题，不过日子迟早的关系，小姐但请放心。"

圆珠听了，以为此言也甚近理，欲速不达，反而不妙。便去问春梅道："你看怎样？"

春梅道："只要公子放在心上，日子稍迟一点儿，倒也无碍。好在今天太太不是已经说过了的吗？今年绝不许羊家来娶。"

秋练插嘴道："现在不过三月底边，今年还有长长一年，难道还怕来不及不成？"说着，一把就将圆珠这人抱来坐在他的膝上。

圆珠尚在挣扎，春梅知趣，早已避入套房。

秋练趁此一把将圆珠抱到床上，圆珠急说道："我有一句要紧说话，公子依我，便无问题。否则，我只有一死。"

秋练听了道："你且说来。"

圆珠道："我这春梅丫头，她与我情如手足，尚在其次，她的能干，简直是我的灵魂。我将来嫁你之后，本要使你将她收房，现在你既说求亲之事，尚须时日，我对于这桩……"圆珠说到这句，忽把脸羞得绯红地道："实在难以如你之愿。我的主意是……"圆珠说到此地，便与秋练咬了几句耳朵。

秋练听了大乐道："这也可以，我此刻就去缠她。不过你以后也得敷衍敷衍我，你若一夜都不准我睡在此床，我自有办法，你可不要怪我。"

圆珠此时只望秋练去与春梅成了好事，一则可解自己之围；二则可塞春梅之嘴。至于秋练所说的不要怪他一语，她却并未听见。当下单答秋练道："这么让我送你进去。"说着，拉了秋练这人，走入套房，轻轻地和春梅咬了几句耳朵。

只见春梅红了脸道："小姐不要胡闹。"边说，边扑地站了起来，似乎要想逃走的样子。

圆珠见了，急把春梅向秋练面前狠命地一推，自己飞奔出房，就把套房门反锁上了。圆珠坐到自己床上，心头的小鹿犹在乱撞，她又暗忖道："我的事情都是春梅做主，公子若与她去歪缠，我便好乐得清净。"她想至此地，还怕春梅不肯顺从，闹出事来，那就不得了了。边这般地想，边到壁间窃听后房的声音，听了一会儿，毫无动静，又听一阵，方听见秋练微微的笑声。后来又听见春梅在与秋练唧唧哝哝地小语，她始放心，回到床上安心睡下。

这天夜里，秋练果在套房安睡，直到次日天亮，圆珠忽被春梅唤醒。只见春梅一脸似怨非怨、似恨非恨的脸色，怪着她道："小姐，你怎么想出这个坏主意，叫他前来……"

春梅说了半句，便不说了。

圆珠听了，却也自己好笑起来道："公子呢？"

春梅道："已经去了。"

圆珠道："我既可以嫁他，难道你反不可以嫁他不成？将来你我若得同侍一夫，有商有量，百事有益得多呢！"

春梅道："我也明知小姐是一片好意，因此不敢反对。"说着，忽然扑哧地笑了一声，似乎又觉害臊起来。正是：

　　　　　　痴心白首同床梦，薄命红颜没药疗。

不知后事如何，且听下回分解。

第三回

苦命女三更惊噩梦
慈心娘一笑恕亲生

　　却说春梅心里虽然感激圆珠分惠与她，脸上究属有些难以为情。圆珠呢，并非反比春梅脸老，实因事到临头，若不再与春梅联成一气，生怕愈弄愈糟，更难收拾。可怜这也是她无可如何的苦衷，却与其他的荡女淫娃不同。阅者须要悯其境遇，略迹原情，不敢苛责才好。

　　当下圆珠一见春梅这般害羞，乃是自己拖人下水的不好，只有安慰她道："事已至此，万万不能坐以待毙。你现在是与我同船合性命的人了，你总得想出法子，办好此事。你我二人，方有生路。"

　　春梅道："小姐不要急坏身体，我已与公子想出一计，此时姑且不必发表，若有颜色，再进行第二步计划。"

　　圆珠听了，笑骂道："你本是一个诡计多端的人物，我倒素来佩服你的。你既然与他两个商量而行，我是没有主意的，只有全仗你们。不过我的一条性命，交与你们二人，你们切切不可大意就是。"

　　春梅听毕，见她小姐为人真是忠厚得使人可笑，使人可怜，忙答道："我与小姐，本来生死与共的，大家唯有听天由命。我的法子，次第做去，或者有些希望，也未可知。"

　　圆珠道："但愿如此，大家都好。"

　　春梅道："公子说明，今天有事不来，我此刻觉得有些头重脚轻起来，我想连底冻地睡他一天一夜。"

圆珠听了，皱了眉头道："公子这人，太觉贪欢，我是吃过他苦头的了。你昨儿既被他吵了一夜，当然快去养息养息身体要紧。以后全靠你一个人做事呢，我也今天睡他一天，肚皮饿了，好吃点儿点心的。"

春梅听了，又将粉脸一红，自回套房去了。

圆珠这天真的睡到傍晚才醒，随便吃了一点儿点心，索性再睡。刚刚入梦，忽见秋练早从窗子外面跳了进来，满面笑容地向她说道："小姐，我白秋练是不是心口如一的？现在不骗你吧！"

圆珠听了急问道："难道你们那面已经有人前来提亲吗？"

秋练听了，并不答言，只是傻笑。

圆珠发急道："你这个人，怎么尽管傻笑？你说不骗我，究是什么事情？"

秋练见圆珠已在发急，方始笑答道："岂但是媒人已经来过了，连你们的令堂太太也已答应，并且一力承担向羊家退婚呢！"

圆珠听了，这一喜非同小可，嘴上还说道："此话真的吗？"

秋练道："此是何事？头道还好骗你不成？"

圆珠道："这么春梅这个小东西，为何不来说一声呢？"

秋练道："她在楼下帮同收受聘礼，哪有工夫上来报信？"

秋练说至此地，早已脱去长衣，钻入圆珠的衾中。圆珠一想："他现在已是我的正式夫婿了，未便深拒，只好任其所为。"

谁知正在有事之际，陡然看见她娘奔至床前，向她大骂道："你这贱人，做出这样败坏门风的事情出来，你娘老子的脸面都被你丢尽了。"

同时又见秋练跳出床去，正拟逃走，已被她娘一把揪住。忽见秋练顿时狞笑一声，跟着飞起一腿，早将她娘踢死在地。圆珠一见已经闯下滔天大祸，急忙奔下床来，想与秋练拼命，好替她娘报仇。又被秋练手起一拳，击中要害，痛得跌倒地上，眼见秋练一溜烟地逃之夭夭了。

圆珠一想："自身既被人污，已经对不起爹娘，现在我娘又是因我而死，我这个人何能再活人间呢？"她想至此处，急用一条裤带，打上死结，一头系在床档之上，自己看看这条裤带，暗暗把头点上几点道："丁圆珠，丁圆珠，你此刻虽死，但是已经嫌迟了呢！"说到这句，不禁一阵伤心，放声大哭起来。

此时耳边忽听春梅的声音唤她道："小姐，小姐，你在梦魇吗？"

圆珠被她唤醒，急急睁眼一看，方知做了一场噩梦。还怕不是做梦，急忙揭起帐子，向地上一看，究竟有无她娘的尸身。及见地上所铺的那条织花地毡上面，何尝有她娘的尸身？真可说连灰尘也没有一丝一毫。她既知真的是梦，方对春梅说道："好怕的梦呀！"

春梅问她究做什么怕梦，圆珠还是战战兢兢地把梦讲与春梅听了。

春梅听完道："这有什么要紧？梦是反的，据我想来，倒是一个吉兆呢！"

圆珠听了，似信非信地问道："真是吉兆吗？"

春梅道："大凡做梦，见红是白，见死是生，见合是离，见逃是聚。此梦真的不坏。"

圆珠道："早知好梦，害我白受惊吓。此刻什么时候了呢？"

春梅忙去看看挂钟，短针正在十二点上，便向圆珠笑道："小姐，我们俩真也会睡，倒说又是半夜了。"

圆珠道："这么你就在这里陪我睡，免得我害怕。"

春梅听了，真的睡在外床。主婢二人又谈了一阵秋练的事情，方始各自睡熟。

次早，春梅轻轻起来，又把圆珠身上的夹被盖好，仍回套房梳洗。梳洗既毕，自言自语道："现在已经十点钟了，他也该快来了。"说着，匆匆下楼而去。

春梅下楼未久，圆珠也已醒来，下床之后，一见春梅不在套房，便去自行梳洗。刚刚停当，忽见她娘身边的一个小丫头走上楼来，笑嘻嘻地叫了一声小姐，说道："太太请小姐马上下楼。"

圆珠听得她娘唤她，立起身来就走。

那个小丫头又说道："太太今天收了一位极标致的干儿子少爷，小姐下楼见礼，须穿新衣。"

圆珠听了，笑骂道："我不信你的鬼话，太太从来没有收过干儿子的。"

小丫头尚未答言，圆珠又听见有一个老娘姨站在半扶梯上叫着她道："小姐，太太说的，快请小姐换了衣裳，下楼有事。"

圆珠听毕，方知小丫头不是扯谎，连连答应道："你对太太去说，我立刻就下来了。"

圆珠说完，也顾不得再问小丫头的说话，慌忙换了一件出客衣衫，同了小丫头，赶忙下楼。及至跨进她娘的卧房门槛，陡见白秋练坐在她娘对面，正在那里闲谈，不禁吓得倒退几步，顿时现出神色慌张的样子起来。幸而她娘以为一个闺女，看见少年生客，应有这种现象，忙笑着对她女儿说道："我儿不必如此，快来与你这位秋练哥哥见见礼。"

圆珠尚在迟疑，只见秋练早已含笑起立，问她娘道："这位就是我们圆珠妹妹吗？"

又见她娘也笑答道："正是你的圆珠妹妹。"

秋练听了，慌忙走近圆珠面前，恭恭敬敬地一揖道："妹妹住在楼上，理应为兄上楼问候妹妹。现在反劳妹妹下楼，真是说不过去。"

圆珠听了，哪敢回答半句。还是她娘命她坐在身旁，替她代答道："你这妹妹，素来嘴拙，不会客气。你要原谅她一二。"

秋练道："我们既为兄妹，以后还望妹妹最好不必避嫌，真像同胞一般。至于客套浮文，更应一齐收起。"

丁太太听了，很是高兴，便又含笑答道："这么我与你也不客气了，准定依你的主张便了。现在既是一家人，你妹妹不懂的地方，你是哥哥，须得好好地教导。"

秋练听了，便与圆珠七搭八搭地假谈正经。圆珠只好随便对答。这天，直到傍晚，秋练方始告辞回衙。

丁太太送走秋练，圆珠问丁太太道："我娘为何忽然过寄起干儿子起来？"

丁太太笑道："今天你的叔婆，她领你们秋练哥哥到来，说是他时常有病，必须拜一位姓丁的做干娘，讨讨吉利。我因为他是现在镇台少爷，故而一口答应。人家是还巴结不上呢，这样一来，有了靠傍，便不怕别人欺侮我们娘儿两个了。"

丁太太刚刚说到此地，只见春梅满头大汗地走了进来。

圆珠便笑问春梅道："你在忙什么？我有半天不见你了。"

丁太太接口道："她在开发你那秋练哥哥的轿钱，以及招呼厨房里的酒席。她真的忙了一天了，我儿还当她在躲懒吗？"

丁太太边说，边又问春梅道："你肚子饿吗？快些去吃点儿东西，陪着小姐上楼去歇歇吧！"

春梅道："我已经吃饱了，太太这里如果没有事情，我就陪小姐上楼去了。"

丁太太道："我此地就是有事情，有别个会做的，这么你就陪同小姐上楼去吧！"说着，又对圆珠道："你的房里，也叫春梅收拾收拾干净，你的那位秋练哥哥，说不定要到楼上去坐坐的。他是镇台少爷，不要被他看轻。"

圆珠听了，心里只是暗笑，答应一声之后，便与春梅回到楼上。刚刚跨进门去，已见秋练一个人躺在她的床上。

春梅一面赶快关上楼门，又把房门也关上了，方来笑问圆珠道："小姐，你看我这个法子好不好？"

圆珠也笑答道："法子虽好，以后更要谨慎，不可露出破绽。"

春梅道："这是自然。"说着，又去问秋练道："你怎么来得这

21

样快法？你一定是在半路上下轿的。"

秋练听了，并不答复这句说话，单指着圆珠向春梅笑道："她的胆子真小，你还没有看见她方才见了我的神气呢！那一种手足无措、张皇的样儿，我如果做她的娘，早已看出破绽。她此刻反关照你要小心一点儿呢！"

圆珠听了也笑道："这件事情，要怪你们二人，为什么不预先和我说明呢？"

春梅笑着接口道："我若与小姐说明，一则小姐必定拦阻，二则恐怕也不敢下楼去了。"

圆珠听了，点头微笑道："这倒被你猜着，我是怕破露马脚的。现在百事少说，难道这样拜了我娘做干娘，就算了事不成？"

秋练接口道："慢慢地来呀，你忙什么？总而言之，叫你做定白少奶奶就是了。"

圆珠道："不是我一定性急，第一要把羊家那面的亲事退了，我方才放心呢！"

春梅接口道："小姐，你尽管放心，我现在是比你还要着急。"

秋练道："春梅姐姐，今天也忙了一天了，早些去安置吧。我今晚上，就在你们小姐这边了。"

圆珠慌忙拦阻道："我因了恐怕你来和我瞎闹，所以特叫春梅服侍你。你怎么还想在我这里呢？这是不行的。"

春梅也发急地对圆珠道："难道夜夜叫公子在我那面不成？这是我也不答应的。"

秋练听了大笑道："还是我来分派吧！小姐与春梅姐姐，平分秋色如何？"

圆珠、春梅两个一听秋练这句说话，复又异口同声地不答应道："事已如此，偶一为之则可。公子若要天天住到此地来，一定要闯出乱子来的。既是想做天长地久的正式夫妻，断乎不可这样。"

秋练哪里肯听？弄到后来，仍是秋练占着优胜，圆珠、春梅两个失败。

这样地又过月余，秋练有时竟与丁太太一同来到楼上坐坐，有时夜深了，也不回衙，在丁太太面上，总算在外书房安歇。到了夜静更深的时候，依然拿出他那飞檐走壁的功夫，偷到楼上与圆珠、春梅二人胡闹。日子一久，她们主婢二人索性也不下逐客令、闭门羹的了。

有一天晚上，春梅因发寒热，卧床不起。圆珠一个大意，楼门并未关好，她正与秋练二人并头而卧，喁喁谈心的时候，忽然听得楼梯之上似有脚步之声。圆珠吓了一跳，赶紧出去一看，只见楼门早已关上。圆珠心里，以为本是春梅关上的，于是放心大胆，回进房里，仍与秋练安睡。等得第二天早上，秋练回衙去了，圆珠一直睡至午饭时分，方始起来。走至春梅房里，看春梅的寒热未退，打算自己下楼，去与她娘一同吃饭。及至走到楼门跟前，自然要扳起那扇楼门，方好下去。谁知扳了半天，未能扳起。此时始知那扇楼门已经被人反锁去了。圆珠这一吓，知道闯了大祸，没有法子，只好隔着楼门叫喊。喊了一会儿，方才听见有人走上扶梯，把门推起。你道来推门的是谁？正是圆珠的亲生之母丁太太。

圆珠一见她娘的脸色已经气得铁青，心里自然吓得三魂出窍，只好硬了头皮，跟着她娘下楼。她娘却把她领到一间密室，自己就在一张凳上一坐，一面去寻了一根木棍，一面喝声道："你这贱人，还不替我跪下？"

圆珠此时又羞又怕，只得双膝跪在地上，双手遮了她脸，轻轻哭泣。

当下只听得她娘咬了牙齿，用手指向她额上狠命一触道："你这贱人，我十月怀胎，三年哺乳，方才将你这个贱骨头养大成人，谁知你竟会败坏丁氏门风。你也要知道，你是一位四品黄堂的千金小姐，居然不顾廉耻，做出这等事来，你快说出奸夫的姓名，让我去与他拼了命。不然，我就和你这个贱人一同寻死，没有第二句说话。"丁太太边说，边已喘气不止。

圆珠听了这些说话，也是情愿一死了事，并无一句求赦之词。丁太太见她女儿闭口不响，实是大怒，一定要问出奸夫姓名，方肯罢休。无奈圆珠只是嘤嘤地哭泣，总是给她娘一个不开口。丁太太没有法子，恨得自把她的脑袋向壁上乱碰乱撞。

圆珠一见她娘似要寻死，方始含羞忍耻地边哭边说道："就是……就是我那秋练哥哥……"

圆珠话犹未完，只见她娘慌忙丢去手上那根木棍，忍住笑容，向她轻轻地啐了一口，复又扑哧一笑道："天下有你这块臭肉，既然是他，何不早言？为娘还当别人，恐怕辱没你的身子。"

圆珠一听她娘口气，倒觉事出意外，又是怕羞，又是好笑，只得老实人也说几句假话，大了胆子，推说她娘，不应任她哥哥独自上楼，被他用强，没有法子抵抗，只得相从等语。正是：

如此丑行都可恕，方才盛怒又何为。

不知后事如何，且听下回分解。

第四回

弄假成真裩衣防女盗
喜新厌故衔鸟获娇妻

却说丁太太本是一位太守夫人，何至做事如此荒唐？内中却有两层道理。一层是她的虚荣心太重，对于镇台少爷，因此特别看待；二层是那时盗贼蜂起，大半都有本事，断非寻常捕快能够抵御捉获的。她素知秋练武艺高强，因思借他之力，保护家门。有此两层缘故，所以圆珠弄得莫名其妙起来了。

当下丁太太一听圆珠这般说法，赶紧将她女儿一把拖了起来，叫她坐在旁边，细细地问她道："这么你是一个闺女，又已有了人家，既被你那哥哥糟蹋了去，理应就来告诉我呢！照这样说来，恐怕连这个春梅小东西，也不能够保全的了。"

圆珠听了，低头不答。

丁太太知她女儿脸嫩，忙将春梅唤到，春梅扶病而至。丁太太仔细朝她脸上一看，见她眉毛散乱，乳峰高耸，一望而知早已破身。连连皱着眉头，微叹了一声，也不去责备春梅，单问她道："此事原怪我的不是，大不应该任一个青年男子常常上楼。现在你们二人之事，若被羊家晓得，那就要大闹江东了。"

春梅便趁此机会，含羞答道："白公子已允即日恳求他们父母，托人前来作伐。又因羊家这面尚未退婚，所以不敢前来冒昧。这事要求太太做主的了。"

丁太太听了道："这位女婿，当然比较羊家要高万倍，但是现在人心难托。我的意思，先要白家向我求亲，下定之后，方始去退羊家。"

春梅道："这件事情，且让我去示意公子，想来尚不繁难。"

丁太太道："事既如此，也只有如此办理的了。现在我假装不知，且俟白家的媒人来过再讲。"说着，又关照春梅道："你们年轻人，真是做事不顾前后。现在时世不好，不是强盗明抢，便是贼来暗偷，你们楼门，为何不关？不是今天我去反锁，若被用人看见你们的秘密，那还了得？"

春梅不敢辩白，急同圆珠回到楼上。

圆珠红了脸说道："这扇楼门是你的责任，你竟如此大意。"

春梅道："我因寒热大作，不知怎样一来就会忘记。现在我说反而因祸得福，太太早已答应，还愁什么？"

圆珠道："我此刻只怕他变卦，我是不会说话的，等他来了，你须和他说个斩钉截铁的才好。"

春梅听了道："小姐放心，我会办理。"

等到晚上，秋练自然又来。圆珠、春梅二人并不提起白天之事，单是问他媒人何日好来。

秋练踌躇一会儿，方始答道："我们爹爹近来正在生病，如何可去开口？"

春梅道："这件事情，日子已经不少了，尽管这样地迁延下去，我同小姐自然相信公子没有二心，如果换是别人，恐怕就要说你口是心非了呢！"

秋练听了，假装发急道："你们二人既然起了疑心，我马上就赌一个咒给你们看看。"

秋练嘴上虽这般说，心里却在暗算道："她们主婢两个，我已觉得有些玩腻了，若有好的女子，我想另娶，这个咒又如何赌法呢？"他想了一想，他想："我有如此本领，譬如一个女子，我总敌得她

26

过。"他想至这里，顿时扑地向灯前跪下立誓道："我白秋练，将来若负丁圆珠与春梅姊姊两个，我必死于外路女子之手。"

春梅不知秋练赌的是一个风流咒，单听见他说出一个死字，吓得赶忙将他一把扶起道："公子只要真心，何必赌此恶咒？我们主婢二人既是你的人了，忽然听了这个死字，自然十分胆寒。但愿公子逢凶化吉，遇难成祥就是了。"

秋练听得春梅说得这样体贴，心里也会不忍起来。哪知他是一个色鬼，真像叫花子吃死蟹，只只好的，弄得后来，身应咒语，此时且不说他。

当下他们二人一同坐下，秋练又对春梅说道："你的第二步计划，我已预备妥当，大约明天晚上，就好实行。"

圆珠问是何计，春梅道："我防太太对于公子尚未十分信任，我叫公子去弄一班假强盗来，由公子假装把强盗击退，太太自然要感激公子了。"

圆珠听了道："此计好是好的，不过动刀动枪起来，须要小心。"

春梅听了，伏几狂笑道："小姐真是太把公子的本事看轻了，公子的师父乃是剑仙，据人说，从前两三万的土匪都被这位剑仙撵走。公子学习十年，岂止万夫不当之勇？真来几千毛贼，也不在公子心上，况且还是假的呢？"

圆珠听了，也失笑道："这样说来，是我过虑了。"

这天晚上，一宿无话。

第二天白天，秋练便来对丁太太说，因为衙内里太烦，拟在这里外书房静养几天。

丁太太当然十分欢迎。谁知到了半夜，突然撞门而入，进来几十个明火执仗的大盗。丁太太一见有了强盗，急得极声喊叫干儿子："少爷，快快救命！"

丁府上所有上上下下的男女用人，早已吓得躲得无影无踪。此时秋练假装奔了出来，就与强盗厮打，楼下闹得烟雾迷天，楼上圆珠、春梅两个却在那儿开了窗子，居高临下地大看全武行的新戏。圆珠素来胆小，陡见楼下那几十个抹了花脸的强盗非常可怕，早将春梅说过是假装的说话忘记得罄尽，吓得躲在春梅怀内，连连问道："公子可碍，公子可碍？"

春梅笑得肚皮作痛道："小姐，你这个人，怎么这般胆小？我早已替你说明是假扮的，你难道又忘记不成？"

圆珠听了，方才没有说话，赶忙朝下又看。只见公子已在和强盗对打，兀像真的一般。闹了一阵，就见那班强盗统统逃走。只见公子既将强盗赶走，正拟走进里面，向丁太太去居功的时候，此时又见屋上飞下一个全身红衣、手执明晃晃两把钢刀的美貌女盗，并不答话，就向公子面前奔去，手起一刀，对准公子的脑袋上面斫去。同时又见公子似乎也现出诧异之状地，即把他的头倏地向右一偏，早已避过刀锋，跟着还了那个红衣女盗一刀，那刀也被女盗避去。他们两个，跟着一来一往，如临大敌的一般，打了起来。

春梅看了，急对圆珠道："这又奇了，公子昨儿并未提起还有一个假扮的女盗加入，怎么此刻忽然又有一个女盗起来？而且这个女盗满脸杀气，咬牙切齿地，大有欲得公子而甘心的样儿。就是公子和她厮杀，也像步步留神，不肯丝毫放松，难道真的碰着强盗不成？"

圆珠对于文墨等事却比春梅高明不少，除此以外，那就一无所知。此刻听见春梅这般一说，她又害怕起来道："这么可要赶快前去通报镇台衙门呢？"

春梅摇摇头道："这倒不必。"

圆珠道："我此刻忽然想起一本书上说的，大凡剧盗侠贼，对于抢劫一层，尚在其次，他们最欢喜打抱不平。莫非这个女盗也来打抱不平不成？"

春梅此时一双眼睛紧紧望着下面，生怕公子有失，耳朵里听见她小姐说得很是，正待答言，忽见那个女盗似乎只有招架之功，并无还手之力。不知怎么地一来，急向公子面上虚晃一刀，跳出圈子，扑地飞身上屋，又把她的眼睛四处乱转，不知还是要想蹿进这间楼窗口来呢，还是打不过公子要想逃走。

春梅胆子较大，此时也会拉着圆珠直往里面就逃。幸而秋练早已跟着飞身上屋，那个女盗一见不能逃走，索性复又纵到下面，拼命地与秋练恶战起来。照秋练的武艺，本在女盗之上，只因好色太过，身子早经掏空，因此有了缺点。然而他是无忧老人亲自传授，还有一种绝技，名叫点穴法。只要被他点着人的身上，除了神仙以外，无不骨软筋酥，只有束手就缚。秋练此时就用此法，早将女盗点得倒在地上。秋练急用一条绳索，把那女盗绑在树上，又因女盗身上藏着不少的铁器，秋练怕她暗算，索性把她所穿衣裳全行卸去。

此时，丁太太同了用人争着来看，圆珠、春梅也到楼下。只见女盗的衣裳一被人剥，顿时羞得无地自容，哭泣起来。丁太太的意思，不愿结怨于人，便叫秋练将她释放。秋练见这女盗长得美貌，极想奸她一奸，后来又见圆珠、春梅都说做做好事，快快放她，秋练没法，又向那个女盗摸手摸脚地调戏一阵，方始纵她逃走。

那个女盗临走的时候，却指着秋练大骂道："我就是江湖上的女盗暴虎，因为方才偶过此处，见你一个人杀退数十名大盗，一时路见不平，所以前来会你。我的武艺不能及你，我本不怨，不过我虽为盗，夫死守寡，仅有一个名叫小虎的幼女，现在一个清白之身被你这般羞辱，且俟二十年之后，我的小虎女儿必能替我报仇。"女盗暴虎说完此话，顿时纵身上屋，似飞般地逃了去了。

这里丁太太等自然把秋练这人恭维得犹如哪吒三太子的一般。秋练也自鸣得意，牛皮乱吹。这天夜里，丁太太老实叫秋练住到楼上，名虽保护她的女儿，实则是无恩可报，用她女儿这人酬庸吧。

谁知秋练这人真没情义，就从那天的第二天起，绝迹不到丁府，害得丁家母女主婢三个日夜盼望。大家弄得莫名其妙，究因何事得罪了他，弄得如此结局。后来打听出来，才知秋练早已做了状元夫人的乘龙快婿了。暂且丢下丁家这面，再叙秋练那面之事。

原来秋练对于圆珠主婢二人并非不爱，只因他有一个喜新厌故的坏脾气，这个脾气，虽说少年男子个个都是，不过秋练只图一己的欢乐，不管人家的性命，尤其不好。所以无忧老人早已看出他的心地不甚纯正呢。

现在先讲秋练那天回到衙门，他的母亲梁氏夫人唤他前去，向他说道："今天有人前来替你做媒，女家就是本城绅士，前任头等侍卫武状元狄仁豪的小姐。据媒人说，狄小姐的名字唤作探花，自从她的父亲逝世之后，只有一位寡母在堂。狄小姐非但生得才貌双全，所学武艺，江湖上都也闻名，还有百万妆奁陪嫁，但要我儿前去比武。为娘想想，既是门当户对，只要我儿能够胜她，这头亲事，便能成功。"

梁夫人说完，秋练乐得手舞足蹈地说道："既是新人又美，嫁奁又多，这种亲事，何处去找？明天儿子一定前往就是。"

到了次日午间，梁夫人果请媒人陪着秋练，同至狄府比武。狄太太早已得信，一切预备妥当，等得秋练一到，就由特请的评判员恭而敬之地将秋练导至后花园内那座比武台前。

秋练一见探花小姐穿着一身华丽武装，先已候在台上。她的美貌，虽与圆珠主婢不相上下，只因自己有那喜新厌故的脾气，自然觉得探花小姐这里式式可爱，圆珠那边样样可憎了。当下纵身上台，照着比武的老例，先朝上面一拱，是拜狄府的祖先神祇，次朝外面一拱，是拜各人的师尊。然后方朝探花小姐一拱道："学生武艺不精，举动粗率，尚望小姐指教。"

探花小姐听了，将脸微微一红，拱手答称："公子不必谦逊。"

说着，摆开坐马，左拳护胸，右拳下垂，这是等候对方先行动手，也是比武之中的敬客之礼。

这天狄太太主张不用石灰包、假兵器之类，单较拳法。秋练于是用出全套本领，先向探花小姐脸上虚击一拳，随手收回这拳，就用第二拳急向探花小姐的前胸送进。这拳叫作童子拜观音。只见探花小姐不慌不忙，飞快地把她身子往下一沉，分开左右两拳，便向秋练两只耳门合击拢来，这是名叫蜜蜂进洞，专解童子拜观音的套数。秋练一见，即知探花小姐也具神技，并非江湖上的花拳可比。赶忙把他身体向后一仰，趁势飞起一腿，对准探花小姐的下身踢去，这叫蛱蝶寻花，最是凶险。探花小姐即把她的小腹往里一凹，又将手掌伸直，学作刀式，狠力地就向秋练腿上削去，这叫独掌斩蛟。秋练哪会被她削着？急又收回这腿，跟手把脚在地上扫上一个圈子，这叫横扫千军。探花小姐晓得来得厉害，急忙纵至悬空，她的身子离地已有半丈，秋练也急跟着纵起。说时迟，那时快，他们两个的身体两面都因势急，不及停留，早听得很重的扑的一声，他们二人已经撞了一个满怀。虽然同时蹲下地上，并无损伤，可是台下那班看比武的人们早已同声喝了一声好嘛的异彩。

此时秋练倒还罢了，可是直把探花小姐羞得粉靥通红，心里一个不服气，就趁秋练脚步尚未站稳的当口，飞快地背转身去，倒飞一脚，直向秋练的双眼钩去。你道为何？原来那时的妇女，尚未盛行天足，都是三寸金莲，凡有武艺的妇女，她们的绣花鞋尖之上，都有极细的铁管藏在里面，以备钩人眼珠之用，探花小姐一时好胜心起，竟用这着毒着。谁知秋练究竟不弱，早已步步留心，探花小姐一经把脚反踢上去，她的身体当然是也跟着离地而起。他们有拳法的人，对于趁势的那个势字非常得用，不然，一个人的身子离地悬空，岂不要跌倒地下了吗？

当时秋练早防探花小姐要有这着，他一见她的那只脚跟向后钩来，既趁势把他的身子往前一凑，张开大嘴，他的牙齿早将探花小姐的那只绣鸟衔住口中。正是：

> 休言性命双拳下，倒说婚姻一脚成。

不知后事如何，且听下回分解。

第五回

锦上添花凤凰出世
雪中送炭麋鹿行医

却说秋练一口既把探花小姐的绣舄咬住口中，跟手又将她背上的衣服抓住，怕她跌在地上，有失面子。因为比武的规矩，只要一量地皮，非但是输，而且输得交关难看。

当时狄太太本来站在台后，以备她的女儿一旦有失，便好出来援救。及见女儿绣舄已被白公子衔住，慌忙奔出，一把将她女儿抱着进去。这场比武，当然秋练占了上风，这头亲事，也就因此成功。

当下那班评判员以及媒人，争着陪了这位新贵人来到客厅入席。吃毕之后，仍由同来的媒人陪回衙门。媒人一见白镇台夫妇，自然夸奖秋练的武艺出色，白镇台夫妇自然十分欢喜。宴过媒人之后，于是下聘迎娶，不必细表。

探花小姐嫁了这位如意郎君，闺房之内，当然是十二分的恩爱。秋练既是人财两得，对于这位新娘总算千般怜惜，万种温存，比较从前的那个丁圆珠起来，还要加倍奉承。这座镇台衙门，喜气洋洋，和风霭霭，所有乐事，无非朝朝寒食，夜夜元宵这八个字代表而已。

可怜只有丁府上的圆珠小姐，连同春梅丫头，自从一得了白公子另娶的消息以后，真是哑子吃黄连，说不出来的苦。只因是桩私订终身之事，既未行聘，便无从向白氏交涉。圆珠又是一位固执的人物，虽有她娘百般譬解，春梅丢开自己心事，也来想出说话安慰，

33

所谓心病总需心药医，何曾能够解免圆珠的半点儿忧愁？

丁太太怕她女儿寻死，只得日日夜夜伴着，寸步不敢稍离。圆珠自怨自艾了几时，一病不起，势极危殆。幸而家里还算有钱，寿州城内的名医，无不请遍。谁知圆珠生来命苦，苦头尚未吃满，偏不会死，光是缠绵床笫，度她心如刀绞不幸生涯的罢了。暂且搁下不提，再说白秋练那面得意的事情。

原来白镇台在寿州镇台任上，已经十有余年，因为他这个人一生视钱如命，不肯向兵中堂官打点，直到这年，军机处因他的资格已打第一，便把他升了广西提督。廷寄一到，白镇台岂有不喜出望外之理？于是挈了全家，就去到任。秋练对于圆珠主婢两个本已恩义全无，但又恐怕她们前来缠扰，心里巴不得离开寿州，省得有所麻烦。一见他的父亲升到广西，真是天从人愿，快活之至。

白镇台到任未久，因有一桩剿匪案子，就把儿子保了候补都司之职，都司是个四品，照例可戴蓝顶子的。秋练少年闹标，硬逼他的父亲替他捐上一个二品衔，二品衔便好与他父亲一样，戴着血红的红顶子，岂不威风？当时也有些人知道他与丁圆珠的秘密，无不说他太觉薄情，背后挖苦他的那一颗红顶子，好说不是用钱捐来的，仿佛是丁圆珠的血泪染成的。秋练既无所闻，当然过他的得意日子。

又过年余，那时探花小姐已有身孕，正在这几天之中，就要临盆。白提台既已做到文到尚书武到督的地位了，做官一层，早已满意，眼前所有的缺点，无非没有一个孙子，一听媳妇临盆在即，这一喜非同小可。这天正在签押房里批阅公文，偶然疲倦，他就丢下公事，横在一张炕榻之上，随便睡熟。正在睡得甜蜜的时候，耳边忽然听得屋檐之上似有一种非常清和的鸟声，越听越奇。赶忙睁开眼睛一看，果见檐际立着锦毛彩翮，音曾箫史之吹，舞镜冲霄，美似扬雄之吐，极大极大的一只凤凰，心里不禁大喜，便暗想道："这是仁智之禽，东南之宝，必有圣人出现，方始能见这样东西。难道我家要出大人物不成？”白提台思至此处，不由得坐了起来，要想去把这只凤凰捉了下来，以备养它。不料那只凤凰一见他起来，却向他的媳妇卧房里面飞去。白提台不肯就罢，提脚追赶出去，谁知忽被门槛一绊，惊醒转来，方知是梦。

正在惊疑之际，忽见梁夫人急急忙忙、笑容可掬地奔来对他说道：“老爷恭喜，你的媳妇已经养下一位千金，尚在其次，养下之后，满室异香，经时不散。这个小孩儿又来得天庭饱满、声音清越，确非寻常的孩子。”

白提台听毕，即将梦中所见告诉他的夫人。

梁夫人听了，很是欢喜地道：“儿子、女儿都是一样，我想我们这个孙女，既有如此梦兆，定非等闲。”说着，拉了白提台，同至媳妇外室，一面请老爷坐下，一面不管暗房，自己进去看那小孩儿。

白提台一个人坐在外室，偶然听得一班丫鬟、仆妇在那儿互相私语道：“太太不顾暗房，就去看这孙女，真是生下一只凤凰来了。”

白提台听到耳里，梁夫人已将小孩儿抱至，请她公公过目。白提台接来一看，也觉此孩儿真个出众，便对梁夫人笑道：“此孩儿即以凤凰取作名字吧！”

梁夫人答道：“好极好极。”说罢，一壁把小孩儿送回房里，一壁料理酒筵，遍请全城文武官员。

大家见白提台年已半百，方有这个孙女，生时又有异兆，自然竭力恭维一番。这天酒席之间，又接到抚台那边送来喜信，奉旨赏给白提台仁勇巴图鲁字样，于是一天双喜，更加闹得烟瘴雾气、喜气重重。客散之后，白提台又说他这凤凰孙女命好，格外高兴。

哪知不到一月，朝中有位大官想敲白提台的竹杠，指名要借五十万两银子。白提台自然不肯应命。那位大官从此便与白提台做了对头，不知怎么一来，被他查出白提台克扣军饷，严参一折。两宫震怒，即把白提台拿解来京，问成满门抄斩之罪，家产统统充公，于是白提台正法，梁夫人仰药自尽，连那儿女亲家狄太太也带累在内，身亡家破，简直没有这份人家了。

秋练幸而得信较早，慌忙挈了妻女，真似丧家之犬、漏网之鱼，空空两手，逃走江湖。秋练既成朝廷钦犯，出亡在外，也好算是身受其报。

丁圆珠呢，却在此时，病已痊愈，对于秋练这人，因他已到广西，日子一久，怨气渐忘。适值羊安庭夫妇双亡，羊青阳中馈需人，择日迎娶。丁太太不便再拒，只得答应。

临嫁的那头一天，丁太太把春梅叫去，对她说道："你们小姐，不能离你寸步，明天就要出阁，你自然跟着过去。我已与你们小姐说过，将来就叫羊姑爷把你收房，你仍一心一意伺候小姐。白家那个畜生之事，譬如前生冤债，从此不必再提，你们以后重新做人便了。"

春梅听了，低头无语。丁太太以为她已应允，也不要她答复。等得圆珠嫁到羊家，合卺之夕，羊青阳倒还看不出她的破绽。羊青阳开着一爿米店，自己资本也有五六万，又有庄款十余万，寿州城内，要算数一数二的大商家了。圆珠自己因有亏心之事，对于青阳面上，万事迁就。又因青阳好货之心，胜于好色，十天里头，倒有八天住在店里，偶尔回家住宿，相待也还不错。圆珠于是将青阳的面目可憎、语言无味、行为刻薄、心地奸刁，种种不好的事情，因此看破几分。

等到满月之后，她便与春梅提议，要践从前说过的同侍一夫之约。岂知春梅大不赞成。圆珠劝之再三，春梅始把她的意思告知圆珠道："小姐一番好意，春梅当然感激。不过人各有志，夫妻问题，似难相强，小姐是正式嫁与姑爷，勉强的爱情也好，真实的爱情也好，将来替羊家传宗接代，做一份好好的人家，这是小姐个人之事。至于我呢，早已看破世情，终身不愿再嫁人的了。"

圆珠听了，很是诧异道："那个姓白的，这般没情没义，你难道还要替他守节不成？"

春梅听了，乱摇其头地答道："那个冤家，小姐不必再提，我恨不得食其肉而寝其皮，断不是替他守节。我因看透男子汉都是没有良心的居多，就是我们这位姑爷，小姐不要动气，我看他脑后见腮，以及刻薄脾气，实在不愿做他姬妾。小姐待我不薄，我虽不再嫁人，自然服侍小姐终身，绝无二心。"

圆珠知不可强，只好听她。

又过几时，青阳店里有个小伙计，名字叫作钱可耻，忽然断弦，青阳因他办事老诚，要想将春梅嫁他去做填房。圆珠既知春梅的宗旨，当然一口回绝。谁知春梅反而愿意。圆珠不懂。

春梅道："姓钱的对于主人能够忠心，待老婆或不会坏。我的情愿嫁他，无非想享闺房之乐。至于贫富贵贱，本来有命，我倒不在心上。况且我替小姐做事，有穿有吃，就是姓钱的月俸稍微，也可敷衍。"

圆珠听了，方才明白，特地腾出几间闲屋，给与春梅夫妇两个居住。春梅夫妇两个，一个感激男东家，一个感激女主人，从此更加忠心，不在话下。

这样地又过一年，圆珠与春梅两个先后各生一子，圆珠的儿子，取名小青，春梅的儿子，取名小可。

光阴迅速，小青、小可忽已三岁。圆珠因见春梅乳多，便把小青命她兼哺，春梅真也忠心，每日哺乳，必定先使小青吃饱，再顾自己儿子。圆珠也能体贴下情，若见春梅家用不敷，常常瞒着青阳，暗中津贴。上下相安，圆珠心广体胖，反比在娘家时候安逸了。春梅有时偶尔提到秋练从前之事，圆珠掩耳不闻。因为那时仅有一份《申报》，还是初倡，各处消息既不灵通，青阳为人又是一文不肯虚掷，店里家中，连一份报也不肯看的，所以白秋练家破人亡之事，圆珠、春梅二人毫不知道。

这几天，圆珠适因丁太太有病，她在娘家住了几时，方始回家。

春梅见她回来，等得青阳赴店之后，方才悄悄地对圆珠说道："小姐，我有一样为难的事情，想与小姐说呢，又怕小姐动气；不与小姐说呢，恐怕弄出事来。"

圆珠听了，不待春梅讲毕，急问道："你有什么事情，说得这般厉害？"

春梅道："白家的那个，前几天忽然到来找我。"

圆珠单听了这一句，便已气得浑身发抖、面孔发青地道："亏你还会理这个没良心的恶贼，我的不去和他算账，并不是为的他，乃是为我自己的名誉。亏他还有这张脸皮，来见我们呢！"

春梅道："小姐不必生气，且让我把他的家破人亡之事讲与小姐听了，再来商量办法。"

圆珠一听秋练"家破人亡"四字，赶忙双手朝天乱拜道："到底老天真有眼睛，这才叫作现世报呢！"

春梅见了，先自己抽了一口冷气，方又郑重其事地对圆珠说道："小姐，你还不能够逍遥事外呢！他既然专诚来寻我们，哪肯轻易罢休？"

圆珠听了，更有些怕起来的样儿道："他……他……他要怎么样对付我们？"

春梅道："他呀，他真无赖呢！只好说是我们两个的冤家对头了。他自娶了那个姓狄的之后，他老子就升到广西去做提台。他到了广西衙门里，还保了一个候补都司之职。不久，又生下一个女儿，名字叫作什么凤凰。不知怎么一弄，朝里有个奸臣，和他老子作对，就把他老子问了斩罪，家当统统充公，据说还要满门抄斩。他亏得跑得快，仅带了老婆、女儿出亡在外。这件案子，非但连他的丈母、太太的家当也不保，听说性命都不着杠。他既六亲同运，手无分文地逃在外面，听天由命。幸而他的老婆还算贤惠，便改名换姓地在江湖上卖技营生。他那时尚是朝廷钦犯，哪敢露面？

"这样地又过几时，各处行文捉他，又只好带着妻女两个，逃入一座深山。那座山名，叫作什么，他倒对我说过，我可忘了。他们既在山中，虽然可以避去差役捕快的耳目，可是没钱度日，怎能过去？又因冷了没有衣衫，饿了没有饭米，夫妻娘儿三个一场大病，弄得九死一生。大人倒还罢了，那个幼女，奶还未断，因她娘在害病，没有奶奶哺她，自然吵个不休。

"据他说，有一天，他们夫妇二人死过去半天，等得苏醒转来的时候，看见有两只麋鹿竟在那里哺他女儿的奶奶。那两只麋鹿不但哺他的女儿的奶奶，而且表示样子，似乎能够医他们夫妇的毛病，他的老婆便对那两只麋鹿说，你这鹿先生、鹿菩萨，你若能够救活我们娘儿三个性命，将来必定从重地报你之恩。那两只麋鹿若有灵性，就去衔了些草药来，他们大大小小三个，倒说吃了那些草药，居然好了起来。于是真的与鹿豕为伍，混了年余。听说有人替他洗刷罪名，总算可以出头，他把老婆、女儿仍旧丢在山中，自己一个人出来谋生。又因运道不好，一无成就，实在弄得没法，他就老着脸皮来寻我们。好在他一则改了姓名，二则这三五年来雨打日晒地，早已不成人的模样，因此没人认得他的本来面目。

"他一到此地，便来找我。可巧我正在大门外面买东西，他虽认得我，我却认不得他。后来说出是他，当时就把我吓了大大的一跳。我当下听他的口气不对，恐怕闹了出来，我还罢了，小姐如何做人？我只得骗我们可耻，说是我的堂房哥哥，可耻素来不问家务，一天到晚，只在店中办事，一听是我哥哥，倒也待他很是客气，便请他住在我那对面房里。我们可耻本是住在店中的，这几天之中，除了叫徒弟送些吃食以及零钱来家，他自己索性一趟也不回来了。"

春梅说至此地，还要往下再说，青阳已经回来。圆珠慌忙示意春梅，叫她不要再说。春梅何等玲珑，自然托故走开。

圆珠此时心里受了感触，在和青阳说话，弄得前言不对后语。亏得青阳知道圆珠做人规矩，尚不疑心。正是：

　　　　为人不做亏心事，半夜敲门不吃惊。

　　不知后事如何，且听下回分解。

第六回

含血喷人强凶如黑煞
饮鸩止渴弹泪做红娘

却说青阳这夜住在家里，他与圆珠谈谈店事，说说家务，后来说到秋练身上，就很不以为然地对圆珠说道："我这几天听说春梅来了一个堂房哥哥，可耻为人老实，开口就留他住在家里。我的眼睛不是我自己夸口，好人歹货，难逃我的目光。我见此人獐头鼠目，一脸横肉，虽非大盗，也是恶人，如何可以留在家里？"

圆珠贼人心虚，听了青阳这话，顿时吓得暗暗叫苦，只得装着有要紧没要紧的样儿答道："皇帝老子也有几份穷亲，春梅既然做到人家丫头，她的哥哥哪会上等？不过亲戚来往，总是有的。好在与我们无干，你何必多管闲事？"

青阳听了，冷笑一声道："你倒说得干净，我是一家之主，倘若出了事情，试问我能不问吗？"

圆珠听了，不敢再辩，慢慢地故意把话引了开去。

青阳营业虽然做得发达，却要精神去办，白天忙了一天，晚上回家休息，已是万分疲倦，所以只与圆珠略谈一会儿，便自睡去。

圆珠因有心事，这夜何曾合眼？第二天一早，青阳已到店中办事。

圆珠等得春梅进来，忙把青阳所说之话告诉了她。又问她道："这件事情，我们这个，莫非已有风声不成？不然，你的哥哥何必对

41

我来说？"

春梅听了摇头道："我看未必晓得，倘若知道一点儿底蕴，姑爷这人何等厉害，怎有这样平安？小姐千万不可虚心。那个杀坯，正在有挟而求，昨天我的说话尚未说完，小姐示意，我又不是傻子，我昨天的意思，还想请小姐给他几百两银子，叫他赶紧离开此地，你我便好没事。谁知那个杀坯真是畜生行为。"

春梅说至此处，一看房里没人，忽然伏在圆珠怀里，呜呜地哭了起来。

圆珠见了春梅这个样子，自然一无主张，急劝她道："几百银子，这里是不能想法的。只有问我娘去，你也不可着急。"

春梅听了，边拭泪边说道："现在还不是银子的问题呢，我春梅也是好人家的女儿，卖到我们太太的府上。太太、小姐待我，何尝当我是个下人看待？就是到了此地，嫁了我们可耻，他的敬重我、怜惜我，我平常还自己暗暗地称赞自己有眼光，这个男人嫁得不错。他既当我是他妻子，我自然也该当他丈夫，哪里知道我这个苦命鬼，非但一点儿好处没有给他……"春梅说至此处，更是一把眼泪一把鼻涕，伤心得了不得地，边哭边说道，"反而挑他去做乌龟。"

圆珠插口劝道："这是已过之事，你们男的即使知道，也不好怪你。常言说得好，小娘入门为正。"

春梅听到这里，边跺着她的脚，边接口说道："小姐呀，你还不知道我昨天晚上的事情呢！"

圆珠听了，急问何事。

春梅又说道："我从这里回去，那个杀坯逼着要我一床同睡，我还没有拒绝，仅不过答话慢了一些，那个杀坯顿时像个黑煞凶神一般，他硬说我同小姐二人写信把他请来叙旧的。又说若不允从他，他就要向我们可耻和姑爷二人，不但说出前事，还要说这回他来，也是我们两个叫他来的……"

圆珠话犹未曾听毕，顿时气得哇的一声，吐出一口鲜血。春梅又怕圆珠急坏，可怜她含着一包眼泪，忙去筛了一杯凉茶，叫圆珠呷下，好止心头热血。

此时圆珠也怕热血攻心，不能止住，若再痛倒，更是不妙，一壁纷纷落泪，一壁就在春梅手里把茶呷下。

不佞编到这里，要来插句笑话。圆珠既是一壁落泪，一壁呷茶，那杯茶内必有她的眼泪落在里头，当然眼泪与茶，一同呷在肚内，她或者因为嫌茶太少，不能止住她胸中的许多热血，总算加点儿作料进去，格外有效，也未可知。可惜不佞这话，圆珠未曾听见，否则也要破涕为笑，会减几分愁苦呢。

再说当下圆珠呷下凉茶之后，果然未吐第二口血。她又气哄哄地问春梅道："这么你难道这般好答话，真的依他不成？"

春梅皱着眉头答道："我的依他，原是为的小姐，我想做我一人不着，哪里晓得那个杀坯，如他之愿以后，他还要叫我来唤小姐出去。"

圆珠听了，吓得慌忙逃到后房，嘴上还连说："这是我情愿死的，拼着死的。"

春梅见了，忙去把圆珠叫了出来，一同坐下道："小姐这人真是好笑，那个杀坯的本领，不要说小姐躲在后房，就是躲到天上去，他也有本事来寻你的呀！"

圆珠听了，急得只是暗叫老天保佑，并无别策。

春梅又只得安慰她道："小姐急也枉然，且让我去与他拼去。况且他此时又是落魄的当口，老婆、女儿尚在山中受饿，请问他两肩扛一口，叫名总算是个人呀！我想准定设法一千银子给他，他若不为饥寒所迫，或者不来歪缠，也未可知。"

圆珠听了，忙答道："这么，事不宜迟，你此刻就去对他说去。倘若答应，顶好是限他即日就走。"

春梅听完，急急回到自己房里，便将圆珠之言对秋练说明。秋练听了，狞笑一声道："少爷又不是来打秋风的，一千银子，好算什

43

么事情？我请你去劝劝她，叫她要放得明白些，她若乖乖地瞒着她的男子，出来私会，万事罢休。否则她的绣闼，我能随便进出，她的男的若不知趣，你问问她看，她的男子可有女盗暴虎的本领？"

春梅听得秋练愈说愈不成话了，也动了真气向他说道："你真的如此强凶，世上莫非没有王法的了吗？"

秋练马上把脸变作煞神一般地答道："王法不过是置人死地罢了，我白秋练现在视死如归，天大祸祟，我也可以承担。"

春梅见他无理可喻，复拿出一种柔情软语来骗他，只想保全她这女主，至于自己吃亏，倒也不顾的了。岂知秋练任你软也不听，硬也不睬，一口咬定必要圆珠私来会他，一面销他兽欲，一面供给金钱，方始罢休。不然，奸占她们主婢不算外，还要害死青阳、可耻二人。

春梅到底是个妇人之仁，她以为秋练现在已成下流，说得出的便做得到，与其闹出人命，只有依他命令，还好苟延残喘，大事化为小事，或能消灭于无形。至于这是饮鸩止渴的政策，可怜她何尝知道呢？

当下便对着秋练狠狠地瞪了两眼道："你真是我们主婢二人的前世冤家，不过我要问问你，世上女子极多，何必单单寻着我们两个呢？"

秋练一听春梅的口气似乎已经被他吓倒，大有去唤圆珠出来之意，非但不辩，反而赔出笑脸，假意怜香惜玉起来。

春梅见他如此举动，还当他想起当日情义，心软下来了，忙对他笑道："你既然如此温存我，你可否看我的面上，不去寻着我们小姐？你要知道，一个女子，只有名节为重，她已一夫一妇地在此地做了人家，你也应该存点儿厚道、积些阴功。况你本有全身武艺，将来青云直上，比你先大人加二荣耀，那时你既名利双全，再娶一百个、一千个，似乎也不繁难呀！"

春梅说完，只见秋练马上又把方才那个一团和气的脸色收了起来，复将煞神般的鬼脸，把头乱摇。春梅一见不是路头，慌忙请他等着，自己飞奔地来至上房。

圆珠一见她来，急问可有眉目。

春梅摇头道："杀坏乃是杀人不眨眼的恶贼，我是口已说干了，小姐呀，我想前想后，只有依他较为便宜。"

圆珠吃惊道："春梅，你是卫顾我的人呀，何以也变口气？"

春梅急把自己和秋练所说的言语统统重述一遍。圆珠听完，急得只是干哭。

春梅道："现在且趁姑爷不在家中，小姐跟我出去，好在小姐本来常常到我那边去的，所有用人，不至疑心。小姐见他之面，他或者卖面子给小姐，也未可知。"

圆珠没法，只得跟着春梅就走。春梅边走，边暗忖道："小姐真也苦命，我春梅不是不肯替你，却已替了你了，仍是于事无益。"边想，边又淌下泪来。再去看看她的小姐，脸上急得惨白，脚下走上一步，倒要退上两步，分明像个赴斩之囚、待杀之豕，那种凄凉样儿，就是铁石心肠见了，也要伤心起来。

春梅刚刚想罢，已经走到自己房里。只见秋练一个人，笑容可掬地早在那边等候，一见她的小姐进去，并不客气，一把拖去，坐在他的膝上道："我们已有多年不会了，你可惦记我呀？"

又见她的小姐低头无语，含泪欲滴，似乎又惧秋练横凶，不敢哭出声来。又见秋练把她的小姐抱至床上，便逼自己出去。春梅到了此时，只好避了出房，将门带上，自己只好守在窗外，防有闲人进去。谁知事也真巧，她的男子可耻早也不来，迟也不来，偏偏此刻回来要换衣服，一见春梅一个人站在房外，忙问："房门何故关着，你又站在此地做甚？"

春梅情急智生，赶忙答道："小姐娘家有件秘密书信，小姐笔迹，不便写上，又要瞒着姑爷，所以叫我哥哥在写。我防有人进去，因此在此守着。"

可耻人本忠厚，素来又信春梅的话，当下听完春梅之言，赶忙说道："这么我不进去了，所需衣服，停刻我叫徒弟来取。小姐是你我二人的恩人，你须小心守着，千万不好使人闯了进去，以误小姐之事。"

春梅听了，方始把心放下道："这么你也要代守秘密，不能使姑爷知道此事。"

可耻听了道："这个自然，我若不守秘密，这是报怨，不是报恩了。"说完这话，头也不回，匆匆地回店去了。

又过许久，春梅方见秋练来开房门。春梅走进房去，只见圆珠一个人低头坐在床沿之上，仍无半句言语。

春梅便对秋练说道："我们姑爷恐怕回来，你与小姐既是有情，千万不可害她淘气，快些让她进去才好。"

秋练道："这么银子呢？也要快快给我，也好让我寄回山里，好使我的妻女度日。"

春梅听了，一壁连连答应道："自然给你，自然给你。"一壁陪了小姐匆匆进去。

圆珠一到自己房内，横在床上，忽然放声大哭起来。

春梅慌忙摇手止住道："小姐不可大声哭泣，万一传到姑爷耳中，寻根究底起来，那还了得？"

圆珠听了，只得暗暗怨命。

春梅道："他说要寄银子回家，小姐什么时候可以给他？"

圆珠道："你们姑爷素来是左手不放心右手的，我自从嫁了他四五年，除每月给我一两银子零用外，并未多给分文。你们太太陪嫁我的几个钱，早已贴用罄尽，要么我去问我娘拿去。不过我偶尔提及姓白的，太太气得要死，我猜她不见得肯。你替我想想看，怎么说法才妥？"

春梅想了一会儿道："小姐要问太太拿几百两银子，这还容易，小姐不会说话，我去也是一样。"

圆珠听了，就叫春梅回到娘家取钱。春梅去了没有多时，已经捧着五百两银子回来。圆珠问她是否说明，春梅道："哪好说明？我刚刚提到姓白的人，太太已把他骂得狗血喷头。我见不对路数，假说小姐私做一笔生意，利息虽好，尚须加本进去。太太听了，便把银子立刻交我，又叫我传语小姐，经济问题，须要自己拿权，不可使姑爷前来干涉。"

圆珠听完，急令春梅快将银子送与秋练，要他马上离开寿州。

春梅拿着银子出去，过了半天，方始满脸愁容地回了进来道："他哪里肯走呀？他说要在此地长住呢！他又说，他的老婆只要有钱寄去，绝不会来催他回去的，又说，他的女儿凤凰，现由她的母亲教她武艺，母女二人有了本事，自己可以谋生，他可不管。他是要长住此间了呢！"

圆珠听了大惊道："这样怎么了呢？你们姑爷，他的为人何等精细？日子一多，必有破绽。这样说来，我这个人左右没命，不如自寻短见为妙的了。"圆珠边说，边又拖着春梅痛哭。

春梅劝她道："小姐千万保重身体，留得青山在，不怕没柴烧。丁、羊两家现在只有小姐一个人，身上的重任很是不少，万万不可存着这种歹念。至于这个恶贼，只有慢慢地设法对付，一时性急不得的。"

圆珠听至此地，更加怨命起来。

春梅道："小姐快快不可如此，姑爷马上就要回来了，被他看出漏洞，那就真是死没葬身之地了。"

圆珠没法，只得硬敛忧容。不一刻，青阳果已回来。原来青阳往常是十天之中，总有八天住在店里，因为他的身家性命全在那爿店中，近见春梅的堂兄闲住此间，心里不大放心，因此回来得次数多了。其实他还毫未疑心圆珠这人呢，否则任你春梅如何多智、如何安排，万难逃过他的眼睛。

那时春梅一见青阳回房，正拟退出，忽见青阳把她叫住道："我

47

看你这两天失魂落魄的，连孩子也不甚当心了。你那哥哥，我说住在此间，总不方便，他若要做小生意，缺少本钱，我卖你的面子，可以借他三两五两，利息也只要二分，你看怎样?"

春梅听了，无语可答，只得说道："我们哥哥本来就要走的，因为这两天忽然有病，只要略愈了，我一定叫他就走便了。"

青阳道："这才对了，我真因你是我们小青的乳娘，又是你们小姐的从嫁，所以对于你的老兄，总算万分客气。否则我早已下了逐客令了呢!"

春梅嘴上虽在称谢，可是心里犹同刀割一般。正是：

屋漏既遭连夜雨，行船又遇打头风。

不知后事如何，且听下回分解。

第七回

死难瞑目黑夜投环
生不逢辰青年守节

却说春梅当下回至自己房里，便咬牙切齿地向秋练发话道："我与你前世无冤，今世没仇，大凡一个人落了魄，来问熟人商借一点儿银钱，也还罢了，你怎么又要钱，又要人？你可知道，我和我们小姐两个，都已有夫有子，不比在丁家的时候了吗？"

秋练听了，仍是极写意地说道："你和你们小姐两个本是我的未婚妻妾，我现在总算不得意，只好让与姓羊、姓钱的两个，我不去和他们两个算账，已经算是便宜了他们的了。你若再要叽里咕噜地不休……"秋练说至这句，复又冷笑一声道，"他们二人，想是活得不耐烦了，少爷就送他们归阴，也极容易。"

春梅听了，可怜哪里还敢驳他一句？

圆珠更是胆小，从此以后，秋练要怎样便怎样，还总算一则银子供给满意；二则青阳、可耻两个又在店中的时候居多。

秋练既是人财两得，所以幸未闹出事来。这样竟过年余，小青、小可都已五岁，秋练高兴的当口，也常常抱着两个小孩儿玩耍。又因他初到羊家的时候，青阳本在圆珠、春梅二人面前发话，一定不许秋练长住此间。后来有一天，青阳店里忽来几个无赖敲杠拍桌，说要硬借三千银子。青阳当然不肯，闹了半天，无法对付，青阳只好去报县里。谁知县里的那班差役因恨青阳平时一点儿不肯酬应结交，大家袖手不管。当时青阳无法可施。

春梅看不过去，就叫秋练去把那班无赖赶走。可笑那班无赖倒有几路拳头，居然与秋练对打一场，无赖敌不过秋练，写了伏状方走。

青阳因此看重秋练，反而留在家中，说明一俟小青稍长，要拜秋练为师，学些武艺，好保家当。秋练因此之故便名正言顺地安居羊家了。

哪知就在这年上，丁太太得了一场急病，没有几天，便已逝世。圆珠、春梅自然哭得死去活来，丁氏族中，因见丁太太没有儿子，公推一个近房子侄承继过去。这位过继儿子，便与圆珠银钱上面，断绝往来。圆珠的得能苟延残喘，原是丁太太那里取之不完，用之不竭，秋练说要一千，圆珠就给他一千，说要八百，圆珠就给他八百。后来丁家过继儿子当家，来源既绝，初初还有首饰典质，可以敷衍秋练，等得后来，典无可典、质无可质，秋练哪顾她死活？开口便要拿到，若是日子迟了一点儿，数目少了一点儿，便立刻大反江东，闹得天昏地暗。

圆珠一想，这样真是在活地狱之中受罪了，而且生母已亡，近来青阳待她也不如前，左思右想，了无生趣。这天晚上，又受着秋练的恶气，圆珠一个人哭了一阵，也不去与春梅商量，到了夜静更深的时候，用了一条绳索，打上死结，又把那条绳索一头系在床档之上，系好以后，忽见此时的情状，大似当年所做的那场噩梦，便知命中注定，不能挽回，于是死心塌地把她的脑袋钻入那根绳上的死结之中。可怜丁圆珠的一缕芳魂，就此脱离尘世去了。直到次日早上，尚未有人知道。

适值青阳这天回家较早，敲了房门半天，不见圆珠来开，心下一想，圆珠素来不睡早觉，认为一定有病，赶忙叫用人把房门掇下。进去一看，陡见圆珠披头散发，双手下垂，舌拖三寸，两目突出，身体吊得老高，七窍尚流鲜血，早已气绝多时了。

青阳一见圆珠自缢，死得又惨又怕，知已无救，反把他的心镇定了不少。但是想起夫妻之情，顿时双泪交流。

此时春梅已经得信，从外面连爬带跌地奔了进来，一见她的小姐这个样儿，一头扑了上去，抱尸大恸。青阳见了，急走上去，一把将春梅拖开，喝声道："你的小姐自尽，此事内容，你一定晓得，快快老实招出。否则你也休想活命。"

春梅听了，反把她的眼泪揩干，朗声对青阳说道："姑爷的仇人，就在我的对房，快快把他先行捉住，好替小姐报仇。其余之事，慢慢再讲。"

青阳失惊道："害死你小姐的人，就是你的哥哥吗？"

春梅听了，也未答复，急急忙忙地同着青阳，以及一班用人，奔回自己屋里，要想捉住秋练。春梅也明知秋练的武艺高强，羊家人手纵众，断非其敌。只因急于要替小姐报仇，所谓一人拼命，万虎难当，能够捉牢，也未可知。当下回至屋里一看，非但秋练这人早已不知去向，就是秋练年来所置的衣穿，也已连同失踪。

春梅此刻一见秋练逃走，知他既有飞檐走壁的绝技，自然追不着了。她就在她的屋里，老老实实把秋练从前如何用迷药污了圆珠，圆珠要她帮忙，如何叫秋练前去诱她，后来秋练如何另娶，如何满门抄斩，如何逃走江湖，前年如何来此寻找她们，如何威逼银钱，如何奸占身体。此次圆珠自尽，必是经济受窘，无力供给，因此怨命亡身，一情一节，半字不瞒地全行告诉了青阳。春梅刚刚说完，可耻也已赶到。

春梅又向青阳说道："小姐的死，虽然不是为我，但我早已与小姐说过生死与共的说话。姑爷以后须要好好抚养小青，因为小姐只有这点儿骨血，小青异日长大，能够替他苦命的亲娘申冤报仇，方是孝子。"

春梅说至此地，又去拉着可耻的手，含了一包眼泪说道："我与你数年夫妻，你虽待我不坏，我因为想救小姐，以致二次失节。谁知小姐依然未保贞操，可怜还担惊受吓了好几年，仍旧如此下场。我呢，一则对你不住，二则必要到九泉去服侍小姐。"说着，又指她的儿子小可道："他还是一点点的脓包，能否养成，尚未可知。我到了此时，也不能管他的了。"

春梅说至此处，两颊早已绯红，双眼也已发赤，她的形状，俨同那些野兽，要噬人的一般。说时迟，那时快，春梅已向墙壁上狠命地一头撞去，当下大家只听得砰訇的一声，看见春梅这人顿时成了一个血人，早已倒在地下，死了过去。

此时的青阳，非但不怪春梅，而且感激春梅真个忠心。

至于可耻呢，他的为人本是长厚，又与春梅数年夫妻，情投意合，十分恩爱。起初听见春梅表明心迹的时候，也是毫不怨她失节，更是悯她可怜，倒还不防春梅真的会去寻死。及见春梅一头撞死，这一急还当了得？发急地扑的一声，跪在春梅的尸前，赶忙向她胸前一摸，似乎尚有丝毫热气，急向青阳说道："东家，你老人家快来摸摸我的女人看，我觉着尚有一丝热气呢！"

青阳一见春梅撞壁而死，心里正在着慌，及听可耻叫他去摸他妻子的胸口，此时也顾不得避嫌，忙去一摸，果然尚有热气。赶忙吩咐用人，快快分头去请医生，以及照相的来家。用人听了，大家不懂，暗想："医生请求医治春梅，自然在理，那个照相的，此刻叫来做甚？"但又不敢多问，只得各自飞奔出去照办。顷刻之间，都已请到。

青阳先请医生医治春梅，又叫可耻不必去办东家娘娘之事，专在此地照顾病人。说完之后，方始同了照相的来至上房，一面叫照相的将圆珠的尸体拍下一张照相，一面饬人购办棺木殓物。青阳见大事已妥，方始抚尸恸哭。用人都来劝他，他也不理，一直哭到棺木买到，才停下来。

里面殓事方毕，外面的春梅经医生打了救命针，也已苏醒转来。

青阳又来劝春梅道："你的忠心，我已知道，你要殉你小姐，我很赞成，不过现在尚有两桩事情，须你担任，一桩是你们小姐只有小青这点儿骨血，你已说过，他是你哺乳的，目下尚未断乳，你若舍他而去，他一定不能活了。你须看你的小姐死得可怜，小青这人仍须求你抚养成人；一桩是白秋练那个仇人，别人都不认识他的面貌，也要你去指认，将来或是经官通缉，或是私人报仇，万万不能少你。依我之意，抚孤、报仇，两件大事，似乎更比殉主重要，这是我一方的事情。说到你们可耻这人，你既与他数年夫妇，你应该知道他食无隔宿之粮，居无立锥之地，小可又小，万一你有长短，续弦之人，哪里可靠？你看我决计不再续娶，就是这层意思。你只要好好地为我抚养小青，我从此不当你下人看待，就是可耻，我还可以加他俸禄，使你们夫妻二人将来衣食无忧才是。我已把你们小姐的尸身拍下一照，这便是以备将来报仇的把柄。我已言尽于此，你素负女诸葛之名，事有轻重，须要分别才好。”

春梅本来已拼一死，医生将她救活，她正在怪可耻多事，此时及听青阳的一番很恳切的说话，倒也认为有理，便答青阳道：“姑爷的说话，见解又高，我春梅一层，准定遵着姑爷吩咐。且待捉到仇人以后，再死不迟。”

青阳听了，连连地大跺其脚道：“这才对了。”

青阳此时还想得春梅的欢心，让她好起床得快些。即当春梅之面，立下一张条子，上面写着的是，本店伙计钱可耻，对于店务勤谨，每月应加薪俸大洋两元，并加早点心钱每日制钱三十文，此是特例，本店一切人等不得援例请求等语。青阳写好，尚恐春梅未曾瞧见，又亲自送到她的病榻之前，令她过目。

可怜春梅此时既痛小姐如此惨死，复气秋练害人匪浅，至于本身的伤处疼痛，尚且不甚顾及。这个每月仅加两元的事情，如何在她心上？但又因她的姑爷这等郑重其事，也只好姑领其情，道声承蒙厚意而已。

又过月余，春梅的伤痕居然痊愈，于是对于照管小青，更比圆珠在日还要当心。小青有时偶尔顽皮起来，她竟施以夏楚，严父、慈母的责任，她便一人兼办。

青阳既是巨商，自然有人争来做媒。青阳倒也言而有信，果皆婉辞，但是他的不肯续弦，一半固是为的圆珠结发情深，一半也因再娶一个，种种花费，太不经济。并非不佞做书刻薄，青阳为人真是如此，阅者不信，请阅后文，自然知道不是不佞挖苦这位羊姓巨商了。

谁知春梅病愈未久，她的薄命也与圆珠不相上下，不过圆珠死的是本身，春梅死的是丈夫罢了。

这么那个钱可耻，正受东家倚重，大加薪水的时候，这年流年，不能算坏，何以又会遽然死了的呢?

原来天有不测风云，人有旦夕祸福，病痛之来，断难预料。那时可耻方在庆幸他的妻子伤痕复原，正好一夫一妻地再做人家。谁知他自己反陡然得了急痧，不到半天，连医生都来不及请，早已呜呼哀哉，伏惟尚飨。

春梅此时雪上加霜，理应子哭之恸，虽然已允青阳之约，不便再事殉夫，也该临丧尽哀，方才不负香火之缘。谁知春梅仅仅乎随便哭了几声，草草棺殓，殡在一座庵里，便算了事。

春梅这回的举动，不但青阳看得大为诧异，就是一班用人，背后也在议论春梅，前后做事，竟若两人。还有那些神经过敏的人物，都猜春梅必是受了青阳的情感，要想婢学夫人，希望青阳把她作为继室，也未可知。一个人既有二心，对于亡夫自然随随便便了。这等闲言，并非没理，春梅当时也有所闻，毫不置辩。

等过了断七，青阳又来和她商酌报仇的事情。

春梅道："白秋练那个恶贼，他本是无忧老人的徒弟，他的武艺真有万虎不当之勇、飞檐走壁之能，若去经官动府，无非一角海捕公文，移知邻封罢了，打草惊蛇，于事仍属无补。我的意思，只有

54

悬赏聘请剑仙侠客，前去报仇，此仇方始能报。"

青阳趑趄道："你的主张，虽然极是有理，但是这班剑侠，到何处去寻呢？"

春梅道："君子报仇三年，迟早倒也无妨。只有慢慢等候，将来能够遇见仗义打抱不平的，也说不定。"

青阳摇头道："这么等到几时去呢？"

春梅道："这是不可强求的事情，姑爷急也枉然。"

青阳听了，又自言自语地踌躇道："悬赏聘请，恐怕至少也要几十串大钱呢！"

春梅在旁听了，便大不为然地向青阳说道："姑爷既是肉麻银钱，这还是不必报仇的好。这些人物，就是一万八千，也不能说一准请得到的。如果只要几十串钱，我春梅就去讨饭，也讨得出来，姑爷大可省省，不用破钞了。"

青阳被春梅说得难以为情起来，也会红了脸地辩道："我并不是肉痛银钱，不过愁得请不到剑侠。"

春梅见他既是这般辩说，不便再说。此时却见青阳尽管把眼睛盯着她的脸上，一个人在那儿出神，也便觉得有些不好意思起来。正拟托故走开的当口，又见青阳的嘴唇已在一动一动地翻动，突然向她说道："我现在已是鳏夫，你又是寡妇，何不配拢一起？我的此举，并非是贪欢好色，一则日来思念你的小姐不置，有了你了，就可减轻忧愁；二则抚养小青，以及报仇等事，你嫁我之后，自能愈加上心。肯不肯在你，我决不像姓白的那个流氓，敢来硬逼。"

春梅听完，陡然把脸通红地答道："姑爷呀，我的命苦，恐怕更加胜过小姐。我的偷生人世，原是遵姑爷那句抚孤报仇的说话，此身虽然活着，我的一颗心早已死了的了。不然，我对可耻的丧事，怎会那样冷淡的呢？"

春梅刚刚说至这句，陡见窗子外面，似有一个人影一闪，春梅就疑这个影子，或是秋练。又知他的此来，对于青阳以及自己，定是凶多吉少，不禁惊吓过度，竟致晕了过去。正是：

惊弓鸟雀原无胆，学剑尼僧却有情。

不知后事如何，且听下回分解。

第八回

眼前惊怪影劝主安心
鼻内现奇光累妻授首

却说青阳正在凝神一志地听那春梅讲话，陡然之间，看见春梅似有所见，又像个受着什么激刺似的，顿时吓得晕了过去。青阳当下自然也吃一惊，赶忙唤进用人，立用姜汤，撬开春梅的牙关，灌了下去。过了好一会儿，方见春梅苏醒转来。

青阳问她刚才看见什么东西，何故吓得这般神情。

春梅又定了一定神，始答道："我见窗外一条怪影一闪，疑心是那个姓白的贼，前来伤害姑爷与我。"

春梅仅说了这一句，正待往下续说，却见青阳早已吓得一个人在屋内乱转，嘴上还连连说道："我命休矣！我命休矣！"

春梅见了，只得安慰青阳道："姑爷此刻可以不必害怕了。那贼何等厉害？他若真的前来伤害我们二人，哪里还等得到此时？恐怕我们二人此刻早已身首异处了多时。我因为此刻尚无动静，这条怪影或者另有其人，也未可知。既然不是那个恶贼，姑爷与我，与人无仇无冤，何致有人前来加害你我？所以我此时又劝姑爷不必害怕。"

青阳听见春梅这般解说，方才把心放下，仍复坐了下来，又问春梅道："这么你何以拿准这条怪影一定是剑侠一流人物呀？或者不是剑侠一流人物，也说不定的呀！"

春梅道："我与那个姓白的恶贼连头搭尾，相处也有两三年之久，只要是剑侠的影子，确能一见便知。至于何以一见便知，那就只能意会，不能言传的了。总之，方才所见那条怪影，凭我的经验，可以一准拿定它是剑侠的影子，或是另有其人，或是那个恶贼，这就不得而知。现在姑爷与我，只有听天由命，也毋庸多疑，也毋须多怕。这件事情，姑且丢开，说到姑爷看得起我，想把未亡人来补我那过世小姐的地位，在别人呢，当然求之不得，我春梅呢，也非矫情，实因早存厌世观念，现在只希望将小青少爷管领成人，以及眼见报仇雪恨之事以后，即不自裁，也拟遁迹空门，方始不负小姐，不负亡夫。姑爷倘若不信，请看将来便了。"

春梅说完，也不再俟青阳答复，忙带着小青、小可两个，自去做游戏运动去了。

青阳既见春梅如此决绝，从此以后，也不再做妄想。

又过两年，小可一天遽患天花夭折。春梅一见钱氏香烟既绝，她的悲伤反较可耻去世的时候厉害百倍，虽然如此，对于小青身上，仍旧视同亲生一般，尽心照料。

青阳因为一时聘请不到剑侠，只管因循下去，后来索性绝口不提。他因小青渐渐长大，代母报仇的责任准定加诸小青头上。春梅已知其意，也不催迫，但请青阳聘请教读先生，在家教授小青。小青虽是年龄未满十岁，可是人极长厚规矩，非但读书方面能够上心，就是对于青阳、春梅二人，也能十分孝顺。

春梅那时已近而立年华，早于两年之前，吃了长斋，至她所吃之斋，究竟为的小姐，或为亡夫，她既不肯声明，自然没人晓得，唯有她那艳如桃李，凛若冰霜，力任职责，心似死灰，这几桩事情，倒是无人不知、无人不赞。青阳因感其义，因敬其人，自己以及上下用人，都改口称春梅为奶娘。

羊家既一时无事可叙，不佞便要将羊家这面搁了下来，且俟小青成人长大，奉了父命出门寻找仇人的时候再提了。现在先要从那年春梅所见的那条怪影追述起来。

原来那条怪影真是剑侠一流人，春梅并不猜错。那条怪影，便是人称飞镖师太的马凤罗。从前，她的上人也是一位清官，嗣为权奸所害，满门抄斩，仅剩凤罗一人，那时只有十三四岁。因为报仇心切，遁入空门，拜了广东珠崖洞，绰号老少年的玄玄尼姑为师，学习剑术，一学二十余年，方始成就。她即禀明师尊，前去报仇。报仇事毕，仍回洞中修炼。

一天，她的师尊又收了一个小徒弟，俗名叫作小虎，这位小虎，阅者想该记得，就是女盗暴虎的亲女。暴虎自被白秋练羞辱之后，气得躲在深山，无脸再出问世。她既说过要命她的女儿小虎复仇，自然尽力教授武艺。教了几年小虎的本事，已与她自己相仿，她自己既非白秋练敌手，就令小虎去拜玄玄尼姑为师。小虎既拜了玄玄尼姑为师，自然要将来意禀明。玄玄尼姑听了倒还罢了，当下却恼了一位大师兄飞镖师太，飞镖师太也不告知师尊和这师弟，一个人悄悄地离了珠崖洞，去寻访白秋练其人，要替她这师弟报仇。又因沿途为打抱不平之事，一连成全了十几对夫妇的婚姻，大家感她仗义，坚留不放，这样一来，日子自然多了。等得她到了寿州羊家，白秋练早已闯了大祸，逃走得不知去向。

飞镖师太既扑了一个空，又到各处寻找几时，仍是不见影踪，只得回转洞中。这么秋练这人究竟往哪里去了呢？秋练因为连年所敲圆珠的竹杠，先后共积万金，他既见圆珠吊死，也觉有些对她不起，又怕青阳告官通缉，虽然有他那个武艺可以防身，不致被捕快等人所获，究竟有些不甚方便，他便带着银钱，偷回那座深山，隐姓埋名，同着他的妻子教教凤凰女儿的本事，享享世外桃源的清福。飞镖师太到处在找他的时候，正是他安居深山的时候。飞镖师太究是一个凡人，既无千里眼，又没顺风耳，自然寻不着他了。但是秋练虽然避过飞镖师太的耳目，却不能够逃出冥冥之中的报应，无端地心血来潮起来。

有一天，他与探花小姐谈起，又想出山混混。探花小姐本最贤惠，当下便答他道："你既不愿居此深山，我倒想起四川地方，还有几个亡父的门生，都在那儿做官。四川离开下江又远，或者没人前去与你为难，况且你已弄得断绝六亲，到处可以为家。你看如何？"

秋练既在髀肉复生的当口，一听有此路子，岂有不雄心陡起之理？他们夫妻父女商量停当之后，次日，全家携了征装，离了山中，溯江而上。先至汉口，再转巴东。那时四川省中，正在大闹旱荒，斗米千钱，尚是没处购买，秋练就把所有的银钱即在巴东一带，贩上十几号大船的粮米，便由水路向成都进发。

一天，已抵白帝城相近的地方，那本地的一班老百姓一见忽有这许多米船经过，顷刻之间，聚集了几百个人，各携升斗，都来向秋练船上粜米。秋练见此情形，自然居为奇货，起初声称不卖，后来又见众人只望买米充饥，不嫌价格昂贵，秋练这米原在巴东贩来，不过每石二两纹银，他却对众人说，要卖二钱一升。当下有钱的人们，只好依他价目，买了就走。可怜那班贫民，如何吃得这般贵米？于是就有几个歹人为首，煽动众人抢米。那时人多口杂，谁也禁止不住，陡然一哄上船，拼命乱抢起来。泊船之处，又是旷野，一时，没有官府前来弹压，众人胆子当然愈大。不到半刻，早已抢完一船。

秋练这人。本是无风还要起浪的东西，此刻一见众人抢他粮米，他的家当尽在此中，哪肯轻易放过众人？他就赶忙地卸去长衣，蹿至人丛里面，一手抓起一个，当作家伙，就向众人一扫风地打去。那班抢米的人众本已饿得肚皮差不多要贴背心的了，如何禁得起秋练的神力？顷刻之间，早被秋练打死几个。不过当场人多，犹同蚂蚁扛鳌头的一般，可是死的尽管死，抢的尽管抢，秋练打得兴起，只顾他的粮米要紧，哪顾人的性命？接连又被他打死二十多个。

就在那个人声嘈杂之中，陡见靠在几株柳荫树下的那只小船上，扑地扑地跳出一僧一道，都是童颜鹤发，满脸道气的，各执一柄雪亮似镜的钢刀，顿时蹿至秋练面前，也不打话，举起钢刀，便向秋练头上砍来。

秋练一见来的路数，却是行家，急忙避过刀锋，奔至船上，率同妻女，各执兵器，就和那两个僧道厮杀起来。谁知两个僧道都是剑侠，两个敌住秋练等三人，杀了一阵，各无胜负。秋练眼快，突见那个和尚鼻内哼出一道奇光，倏忽之间，化为一把炼就的神剑，直向他的脑门飞来。秋练知道那剑厉害，不敢儿戏，飞快地扑通一声，跳入河中躲命去了。可怜探花小姐稍迟一步，早被飞剑取了首级，死于非命。当下白凤凰还算乖巧，一见她的母亲遇害，她的父亲在逃，自知生命也要不保，一时情急智生，急朝那两个僧道扑地跪下求饶道："二位师父，须看小女子的师祖面上，万勿加害。"

那两个僧道听了，即把手指立刻向空中的那把飞剑一指，说也奇怪，只见那把飞剑似有灵性，便在空中来往盘旋，一时并不下来。当下又听得那两个僧道同声问她道："你的师祖是谁，快快说来！"

白凤凰忙答称："小女子的师祖，就是无忧老人。"

白凤凰说完这句，只见那两个僧道也吃一惊地问她道："这么广西提台之子，名叫白秋练的，是你何人？"

白凤凰垂泪答道："就是小女子的父亲，现已逃走。"说完，又指着她母亲的尸身哭道："这个却是小女子的亲娘。"

只见那两个僧道听了，也叹息道："善哉，善哉！尔父作恶多端，尔母不幸，却已为他带累。"说完，又命白凤凰起来道："事已至此，尔父打死此间二三十个人的性命，只有尔来做主，尽将所有粮米分给众人，借此抵罪。死者再各给棺殓之费百金，大事化为小事，尔看怎样？"

白凤凰此时已有十二三岁，极知道理，连连地答道："小女子敢不遵命？不过小女子船上，除了粮米之外，总共不及千金，不敷分配，如何是好？"

那两个僧道道："我们自有办法。"说着，又问众人道："我们的办法，你们可曾满意？"

众人听了，异口同声地说道："二位师父既是好心出来调停，大家只好这样。"

那两个僧道听了称善，一面即令众人各人取米五斗，不可多拿，取完之后，大家个个称奇起来。你道为何？

原来各人五斗，那十几号大船上的米，居然一粒也不多，一粒也不少，就是用着天秤称过，恐怕也没有这般均匀吧。

当下那两个僧道又点了一点死的人数，共计二十五名。白凤凰那里，仅有九百银子，每人应得百两，尚少一千六百之数。那两个僧道即用他们的手，向岸上一堆小石子上随便一指，更是稀奇，只见那一堆小石子，顿时变成雪白的纹银，秤了数目，又是恰恰符合。

大家收领之后，个个都当那两个僧道定是天上神仙，偶尔下凡，游戏人间的。顿时各燃香烛，朝着那两个僧道祝拜。

那两个僧道也不再与众人多说，即把白凤凰带到他们的小船之内，对她说道："我们二人，与尔师祖同师，那年在海外，曾经遇见尔的师祖，他托我们二人留心尔父，若有不法情事，随便结果他的性命。我们二人既受尔的师祖之托，到处云游，已知尔父为人真个不肖，败坏尔师祖的清规。我们二人因念尔父总是尔师祖的门徒，不忍伤他，谁知倒在此地无意之中遇见。尔父虽然逃走，若不痛改前非，自有人去惩治他的，结局不佳，谅可想见。尔既是我们的徒孙，尔可速将尔母的尸身，埋葬此地，何妨跟了我们二人回山，学炼剑术？将来出山，做些除暴安良的事情，也好代赎尔父之罪。"

白凤凰听毕，含泪叩谢。上岸埋毕她亡母的尸身之后，痛哭一场，跟着那两个僧道，修炼剑术去了。此事搁下慢提。

再讲白秋练当时躲入河中，并未逃远，且等那两个僧道走了，众人散后，方始钻上岸来。那两个僧道所办之事、所说之话，他都目有所见，耳有所闻。那时天色已晚，挂着空际的一片月光，照着这个荒凉旷野，以及他那亡妻的坟堆，很觉有些凄惨。又知他的女儿已经入山修炼，现下只剩得他一个人影只形单，身无分文。他的妻子既死，四川那条门路也已不成，一个七尺昂藏、顶天立地的大丈夫，竟弄得天下虽大，真无容身之地。想到此处，也会对着他那亡妻的土堆，伤感起来。

哭了一会儿，又觉得月色无光，阴风惨惨，似乎白天被他打死的那二十五个鬼魂要向他来索命的情景。此刻任他这位心如毒蝎、貌似凶神的白秋练，也会吓得牙齿打架，浑身发抖起来。没有法子，只得逃至四川省里再说。

那天到了成都，亏他尚有全身本领，居然谋着一个小小哨官。接差之后，他又忘其所以起来，于是非嫖即赌、非抢即偷。他所该管的汛地，被他闹得一塌糊涂。那时尚是专制时代，百姓怕官，俨如老鼠见猫一般，任他胡行妄为，哪敢说个不字？他既弄到那些造孽的钱财，又去运动上司，不到两年，已经升到营官。

有一天，他奉了全省营务处的公事，带着全营兵士，去到重庆一带，捉拿哥老会匪。岂知他的捉匪，又与别人不同，只要有钱送他，就是会匪也不捉拿；没有钱送他，就是平民也要捉拿。他又打听得内江县里，有一个有钱的寡妇，年纪既轻，相貌复美，他又故态复萌起来。因为内江地方，也是他所管辖的范围，他便带着左右两哨亲兵，直赴内江。扎营既定，他却青衣小帽，扮作客商模样，径至那个寡妇家里，诡称他与白营官白大人稍有瓜葛，白大人现方断弦，因此特来执柯。府上若肯与白大人重结丝萝，指日便有一品夫人之望；否则恐有不利，后悔莫及。那位寡妇虽然家中富有，因思富不如贵，只要这位白大人人才出众，似乎也可商量。正是：

文君艳史人间少，张绪风流世上无。

不知后事如何，且听下回分解。

第九回

看轻红拂易服私奔
媲美缇萦上书乞赦

却说那位寡妇听了这个不速之客的一番说话，腹内暗忖一会儿，嘴上方对来人说道："执事前来作伐，无论事之成否，总是好意。不过所说的那位白大人，究竟若干年纪，品貌性情如何，我未亡人守节数年，家中虽然不愁冻馁，既没子嗣可续香烟，后顾茫茫，却也可虑。近来族中又欺侮我是寡鸪，牧畜钱谷，随意侵占，若得有人可以倚靠终身，我也不是一定不可再醮。"

这个假装的客商答道："白大人现才三十几岁，风度既是潇洒，性格又极温柔，近来剿匪又具劳绩，指日便要升官。府上若允这头亲事，真是后福无穷呢。"

那位寡妇听了，自然有些满意，忙将这个假装的客商请至内厅，摆上酒肴，重行细谈。白秋练这人，何等会讲说话？于是说得那位寡妇死心塌地地愿嫁白营官白大人了。

等得吃过酒饭，白秋练已知大功告成，老实就把自己改装前来求亲的事实说了出来。那位寡妇听了，非但不怪他举动冒昧，反而越是说他多情。

白秋练又问她家族之中有无作梗人物，那位寡妇道："族中的人倒也不必管他，只是亡夫有个兄弟，素在江湖卖技营生，在我看来，无非卖膏药、打拳头的一流东西，谁知社会上一班人都称他是剑侠，他在一个月的前头，忽然回来，我起初不知他的宗旨，打算给他几千银子，使他饱暖终身。哪里晓得他却一文不要，言语之中，似乎含着不许我有再醮情事。现在你我婚姻之事，我只愁他要来干涉，似有未便。不过你是一个做官的人物，自然总有主意。"

白秋练听了，冷笑一声道："孀妇再醮，例所不禁，世上断没做小叔的能够管束嫂子。"

秋练说至此处，便又问道："此人现在哪里？他若真的不识好歹，我就把他当作会匪办了，也极容易。"

那位寡妇听了，大喜地答道："大人只要把我这个小叔办了罪名，那就包你再无第二个人出头阻拦。他此刻又到城隍庙里卖他的拳头去了，还是着人把他叫来，还是大人自己前去会他？"

白秋练道："让我前去，当着大众，使他知道我的本领，叫他也好死心。"说完，提脚就走。

那位寡妇边送他出来，边又叮嘱道："这么你会他之后，好歹亲来给我一个消息，使我放心。"

白秋练听完，把头一点，算是答应，急忙出门而去。白秋练一到城隍庙内，就见人山人海地围着那寡妇的小叔，在那儿看他打拳。白秋练自从在白帝城遇见那两个僧道以后，对于江湖吃把式饭的人物，无不处处留心。他此刻便挤入人丛之中，先去看看他的拳法，是否真有来历。岂知不看犹可，一看之后，竟把他吓得目定口呆。你道为何？

原来此人正在一壁打拳，一壁尽把他口内的一道白光随便吐进吐出。众人俗眼，还当那道白光也是变的戏法，只有白秋练却是内行，因见这道白光，分明就是剑侠所炼的剑光，并且似与白帝城所遇那个和尚，鼻内所哼出的那道奇光不相上下。白秋练何等乖巧？马上溜出人丛，也不再去回复那位寡妇，一直回到营里，随便写上一张条子。上面所说的是：

启者，顷间正拟前往相会，忽奉上宪公文，令吾克日
率领队伍，前往西昌县属，剿办土匪，倘有违误，吃罪不
起。吾辈所议，暂且缓谈，将来如遇机会，定当晋谒。临
行匆促，不及走辞，尚希宥之。寒暖珍重，余不尽言。

云泥雨浑

信封面上，只好写上真实姓名，是径呈朱鸾吹夫人玉披，下具
白秋练字样。封好之后，即差一个亲兵送去。

朱鸾吹接去拆开一看，只得暗暗叫苦，她并不知道白秋练不敢
去会她那小叔，仅知上司公事要紧，这是无可奈何之事。当下重赏
亲兵，又把她亡夫祖传的一柄宝刀付与亲兵，转呈秋练。亲兵回报，
秋练接来一看，只见那柄短刀光芒四射，的是宝物。即向一块巨石
上面试了一试，真觉寒气逼人，削铁如泥。现在自己正在剿匪，这
柄宝刀确是一样极有益处的物件。还防朱鸾吹前来缠扰，自己不肯
坍台，无话可复，好在前往西昌剿匪，倒是真事。当即马上开差，
一面调集队伍，一面就向目的地进发。

原来西昌地方，距离省城还有二十多站，一路都是旱道，沿途
打尖住宿，很少人烟，这是最苦的差使。但做和尚总要念经，也无
法子。那时那里土匪十分猖獗，秋练的本事只要除了剑仙以外，倒
也可以对付。不过土匪人数太多，剿了一股，又是一股，杀了一处，
还有一处。上司见他尚有成绩，索性命他长驻那里，非俟肃清以后，
不准回省销差。秋练只好就在西昌城内设了行辕，分头剿匪。

一天，来了一股旱匪，那个匪魁还是一个女子，她的本领似乎
不在秋练之下。秋练既遇这个劲敌，立刻闭城坚守，等她的锐气减
退之后，方始出击。城外的女匪已知他的计策，忽然也将她们匪众
四面散开，似在那儿诱敌。秋练也不理她，只在城内训练队伍。

66

有一天深夜，守城兵士忽见一位军官打扮的人物，只有一人一马，奔来叫城。兵士不敢做主，慌忙禀报秋练。秋练亲自上城，打起灯笼，往下仔细一看，不禁大吃一惊。你道为何？那位军官并非别人，正是内江的那位寡妇朱鸾吹夫人。秋练一见是她，赶紧将她连人带马吊到城上，一同来至行辕，百事不提，第一句就问她的那位小叔，目下可在府上。

鸾吹以为秋练正在用人之际，或者要她小叔前来帮助剿匪，也未可知。连忙答道："我那小叔业已进省，他的住址，我倒知道。你要用他，可以写信去叫。"

秋练听了，摇头答道："我此地用他不着。"

鸾吹道："你不是说过要当他会匪办的吗？我说快快将他办了，便好高枕无忧。"

秋练道："我为剿匪要紧，因此无暇办他。我又问你，路远迢迢，沿途又有匪警，你的胆子怎么这般大法，竟敢一人来此？路上受了惊吓吗？"

鸾吹听了道："沿途倒还平安，这也靠你之福。"

秋练道："你有偌大家财，既是出门，家里的东西又托何人照管呢？"

鸾吹道："我家现钱不多，都是田地，所有首饰已经藏在密处，故而无碍。不过我这次换了男装，面子上算来从军，其实无非掩人耳目罢了。我既来此，我是不回去的了。"

秋练听了，暗暗一想："我从前因为惧他那个小叔是位剑侠，不敢造次。现在她的小叔既已出门，她又单身送上门来，事更秘密。这般现成的好事，哪好不领盛情？况且娶她之后，就成巨富。"

秋练想至此地，便与鸾吹做了夫妻。鸾吹原为的是虚荣，嫁着这位声势煊赫的夫婿，自然异常满意。秋练却为的是实际，娶着这位经济充足的夫人，自然也是满意。大家既然满意，岂能不怕那位小叔要来拆散他们鸳鸯之理？秋练于是下了一着毒着，问明鸾吹，她那小叔的住址，马上一道公文，密报营务处，内中说他妻子的前夫之弟孙德照是个会匪首领。现在进省大有举动，匿在某处，请速拿到正法。沐恩既吃皇家俸禄，只好不顾私亲云云。营务处接到这件公事，立刻按址将孙德照拿到，发交一府两县会审。

原来孙德照确是一位剑侠，剑侠最重的是天、地、君、亲、师五个字的，国家法律哪敢不守？所以并不抗拒。等得开审以后，方把白秋练冤枉他的情事供了出来。问官哪里肯信？便把他谳成大辟。当下却恼了一位奉旨还乡扫墓、名叫高仁湛的御史。这位高御史，乃是孙德照的开笔先生，素知这个学生早成剑侠，又访知白秋练平时枉法贪赃、诬良为盗的种种罪恶，他即亲去拜会制台，立命臬司平反孙德照的冤抑，另派别人剿匪，并把白秋练调回省来，问成斩监候之罪。还怕白秋练本领高强，平常狱官哪里管得他牢？复令孙德照权任狱官。孙德照因为师情难却，只好担任。

那边的朱鸾吹得着这个凶险信息，又吓又急，不到几天，一病呜呼。在她呢，算是学那红拂，其实是在糟蹋红拂，只怪自己不长眼睛，不必提她。

秋练一到监里，已知孙德照专来管理人犯，自量不敌，只好等死。幸亏一连遇着几次国庆，在监三年，尚未处决。最后的一次救星，却是他的女儿白凤凰到了。

白凤凰自从在白帝城地方遇见那两个僧道，跟到山中，始知那个和尚名叫南无僧，那个道士名叫信天子，都是有名的剑仙，还是无忧老人的师兄，他们两个的剑术，能够上天擒龙，下海捉怪，当时一班剑仙里头好算首屈一指的人物。因见白凤凰满身仙骨，一腔孝心，她的生父虽然作恶多端，只要她能炼成剑术以后，去到世上，安良除暴，广行功德，也好赎她父亲之罪。不过这个赎罪，并不是保全她父亲的本身，乃是庇荫她子孙的世泽。可见一个人万万不可作恶，一做了恶，无论如何不能赦免。就是出了佛仙孙，也只好保得后代。不佞此书，无非劝人为善，阅者切宜注重此点，方始不负做此书的宗旨。

当时南无僧、信天子两个，日夜传授白凤凰的剑术，一则她生有仙骨，二则她是位孝女，三则她与南无僧、信天子两个有缘，有这三层缘故，白凤凰仅用了三年苦功，便已成就。

有一天，南无僧、信天子两个对白凤凰说道："你的父亲现在四川省城臬司监内，你可以前去救他。他的本身罪孽深重，原无救药。不过你此番前去救他一次，也是我们成全你的孝行。"

二人说完以后，即打发白凤凰下山。

白凤凰一听她的父亲已在臬司监里，便知定了死罪，这一吓，还当了得？慌忙辞了二位师祖，沿途也不留停，一直赶至成都。等到半夜，她便悄悄来到臬司监内，寻着她父亲的号子，伏地暗号。

秋练一见他的女儿凭空到来，又喜又惊，又悲又惨，急问他女儿："可已学成？能否救我出监？"

白凤凰轻轻地答道："凭女儿的剑术，不难此刻就将父亲救了出去。但是父亲所受的是国法，国法这样东西，无论何人都该遵守。倘若单仗剑术，弁髦法令，便与剑术的真谛有所冲突，无父无君，天理不容。女儿若知有父，不知有君，既学剑术，绝不为此。父亲放心，女儿总有办法。"

秋练听完，忙念阿弥陀佛，老天保佑。

白凤凰出得监来，寻了一座尼庵住下。她想："我读《汉书》，曾见文帝时候，淳于意有一个少女，叫缇萦，她因乃父有罪，拼死诣阙上书救父。我还记得她书中的大意是：妾父为吏，齐中尝称其廉平。今坐法当刑，妾伤夫死者不可复生，刑者不可复属，虽欲改过自新，其道莫由，终不可得。妾愿投入为官婢，以赎父刑罪，使得改过自新也。后来文帝竟免乃父之罪。现在川省的制台素有孝子之称，我何不也仿缇萦的办法，上书督署，若是无效，再想别法未迟。"

白凤凰想罢，立刻作上一张禀单，递至督署。那时护督姓赫，虽一个旗人，忠孝两字还能讲究，一见白凤凰的那张禀单说得万分凄惨，念她是个孝女，居然代她出奏，说是可否乞旨特赦，令这犯官白秋练改过自新。逊清时代，大凡总督所奏之事批折着照所请的字样居多，白秋练因得安然出狱。那个朱鸢吹可惜死得太早，不然，也好重为夫妇如初。

孙德照既见秋练赦罪，自己无事，立即辞官，仍往外省卖拳访友去了。

白秋练一见孙德照已去，又见女儿也知剑术，他又雄心未死，特去禀见制台，他说大帅既是出奏，令沐恩改过自新，沐恩的小女，稍有武艺，目下川省遍地都是土匪，大帅若准沐恩再去剿匪，沐恩敢负全责，一年之内，匪患可告肃清。赫制台素知白秋练的本领不弱，当下便下委札，仍旧令他充当营官，驻扎打箭炉一带地方剿匪。秋练既有女儿帮忙，那些毫无组织的土匪自然禁不起他们父女一击，果然不到一年，非但他的辖地，土匪绝迹，就是川东、川西，川南、川北的土匪，无不闻风丧胆，大股悍匪，统统逃到边省去了。

白秋练那时因有女儿时时刻刻地规谏，倒也不好胡为乱行。日子一久，自己也被女儿感化，觉得半生所作所为，似乎有些说不过去。虽然不能立时改恶向善，总算勤劳王事，安分守己。谁知他虽安分守己，那位赫制台告老还乡，继任的一位周制台，因闻秋练素有劣迹，便把他的差使撤去，另委私人周某接充。

秋练此时稍有宦囊，也想安享林泉，度他的余年。不料他手下的那班兵士因感这位营官小姐待下有恩，治军以德，大家不准新任周营官前来接任。那位周营官既是制台的私人，马上一个密禀，说前任白秋练抗令不交，形同叛乱。制台不问皂白，立即饬知一位统领，带了几营队伍，限期来到打箭炉，一面遣散秋练所带的那营兵士，一面还要将秋练父女二人就地正法。这场乱子，倒也闹得不小。正是：

激变军心犹可辩，酿成匪患有何辞。

不知后事如何，且听下回分解。

第十回

山骸川血大败官兵
花貌雪肤分编匪队

　　却说白秋练那时总算有些归正，一听得制台所派的大兵已到，要将他们父女二人就地正法，不便反抗，就想挈同女儿赶紧逃命。凤凰也说只有这着。哪里知道部下兵士听见他们父女要走，万分不舍，顿时一拥而进，伏地痛哭，说是情愿跟着同走，不肯散伙。秋练劝了一番，大众哪里肯从？凤凰也向大众劝说。

　　正在哭声震天之际，那位统领早听周营官的撺掇，硬说秋练部下兵士业已叛变，只有痛剿，并无别法。那位统领马上拉开队伍，围着秋练扎营地点，下令开火。顿时弹如雨下，烟雾迷天起来。

　　秋练眼见外边已朝里面开火，部下兵士首当其冲地，早已击毙几个。幸而那时都是伏在地上，还可避了弹，不然，全营兵士，岂不像釜内之鱼、瓮中之鳖了吗？

　　当下秋练即对女儿说道："我们此刻不走，更待何时？"

　　反是凤凰不忍部下兵士为了他们送死，打算救出大众再走。

　　秋练不解道："我儿不是常说国家命令，不得违抗的吗？何以今天又变了素志呢？"

　　凤凰急答道："事有轻重，哪能见死不救？此时不是辩论是非的时候。"说完，急向大众高声说道："众位弟兄，快快各拿家伙，跟着我们父女，且先逃出重围再讲。"

大家一听小姐之言，马上奔去各拿枪械，听候小姐指挥。

凤凰又下令道："尔等四散伏地，朝天开枪，只能自卫，不可伤着对方性命……"

凤凰话犹未毕，陡然听见她的父亲哎哟一声，小腿上已着一粒子弹。此时秋练的那股暴厉之气顿时塞上胸来，眉毛一竖，眼睛一突，忍着疼痛，跳了起来说道："老子如此退让，他们还要苦苦相逼，我要自保性命，也不能再管什么王法不王法的了。"

秋练说罢，并不再和女儿商量，急把从前朱鸾吹赠他的那柄宝刀拿在手里，再取一支快枪，大喝一声，立时几个箭步蹿出营去。凤凰要顾父亲性命，只好身子一起一伏，边避外面飞来的子弹，边也跟踪追了出去。那班部下兵士一则早已气愤填膺，二则又见主将父女单身出去，顿时一声口号，大家弯着身体，像狗跑般地携着枪支，一齐奔出营门，就与省军对敌起来。秋练索性亲自指挥，两方互战一阵，各有死伤。

凤凰此时也恨省军太觉不讲情理，激成兵变，与其双方多伤性命，不如避重就轻，赶紧除去那位统领，以及周营官二人，这场恶战，方能罢休。她当下想定之后，便让父亲独去指挥。自己吐出所炼就的那柄飞剑，跟着那条剑光，早已飞近那位统领面前。仅见剑光向他脑门一绕，那位统领立即倒毙。他手下的省军一见主将阵亡，所谓蛇无头而不行，大家早像潮退般地四散奔逃。秋练见了，索性一不做，二不休，凭着他的本领，也将那个罪魁祸首的周营官一枪击死。

白营兵士一见自己这边得胜，哪里还顾省军的性命？远的用枪，近的动刀，一场恶战，早已尸横遍野，血流成渠的了。幸亏秋练的营盘本来扎在城外，所以城内的一班老百姓尚未遭殃。

凤凰一见省军除去伤亡的外，余皆没命地逃散，当下一面下令收兵，一面向部下的兵士说道："这场大祸，虽是省军相逼太甚，无故地把众位弟兄当作土匪剿办。但是我们情同造反，北京的那位满洲皇帝老子早把我们的大汉江山据为己有，满汉界限非常之严，哪肯不张国威，轻易饶恕我们？我此刻的主意，只有我一个人前去自首，要杀要剐，由他们去施行国法。众位弟兄和我父亲，快快各自逃生去吧！"

凤凰说到去吧的这个"吧"字，早已泪下如雨地又向她的父亲哭道："爹爹呀！我的亲娘既已惨死，现在你的这个苦命女儿指日又要明正典刑，这种报应，也是爹爹少年时候所行不谨，以致老天降罚你的妻女。爹爹此次逃亡出去，千万多多地做些善事，向天老爷求恕，将来或可再娶一房后母，好替我们白氏门中接续香烟。"

秋练此时听她女儿这番又凄又惨的说话，也会良心发现，掩面干号几声。尚未答话，他的那班部下早已一齐伏地，劝阻这位小姐道："小姐既知现在的皇帝拿征服来对待我们大汉百姓，小姐此去自首，便是愚忠。况且'君亲'二字是并重的，只知有君，不知有父，也于孝道有亏。我们弟兄们，跟随小姐的日子也不算少，谁不知道小姐是位剑侠？剑侠宗旨，原是凭着天理行事的，像那些除暴安良、惩恶奖善的行为，日日做去，犹嫌不足，怎么可以将这有用之身，去做无谓之死？小姐倘真要去，难道忍心丢下这位须发苍白的老亲吗？难道不怕辜负那位传授剑术的师尊吗？至于我们众弟兄们，尚在其次呢。"

大众说完，秋练在旁听得大众这般地说，更加伤心得了不得，急忙一把抓住他女儿的手道："我儿呀！你父少年时候，血气方刚，所做之事，此刻想想，真觉惭愧。但是天下无不是的父母，我儿既有孝心，从那臬司监里将为父救了出来，为父后来做事，总算已经不像从前那样了。此次之事，自然不好怪为父的，凡有血气之人，谁不发指眦裂？现在我儿果真丢下为父，前去自首，到了省里，那班满庭走狗，怎肯饶你？我儿若有长短，叫为父的再去倚靠何人呢？"

秋练说至此地，早已哭得噎不转来了。

凤凰本是一位孝女，一见她的老父已经追悔，又哭得不能成声，一想："'忠孝'二字本难两全，我何能丢下这位老父？只有权作国家的罪人吧！"

　　凤凰想定，忙劝她的父亲道："爹爹不必这般伤感，女儿准定遵着父命，不去自首便了。"说完，又向大众道谢道："众位弟兄方才所说之话，真是可感，我便不去自首。既然不去自首，就得马上与众位弟兄们告别，同着家父逃生去了。后会难期，众位弟兄，快快也去逃生要紧，不可自误。"

　　凤凰说完，只见那班弟兄们无不异口同声地说道："这回的大祸，就因我们众弟兄不忍离开我们大人和小姐而起，现在事既如此，只有要求小姐同了大人，看在已死的众弟兄面上，权且率领我们落草，将来再望朝廷招安，仍可重见天日。况且既是落草，便可不受那班瘟官的拘束，要怎样就怎样，古来绿林之中，很多豪杰。小姐见理甚明，替天行道，正在此时呢！"

　　凤凰听罢，一时尚未答应，还是秋练暗想："这样一办，正好吐我胸中的恶气。"便自己做主，允了众人。众人方始满意，大家起来，自去检点枪弹什物，以便立刻去觅山寨。

　　凤凰未便反对，只好要求父亲，须与众弟兄们约定，不准奸烧抢杀，学那土匪行径。否则，女儿只好洁身以去。

　　秋练忙答道："这个自然，为父现在懊悔已迟，倘能此去做些除暴安良的事情，虽然不能赎我本身之罪，或者还可不致殃及后人。山寨规则，为父会与众人约定，我儿毋须烦心。"

　　凤凰听了，方始跟着老父，率领所部，立时离了打箭炉城外，寻着一座名叫清风岭的山上，做了寨基。此山异常峻绝，真是一座所谓"一夫当关，万夫难越"的天险，内中还有荒田，可以开垦种稻，还有林木，可以采伐造屋，还有盐井，可以凿掘取盐，还有桑麻，可以取作纺织。这座天然的山寨，仿佛天设地造，留作白氏父女安身之用的。

秋练旋即立出匪律，照了凤凰的办法，部下那些兵士，此时只好称为匪众，他们竟能遵守匪律，不敢违犯。那时邻近各乡的妇女们都知清风岭上到了两位仗义扶危的大王，非但毫不害怕，且愿大家迁入山来，反好不受贪官墨吏的压迫，安稳度日。凤凰并且选择了百余名较美的乡女，编成贴身卫队，每日教练她们枪法拳术，以及飞檐走壁之技。不到两三个月，这班乡女尽成娘子军了。又号山寨为清风寨。

他们这面刚刚布置妥当，省中制台业已得报，知道那位统领连同周营官均已阵亡，一面飞奏朝廷请赐恤典，一面遣派大兵，直向清风岭进剿。又知白凤凰有剑术，单靠一班官军，万难取胜，忙又卑礼厚币地聘到几位能人，一位名叫无敌禅师，一位名叫神弹子侯固，一位名叫哈哈和尚，还有一位女的，名叫母夜叉柳绵绵。这个柳绵绵，就是前在西昌县属，与秋练交过锋的那个女匪魁，后来被孙德照收服，降了官军。这几位人物，虽非剑仙流亚，却也各具绝技。亏得白凤凰芳龄虽只二九，又是早已成了剑仙，不然是清风寨里，突然地遇着这班天煞星，真要踏为平地了呢。

那天秋练父女两个正在寨中看操，忽据一个匪探报称："省里已派袁营务处亲自出马，率领大兵十营，内中还有四个好手，前来剿灭我们，前站已抵距离山寨四十里的鱼口集了。"等语。

秋练父女听毕，一壁即令匪探再去侦探，随时飞报，一壁坚守山寨，并不出敌。他们是一则本非真正土匪，不过被逼铤而走险，却抱人不犯我，我不犯人之志；二则山寨设在天险地方，以逸待劳，省军千里行师，哪有他们自在？因此之故，必俟省军进至山下，先向他们开火，方始出应。

谁知省方大军虽在鱼口集安了营，就在当天晚上，拜托无敌禅师、神弹子侯固、哈哈和尚、母夜叉柳绵绵四位，换了夜行衣服，各携各人炼就的军器，人不知鬼不觉地来至山中，想把秋练父女两个一起刺死。哪里知道白凤凰既是一位剑仙，何至一无准备，就此

76

坐以待毙之理？白凤凰急告知老父，索性熄灯安睡，自己隐身床下，要给他们一点儿厉害看看。他们四个呢？也知白凤凰是南无僧、信天子两个的徒孙，她所炼就的飞剑，叫作元始剑术，这种剑术，真是剑不离人，人不离剑，秉其那股先天正气，人与剑能够合而为一的。若非修炼至气胜于形的人物，一遇这道剑光，虽在数里以外，亦无生理，所以大家各自留心，不肯一毫疏忽。

当时各人自然用出全身本领，寻至秋练父女的卧室，首先由无敌禅师从窗口纵进。他的身子尚未及地，说时迟，那时快，只见床下飞出一道白光，倏地迎着无敌禅师的脑门一击，跟着又听得砰訇的一声震响，可怜无敌禅师，空号无敌，早已倒身死在地上。外面的神弹子、哈哈和尚、母夜叉柳绵绵三个，一见无敌禅师已被白凤凰的飞剑所伤，大家知道自己也非其敌，只有三十六着，走为上着，顿时一溜烟地四散逃跑。

那时，白凤凰也已飞身上屋，抬头向四处一望，看见远远的尚有三条黑影，在那儿一闪闪地乱闪，便高声喊道："三位慢走，我白凤凰决不追赶！"

秋练在屋内听他女儿在屋上说话，以为敌人犹未走远，急忙纵身上屋，问他女儿道："那班贼人呢？难道任他们逃走不成？"

白凤凰听了，一壁先同秋练纵身下来，回进房里，一壁始向秋练说道："既是同道，女儿决不自残同类。"

秋练道："这么那班官军呢？"

白凤凰道："他们三个回去之后，女儿敢说那班官军一定退去。"

秋练听了，还不十分相信，哪知第二天一早，就有匪探来报，说是省军已于昨夜连夜退尽。秋练听了，方知他的女儿非但剑术厉害，而且能够知己知彼，料中敌方的行事。山寨里头既有他女儿这种人物，自己便可高枕无忧。

照秋练的意思，还要把无敌禅师的尸首拿去示众，又被他的女儿阻挡，说是无敌禅师本非无名之辈，同是一道，何必再出他丑？

秋练听了，只好命人把无敌禅师的尸首埋葬了事。

省军同了三个能人，回到省中，见了制台，自请处分。制台不敢将此事出奏，一面辞退三个能人，一面再命防营进剿。一连又是几仗，无不打得落花流水，抱头鼠窜地回省销差。制台没有法子，索性假痴假呆，打着他的官话，行文缉捕了事。好在秋练父女本不出来扰民，所以那位制台还好敷衍过去。否则北京方面，被他瞒过，本省绅民也要去告御状的了。这且不提。

单说秋练有一天对他女儿说道："制台是我们的仇人，我儿应该为父报仇才是。"

白凤凰答道："女儿要去行刺制台，本非难事。不过女儿想想，我们近来杀死省军，真是不少了。上天有好生之德，就让他一个人活在那儿，于我们这里，也没害处。他若再行非义，老天也会惩治他的。爹爹可以饶人的地方，女儿奉劝爹爹，也不必太事认真呢！"

秋练听了，方才无话。

岂知秋练不去寻着制台，制台的那位续弦夫人，一时活得不耐烦起来，天天地向制台吵闹，说是要往打箭炉探亲。

当下制台听了他那位夫人的说话，吓得双手掩着耳朵地答道："你怎么说得出这样话来？你难道不晓得此地到打箭炉去，必须经过那座清风山寨。不要说那个白氏父女已成我们的仇人，你去自投罗网，他们来得正好。就是此去，沿途都是旱道，既没客栈可以住宿，又没菜米可以充饥，你在衙门里头还嫌用人服侍不周，如何能够去吃那个苦头呢？"

制台夫人听了，正要答话，忽被背后站着的一个丫鬟暗暗地向她袖子一扯，她便会意，方才不与制台歪缠。正是：

> 丫鬟敏慧虽堪取，匪探精明怎奈何。

不知后事如何，且听下回分解。

第十一回

糟蹋夫人临时劳侑酒
成全淑女当众吃交杯

却说制台夫人一见她的丫鬟秋香在背后暗暗地扯她，便不再与制台多讲。等到制台出去批阅公文的时候，急把秋香唤至面前，笑骂道："你这小鬼头，方才拉拉扯扯想是和我有话。"

秋香听了，也抿着她的那张樱桃小嘴儿，微微地笑上一笑道："夫人想到打箭炉去探亲，老爷哪儿会肯？"

夫人接口道："这么难道我就此罢休不成？"

秋香道："我晓得老爷再过一个月，就要出巡川南一带去了。我们只要等老爷一起身之后，我们马上就走，岂不干净？"

夫人听了道："这个主意虽然不错，但是老爷没有留着说话，那个营务处里未必肯派队伍护送我们前往，也是枉然。"

秋香听了，连连地摇着头道："现在省城里的队伍，只要听见那个白字，早已吓得三魂落了两魄。若是命他们护送，只有去送性命的了。我的主意是，不必再带其他用人，我与夫人两个，只要改扮平民模样，人不知鬼不觉地走他一趟，恐怕我们老爷还要我们两个先回来呢！"

夫人听了大喜道："秋香，你的这个法子真好，我们准定这样。"

秋香道："夫人既然赞成这个办法，千万不要在老爷面上露了口风。"

夫人听了，又笑骂道："我瞒着老爷的把戏真多呢，你见我哪一桩事情被老爷捉破过的呢？"

秋香听了，忽又扑哧地一笑道："夫人的把戏，不是我秋香在暗中调排……"秋香说了这句，又在她的鼻子里头哼了一声道，"夫人上个月，和王师爷两个在花园里的事情，不是亏得我来通信的吗？"

夫人听了，陡地将她那张粉脸一红道："我想也叫他同去，你说可好？"

秋香听了，皱了眉头，连道："不好不好，若带王师爷同走，那是全衙门里的人都要敲锣了。难道夫人真的一刻都不能离开他不成？"

夫人听了佯嗔道："不带他去，就不带他去，你这小东西，何必如此叽里咕噜？"

秋香听了，方始一笑走开。

过了月余，制台果然出巡川南去了，夫人和秋香两个马上改扮男装，携着路费，悄悄溜出衙门，便向打箭炉进发。一路风餐露宿，毋庸多述。

一天，离开清风寨不远，夫人问秋香道："照站头的规矩，今天晚上，应该在清风岭下过宿。但是岭上的土匪厉害，不可儿戏。若是不在清风岭下过宿，沿途又无旅店，如何是好？"

秋香道："我在路上，早已打听明白，据走过清风岭地方的客商说，岭上的土匪非但不来抢劫商家，而且还做好事，若无路费之人经过那儿，他们真肯借给盘川。况且他们又不知道我们的根底，何必不住那里，自讨苦吃？"

夫人听了，方始大胆前行。到了岭下，借了一家旅店住下，以便次日再走。

夫人和秋香两个正在消夜的时候。"消夜"二字，便是四川人说吃晚饭的俗语。不佞既编四川的事迹，那里的风土人情，不能不就地取材，这也是做小说的一定规矩。当下夫人和秋香消夜未毕，陡

80

见两个匪探模样的人物，进来盘查旅客，一见夫人、秋香两个，分明是女扮男装的，既是匪探，当然十分精细，知道内中必有蹊跷，便走至她们二人面前，行了一个把式礼之后，方始开口问道："二位明是女子，何故改装出行？在下是清风寨的探子，责任所在，不敢疏忽，务乞二位将实情见告。"

夫人一听是清风寨的探子，顿时吓得花容失色，哪里还敢哼出一个字来？还是秋香胆子稍大，硬说不是女子。

那两个匪探曾经受过匪规，对于过路客商，不准骚扰，妇女尤须保护。若是查有形迹可疑之人，必须面禀大王办理。那时清风寨内各处土匪，闻风投顺，已近万人，大家都称秋练为老大王，白凤凰为小大王。秋练父女二人的威名，比较《水浒传》的宋江、晁盖，真要高过百倍。当下两个匪探，一个仍与夫人、秋香两个敷衍，一个飞奔上山，禀知老大王发落。

秋练那时正与各位首领在那儿喝酒取乐，一听匪探禀报，便命速把二人带至寨里，由他讯问。一时带到，秋练起初倒还和颜悦色地盘问夫人与秋香两个，后来因为她们二人矢口不认改装，秋练就命执法队目，将她们两个当众检验，一验确是女子。秋练方才大怒，便要动刑。

夫人和秋香两个没有法子，只得老实将她们的姓名实情全盘说出。秋练一听这两个人就是他仇人的妻子和婢女，顿时大喝一声，吩咐左右："快快绑出斩来！"

左右正拟动手，忽有一位首领离席急向秋练说道："小大王曾经有令，老大王不论要斩何人，必须前去禀报。小弟并非不遵老大王之命，反听小大王的吩咐，实因小大王现兼执法首领，不敢不报。"

秋练听了，忙问左右："小大王可曾安睡？"

左右答称："业已安睡。"

秋练道："既是如此，可将这两个严行管押，且俟明日，交与小大王处治便了。"说完，便有四个副头目上来，把夫人和秋香两个一同押下。

秋练等得二人下去之后，始向同席的各位首领说道："我白秋练本是一个杀人不眨眼的人物，自从被我小女相劝之后，我的性子便也耐了不少。方才这个总督夫人无端地自己送上门来，诸位说说看，是不是老天爷爷念我当时受了冤枉，特地鬼使神差地送来让我报仇的吗？"

众位首领听了，同声附和道："本来善有善报，恶有恶报，制台从前不应撤去老大王的差使，还要想把老大王和小大王就地正法。今天他的夫人自行投到，真是老天有眼了。"说着，大家轮流各敬三杯。

秋练一一喝完，也敬各人三杯。秋练此时心上一个快活，便问左右："山下可有私娼？"

众位首领接口问秋练道："老大王查问私娼，有何吩咐？"

秋练听了，先哈哈地大笑了一会儿，方始答道："我问山下有无私娼，因为我与众位在此喝酒，有酒无肴，固是没味儿，有酒无花，也觉乏趣。又因我已归正，不好再去糟蹋良家妇女，故而想到私娼。"

众位首领道："小大王每日亲自下山访查，见有贫苦妇女，常常赏给钱米，一见油头粉面等辈，立时驱逐出境。现在我们山上山下，早已成为四民乐业的地方。男耕女织，风俗淳良，哪里还会有娼妓呢？"

秋练听了，似乎有些扫兴，吃了几杯寡酒，忽命左右："速将方才那两个女扮男装的女子改了女装，带来侑酒，不得违误。"

左右奉命下去，不到半刻，早把夫人、秋香二人带了上来。秋练一看，只见她们两个业已发绾盘龙，鬓梳堕马，眉描翠黛，唇点胭脂，一身绣服，风摇杨柳之腰，三寸红鞋，粉印莲花之步，满面含羞，更形妩媚，低头无语，反现风骚，这般荡态，虽非天上神仙，如此娇娃，也算人间尤物。秋练此时越看越爱，早已忘其所以，又将故态复萌起来，便命秋香去与众位首领把盏，自己一把将夫人拖到身边，叫她先敬一个皮杯。夫人此刻要顾性命，哪敢不依？只得敛去羞容，遵着秋练之命，情致缠绵地敬了秋练一个皮杯。秋练咕嘟地一口吞下，正在动手动脚、乐不思蜀的当儿，忽见两个小匪飞奔地前来报告，说是小大王出来了。

秋练一听他的女儿来了，赶忙一把将夫人从他的膝上推至地下，还想命人把夫人、秋香两个带下，免得被他女儿看见。谁知已经不及，早见他的女儿披着一件斗篷，匆匆走至席前。眼睛看着夫人和秋香二人，问他道："爹爹，这两位就是总督夫人和婢女秋香吗？"

秋练自觉有些难以为情，竟把一张老脸涨得通红地道："是的。"

白凤凰道："女儿有个请求，未知爹爹可肯依了女儿？"

秋练忙答道："我儿有话，为父无不依你。"

白凤凰道："爹爹的仇人乃是制台，一身做事一身当，其实与他妻子、婢女无干。"

秋练尚未答言，站在旁边的那位制台夫人何等乖巧？慌忙扑的一声，向白凤凰跪下，边磕着头，边哀求道："这位女大王在上，我们老爷得罪此地大王，贱妾委实丝毫不知，并不是贱妾敢在女大王面前乱说。倘若此地老大王不嫌蒲柳之姿，要我陪酒荐枕，无事不可依从。只要留得一条狗命，于愿已足。"

秋练一听夫人说得难听，赶忙和他女儿说道："为父此时已经醉了，这两个女子，我儿尽管带去，或杀或赦，自行办理就是。"

秋练说完，也不及等他女儿答复，早已假装三分醉地溜到自己房里去了。众位首领一见老大王已走，大家也各借故退去。

白凤凰也不理睬众人，单对夫人说道："夫人可去安宿一宵，明儿我当亲送夫人回衙。"

夫人、秋香两个一听此话，慌忙磕上几个响头，便有人来把她们带去。

次日一早，白凤凰果真一个人陪了夫人、秋香两个，下了清风岭，直向成都进发。路上并不去与她们二人多谈，不过好看好待而已。

一天，到了一个小镇打尖，夫人、秋香两个已在午餐，白凤凰肚子不饿，独往镇上闲逛。偶然经过一家门口，望见里面却有一位老妇在那儿号啕大哭，她便走了进去，问那位老妇道："老太太何故如此悲伤？府上有何事故？我倒可以相助一臂。"

那个老妇听了，一壁拭泪，一壁答道："你这位姑娘，虽是好意，无如救不了老身。"

白凤凰道："老太太姑且说来，或者有法可想，也未可知。"

老妇听了，方才说道："我有一个孙女，名叫宋艳姑，长得尚算罢了。不料距离此地五里的龙王村里，有个恶霸，绰号金龙，仗着有财有势，看上我的孙女。上次托人前来做媒，老身知其为人，自然拒绝。谁知那个恶霸却用了一个诡计，硬叫他的一个穷表弟李英出面，又叫人再来做媒。老身久慕李英是位才子，因此一口允诺。方才我那孙女上轿之后，忽然有位近邻奔来告我，说是金龙恶贼，假借李英出名，仍是他自己娶我孙女。老身上了那个恶贼之当，无奈我那孙女已入虎口，叫我有甚法子救她？老身也是世代书香，我那孙女怎能跟那恶贼度日？"

白凤凰听毕，话也不答，转身就走，急忙赶至龙王村里，可巧那乘花轿刚刚抬进金龙的大门。凤凰一见事尚可为，飞身上屋，隐在檐际。只见一座喜堂之上，花烛高烧，鼓乐齐鸣，不到半刻，就有一个傧相，高声赞礼，三请新娘出了画堂。新娘立定，傧相又高声喊着，三请新郎出了画堂。

当下就见有一个獐头鼠脑的人物，穿着华服，正要去和新娘并排而立的当口，白凤凰早已由檐际蹿至新郎面前，一把将那新郎轻轻地摔在地上，跟着用她那一只三寸金莲的小脚，把那位名传遐迩的恶霸金龙踏得一丝不能动弹。亏得金龙也是行家，此时早知来人厉害，只得高叫："女英雄饶命，女英雄要借路费，在下无不遵命。"

白凤凰听了，冷笑一声道："承蒙厚贶，倒也不敢拜领。我来问你，你为何胆敢欺骗人家？你那表弟李英现在何处？快快让他出来成亲，还好饶你一条狗命。否则……"

白凤凰说到这里，仅把她的小脚在金龙肚皮上面轻轻地一点，顿时只听得金龙狂喊痛死我也的一声，跟着嘴上喷出一口鲜血。

白凤凰又问他道："你想活命，就叫李英出来拜堂。"

金龙连连地大叫李英道："表弟快来救我，表弟快来救我！"

此时金龙的娘也知她的儿子遇着能人，除了这头亲事成全了李英外，她儿子的性命一定难保。马上奔了出来，一壁求着女英雄饶她儿子性命，一壁赶忙把李英装束一新，命与新娘交拜。

此时那位新娘宋艳姑始知本为恶霸所骗，幸有这位英雄相救，一想事有轻重，只好含羞地先向白凤凰道："承蒙恩人相救，乞示姓名，俾得立了长生禄位，日日焚香敬礼。"

白凤凰道："我乃清风寨的白凤凰是也。"

白凤凰尚欲往下续说，只见被她踏在地上的那个恶霸金龙边哭边叫道："我今儿没有命了，今儿没有命了！你们快快替我求求这位白大王，她要怎样，我便怎样，决不有个'二'字。"

大家听了，自然赶忙一齐伏地，代他求命。

白凤凰道："他要活命，只要依我三桩事情。"

金龙和大家都又连声答应道："遵命遵命！白大王吩咐就是。"

白凤凰道："第一样，李英先生就与新娘拜堂；第二样，李英先生与新娘两个须当众人和我的面前，就吃交杯酒；第三样，金家须给李英先生三千银子，以作读书之费，将来他们夫妻二人身上若少半根毫毛，须要金龙负责。"

大家听了，尚未答言，金龙早在地上连声关照他的母亲："快快照办，快快照办！"

白凤凰还不放心，眼见宋艳姑与李英拜了堂，又当着众人吃了交杯酒，金家搬出三千纹银之后，方始一脚踢开金龙，纵身上屋，霎时已失影踪。

金龙虽见白凤凰已走，倒也不敢反悔。后来李英读书上进，做了高官，为了关着白凤凰身上，情愿辞官报恩。这是后话，此刻不提。

且说当时白凤凰做了这事，心里倒也痛快，及至回转打尖的地方，看见店中并无夫人、秋香其人，忙问伙计。

伙计答称："二位奶奶，在你一出店门，她们二人咬了一会儿耳朵，立刻出店而去，不知何往。"

白凤凰一听此言，便知她们二人定是逃走，复又一想："她们两个脚小伶仃的，决计不会走远，哪能逃出我的掌中？"正是：

人心不足蛇吞象，天道循环雀食螳。

不知后事如何，且听下回分解。

第十二回

救僵尸无端诛兽怪
避侠女不幸遇人妖

却说白凤凰一见夫人、秋香二人忽然逃走，知未走远，赶忙出了店门，奔至一座山冈之上，爬上一株大树上面，用她手掌覆遮额角，做了一个天篷式，前后左右，四处一望，并无二人的踪迹。此时心里却有些疑虑起来，便又自问自答道："此地只有一条大道，并没小路可走。现在路上既无她们两个的影子，只有躲到人家的屋内去了。但是她们两个既非土著，谁家又肯来相留呢？"

白凤凰想至此处，她又想道："要么她们两个必与方才的那个伙计说出来历，求他搭救。那个伙计见是制台夫人，岂有不招收之理？将来图个升官发财，自在意中。如此说来，我不是反被那个伙计所骗吗？"

白凤凰想罢，忙又蹿下树来，奔下山冈，回至那家饭店后门，悄悄地纵上屋顶，揭开一片瓦片，朝下仔细一看。只见方才那个伙计，正和一个形似老板娘娘的妇人鬼头鬼脑地在那儿商量。

当下听得那个妇人说道："今天这桩事情，老娘倒有些决断不下，她们既是制台夫人，何至单身出门？既遇土匪，世间哪有这般好心的土匪？说道有仇不报，反肯亲将仇人送回衙门。我们若当她真是制台夫人，送与制台，自然有笔重赏。但是防她吹牛，万一到了成都，她们老实说出不是，那时顶多谢上我们十两八两罢了，这桩生意，便没出息。我们若把她们两个卖给田员外去，至少马上可得一千或是八百银子。不过又防真是制台夫人，我们如何吃罪得起？"

又见那个伙计答道："我说赊账不如现货，她们就算真是制台夫人，绝不会赏我们一千或八百银子的。我们若把她们卖与田员外去，有了银子，何处不可存身呢？"

又见那个妇人点点头道："你的主意不错，这样说来，准定卖给田员外上算。"

妇人说完，又问伙计道："这么你把她们两个究竟藏在何处？不要被那个姓白的女匪寻着，你的性命，就要不着杠了呢！"

那个伙计听了道："隔墙有耳，仔细一点儿地为妙。藏的所在，老板娘娘不必过问，且俟三天五天，等那女匪走远，再办我们的大事不迟。"

白凤凰听到此地，扑的一声蹿了下来，一手一个，把屋内的男女二人抓住道："你们二人做得好事，现在百事不讲，快快领我去见了制台夫人再说。"

那个伙计一见这个女匪是从屋上纵下来的，他们方才的言语自然已被她听见，无可抵赖，只得唯唯如命。马上领着白凤凰走到一处所在，指着地下一个极大的窟窿道："她们二人就在这个地穴里面。"

白凤凰道："此地荒坟不像荒坟，古井不像古井，你为何将她们藏在此地的呢？"

那个伙计道："大王不必责备小的，小的既知她们是制台夫人，一旦遇了土……"

伙计说到这个"土"字，顿时把他那双贼眼只管望着白凤凰，似乎表示冒犯了白凤凰的样子。

白凤凰道："你快快讲下去就是，不必顾忌土匪不土匪。"

伙计道："制台夫人既要避开大王，小的只好依她。又因一时没处藏躲，只得请她们二人暂且躲在这里。”

白凤凰听完此言，一想倒也近理，一面挥令伙计回去，一面自己就向那个窟窿之中跳了下去。

伙计一见这个女匪上了他的当了，急忙搬了无数的碎石，立刻就把这个窟窿填平。伙计明知这个女匪一定要闷死在这个穴中的了，方才大了胆子，对着地穴，叫着白凤凰的名字道：“你这天杀的白凤凰、白土匪，省军几次被你打败，你前世里也梦想不到，今天竟会身葬这个穴中的。再会，再会，老子却要去贩卖人口去了。”

伙计一个人自言自语地说了一阵，径自回店不提。

再说白凤凰一入穴中，只见里面异常黝黑，伸手不见五指。正想回身出穴，拿了火把再来的时候，忽见那个窟窿已被伙计用石填平，倒也吃了一吓。此时方才懊悔：“何不就在穴口的当口，把那个恶贼杀了？现在反而中了他的毒计。他既要把我这个人闷死在这个穴中，可见夫人、秋香二人当然不在这里的了。我赶紧设法出穴，若不把那个伙计碎尸万段，我也不姓白了。”

白凤凰想至此处，急朝四面一望，仍是一丝没有亮光，一时没有主意，且向里面摸了进去。刚刚走未数步，陡觉似有一双毛手前来攫她，白凤凰慌忙把她的身子一缩，退后几步，岂知前面的那一双毛手既长且大，陡地向她一搿，似乎就要用嘴来吃她的形状。白凤凰此时因为双眼墨黑，实在不知前面的东西究是何物，急忙将口一张，吐出她的那把飞剑，想斩前面那个东西。谁知那把飞剑一触及着前面那个东西的身上，忽然飞了回来。

白凤凰此时愈觉害怕，暗想道：“我的飞剑从来没有打过回关的，何以今天这般样儿起来呢？”

她的转念未已，忽又听见前面的那个东西居然叫着她的名字问道：“你这位师父，可是清风寨的白凤凰吗？”

白凤凰听了，虽然又是一惊，只得答道：“我正是清风寨的白凤凰，你究竟是人是妖？快快说与我听，何以知我名字？这倒有些奇怪了。"

当下只听得前面的那个东西乐得一声怪笑，那种声音，宛如裂帛一般，使人听了，顿时毛发直竖、不寒而栗起来。不过察其情形，似无相害之意。急又问它道："这个穴里，委实太觉黑暗，最好弄点儿亮光，我们再谈不迟。"说着，又想再吐飞剑，凿开一个小洞，好通亮光。

又听得前面那个东西赶忙阻止道："不瞒师父说，我是一个僵尸，只要一见亮光，立时就要化去。我又因为师父见了我的形状必要害怕，不然，何必要借天光？大可用我的鬼火，彼此就能相见。"

白凤凰道："你既无意伤害于我，我又何必怕你？"

那个东西道："我日日夜夜地盼望师父前来救我，哪敢伤害师父？师父既然不怕，让我燃着鬼火便了。"说话之间，白凤凰陡在几颗磷火光中，看见前面的那个东西真个令人可怕，若不是那个东西预先说明，无论何人，都要吓死。你道如何？

原来那个东西身长一丈，头大如斗，眼似铜铃，口若血盆，牙如钢刀，舌类板带，遍体绿毛，前阴围着尺许兽皮，乃是古代的一个女体僵尸。

当下白凤凰便问僵尸道："你说你望我来救你，你且说来，只要我能办到的事情，一定相助。"

那个僵尸听了，方始说道："我在一百年前，我父曾任鄞都知县。我因私下看中一位少年公子，后来不能如愿，于是忧郁而亡。不知如何竟成僵尸，身体长得如此长大，形状变得这般恶劣，一见天光，便要化去。我就日夜念佛，希冀成个破天荒的僵尸之仙。不料在三个月前头，无端地来了一个兽怪，至于究是什么野兽成形的，我也不知。它因我是一位百年的贞女，屡次威吓，要想污我，我又打它不过，只得推三阻四地，假意敷衍。后来又知它通灵性，能知过去未来之事，它说它已算准，注定死在清风寨的白凤凰手里，每每托我，若遇白凤凰其人，必须替它求免。方才我见师父口吐飞剑

90

伤我，故而冒叫一声，不料果是师父。务求师父大发慈悲，只要月亮一出，那怪便来缠扰，师父请用飞剑伤它，并非难事。"

白凤凰听毕道："我的飞剑不能伤你，何以又能伤它呢？"

僵尸道："凡有精、血、气三样东西的身体，一遇师父的飞剑，断无生理。我对于精、血、气三样，一样都没有，所以反而能避飞剑。师父炼气，已臻半仙地位，这点儿道理，何至不知？大概是一时惊恐过度，未曾深思的缘故。"

白凤凰听了，不觉失笑道："我真一时大意了，既是如此，且待那个兽怪到来，我用飞剑诛它便了。"

僵尸听了大喜，连连合十地礼拜。没有一刻，陡闻着一阵腥风从穴底之中冒了出来。又见僵尸顿时吓得发抖地道："师父留心，兽怪来了。"言犹未已，只见一个人身兽首的怪物也从穴底钻了上来，一见白凤凰这人，回身便跑。

白凤凰急吐飞剑斩它，同时又听得山崩地裂，一声极巨的响声，那个兽怪已被飞剑所诛，死在地上。

白凤凰赶忙走近一看，只见那怪的脑袋似虎非虎，似牛非牛，依然不识它的真相，便问僵尸道："我已代你诛了此兽，我要出穴去了，如何出去，你应知道。"

那个僵尸谢过白凤凰，方把白凤凰领至一个形似复道的地方，对白凤凰说道："师父请于五分钟后，俟我躲藏好了，师父可用飞剑凿穿一穴，快快上去，上去求将穴孔填平。此穴年深日久，积有毒气，师父是炼气的人，虽然不致为这毒气所害，但也早些离开此地为妙。"

白凤凰见这僵尸殷殷指导，倒也有些不忍别它。僵尸也知其意，一面干号几声，一面又向白凤凰拜了几拜，飞奔地藏躲去了。

白凤凰果照僵尸所说的办法，立时出去，将穴填平，飞身去寻那个伙计。及至走进他的室内，哪知非但人影全无，连那衣箱什物，统也不见。白凤凰一个人寻思一会儿，姑且住此一宵再说。又因闹了一天，肚子也已饿了，便去寻些东西果腹。到了半夜，复又纵到屋上，四面瞭望动静。直至东方发白，仍无丝毫影子，只得下屋安睡。

次早起来，又至各处寻找一周，也没疑点可寻。白凤凰索性奔去询问金龙，此地有无田员外其人。金龙一见白凤凰去而复来，自然吓得要死，及听白凤凰打听姓田的人物，方才放心答道："离此五十里有座荒山，山内似有一份姓田的人家，不知是否大王所说的，大王何妨前去一看。"

白凤凰听了，急寻至那座荒山，只见半山之上，果有一家巨屋，可是四无居邻。这份人家，住在这个隐蔽所在似有可疑，便从后山绕至那份人家的后面。刚刚飞身上屋，耳朵之中就听见有隐隐的哭声，她急蹿了下去，跟着哭声，寻至一间屋内。不看犹可，这一看，顿时把她羞得飞快地退了出来。你道为何？

原来白凤凰看见那间屋内，赤裸裸地绑着两个女子，这两个女子，正是她要寻的那位制台夫人和婢女秋香。

当下白凤凰一见如此情形，便知屋内的主人必是伙计所说的那个田员外了。且不进房去解二人之绑，打算先至各房寻找宅中的主人。正待回身要走的当口，忽听得夫人、秋香二人同声喊她道："女大王不必进去找寻，他们白天总是不住此屋的，不到深夜，绝不来此。"

白凤凰听了，方才进房，含羞地一面把她们二人解下，寻了两身衣服，让她们穿上，一面方责她们道："你们两个，真是自讨苦吃，我明明说明送你们回衙，沿途之中，有我保护，自然平安。你们为何瞒了我逃走，反被那个伙计骗到此间？屋内主人是否姓田，你等为何这般模样？"

夫人、秋香两个自然哭着先认了错，然后由秋香说道："此地主人确是姓田，我与夫人两个还当那个贼伙计是位好人，谁知被这个狠心的恶贼将我和我们夫人两个卖到此间。姓田的当夜命我陪他，又叫夫人陪他的妇人。我们夫人乃是制台太太，何等贵重？自然不比我是婢女，可以随便打发。当时夫人一听去陪他的妇人，以为既是妇人，自然是个妇人，哪知睡到半夜，那个妇人忽然用起强暴手段来，害得我们夫人居然失节。到了今儿早上，他们夫妻二人怕我们逃走，所以把我们赤身绑在此地。"

白凤凰听了不解道："你说既是妇人，何至于来用强暴？"

秋香道："那个妇人，乃是人妖呀！"

白凤凰道："什么叫作人妖？"

秋香道："人妖就是俗名雌雄人呀！"

白凤凰仍是不懂道："什么叫作雌雄人？"

秋香发急道："大王怎么连雌雄人都不懂起了呢？雌雄人，就是半个月变男子，半个月变妇人的。"

白凤凰听至这句，顿时把她的那张嫩脸羞得红而又红，深悔不该这般多问。忙又另问秋香道："这么那个伙计恶贼呢？"

秋香道："他同他们的那位老板娘娘拿着我们两个上千银子的身价，早已逃之夭夭了。"

秋香讲至此地，夫人插口道："女大王，我现在方知女大王真是世间的第一个善人，我们三个快快趁此地的一对夫妇没有来的时候，逃出险地，方有性命呢！"

白凤凰听了，冷笑一声道："你们两个怕此地的一对夫妇，我可不怕，我一定要把这一对夫妇除去才走。"

秋香道："女大王，我还知道此地的一对夫妇也是两个剑侠。"

秋香说着，又指指床后挂着的那一张弹弓道："女大王，我说双拳不敌四手，你老人家虽有老大王给你护身的这柄宝刀，我听他们的口气，似乎很有本领呢！"

白凤凰听罢，便把那张弹弓取下一看，见上面似有极小的字迹，急将弓上的灰尘抹拭干净，仔细一看，不禁大为诧异，连叫"怪事"起来。忙问秋香道："此地姓田的，是不是三十多岁年纪，眉心上有一颗豆大般的红痣?"

秋香吃惊道:"女大王莫非认得此人吗?此人眉心上确有一颗红痣,瘦长身材。他另外还有一张金镶玉嵌的弹弓,弓不离人,人不离弓,就是睡觉有事的时候,也不肯把弓离身。"

白凤凰听了道:"原来是他!不知他的妻子又是何人?我知道他还没有娶过妻子,或者才娶未久,也未可知。既是此人,我更加不能放过他了。"

正是:

踏破铁鞋无觅处,得来全不费工夫。

不知后事如何,且听下回分解。

第十三回

母夜叉飞叉丧命
神弹子击子亡身

却说夫人、秋香两个一听白凤凰定要杀了此地夫妇两个方走，心知停刻必有一场恶战，万一白凤凰战他们两个不过，岂非一同死于非命？想至此处，自然吓得牙齿打战起来。

白凤凰见她们主婢二人害怕，又知厮杀起来的当口，因要保护她们，反而弄得碍手碍脚，不如先把她们两个藏在僻处，也是要紧。便问夫人、秋香二人道："你们二人，既是胆小，还是情愿躲到那个伙计的饭店里去呢，还是情愿就藏在这里屋后的山洞之中？"

秋香尚未开口，夫人首先答道："这是情愿躲到那家店里去的，那个伙计和他们老板娘娘既已远走高飞，日内哪敢回来？自然离开这里厮杀的地方越远越好。"

白凤凰道："这么马上就跟我走，不过你们再想逃走，那就不要怪我无情了。"

夫人、秋香两个听了，连连赌咒发誓地说道："我们主婢两个，难道苦头还吃得不够不成？"

夫人更是假装着无端失节，将来无脸去见制台，痛哭不止。

白凤凰本是一片真心，哪里晓得夫人的做作？反去劝她道："夫人不必伤心，年灾月晦，没有法子，一个人只要问心无愧，可以对得起天地鬼神，那才不错，知我罪我，倒也不必管它。况且这场风波，只要夫人与秋香姐姐二人自己不说出来，难道我白凤凰还会去坏二位的名誉不成？"

白凤凰说完，便同夫人、秋香两个下了半山，来至那家饭店，又对她们说道："你们千万不可瞎跑，肚子饿了，这里有现成的米肴，你们弄了吃下就是。"

秋香道："女大王莫非不饿吗？好在此刻还早，让我就去弄来，吃饱了去，更加有力。"

白凤凰道："如此有劳姐姐了。"

秋香听了，赶忙自去切菜淘米。夫人因为与其闲坐，不如前去帮同秋香。白凤凰见她们主婢二人上灶的上灶，烧火的烧火，忙得非常起劲，便也走去帮着切菜。说也可笑，白凤凰这人虽在刀光剑影之中过生活的，哪知天下之事，本来各有专长，所谓会者不难，难者不会是也。白凤凰有生以来，恐怕她的那双三寸金莲真未到过厨房一次，看她切起菜来，着实比较杀人繁难，忽然之间，只听得她哎哟一声，可怜她的手指早已被那切菜的刀割出血来了。夫人、秋香两个见了，急得又是替她害怕，又是朝她好笑，赶忙用布替她扎好，请她还是坐在灶前烧烧火罢了。白凤凰听了，果去烧火。哪知这一烧火，闯的乱子更加大了，不知怎样一来，顷刻之间，灶前所堆的那些柴草忽然火烧起来，因为那爿饭店也是孤立无援的，四面都无人家，只要到过四川的人们，无不知道靠近打箭炉的地方，本是三里一村，五里一店，小路之旁，巍然独立的饭店各处都是一样的，这且不说。

当时白凤凰一见火起，一面急命夫人、秋香两个快快逃出屋外，躲得远些，一面自己纵上屋去，手扳脚踢地，早将那座房子推倒，火就熄了下去。不料就在这个火光将熄之际，陡见一间小屋地板底下扑地跳出一男一女手执兵器的人来。白凤凰急忙定睛一看，男的正是神弹子侯固，女的就是母夜叉柳绵绵，他们三个也不打话，立刻蹿至空地之上厮杀起来。

神弹子、母夜叉两个，因为白凤凰曾经剑伤他们的要好朋友无敌禅师，所谓仇人相见，分外眼红，急把平生的绝技全用出来，一心只望将白凤凰立时置诸死地，方始销了他们心头之恨。母夜叉用的是两柄飞叉，她那飞叉并不是十八件兵器里头的镋叉，她的叉却是两把，仅有一尺来长，自号日月叉，平时用毒药炼就，只要一碰着人的身上，就要见血封喉，虽然不及剑侠所炼的飞剑厉害，可在兵器之中，也要算为最刻毒的东西了。神弹子用的是一张弹弓，他的弹子，更比古人的那个百步穿杨之箭还要高过万倍，他在黑夜之中可以百步外面，专打敌人的眼珠。每次与人交战，所打出去的弹子，回回记着数目，问世十年截至目前止，共计打出八百零八弹，只有一次，和人厮杀，他的本意，要打敌人的左眼，居然差了一点儿，打在敌人的右眼上了。敌人虽然当场受伤身死，他却大为懊恼，仿佛失了面子。不过平心而论，如此本领，真是可称得起无上无上的绝技了。母夜叉、神弹子两个既有这般绝技，此时两个战一个，幸而是白凤凰不惧他们，如果换上别个，恐怕一百个之中，也要死上五十双呢。

当时白凤凰一见他们二人真也不弱，正拟吐出飞剑，先伤母夜叉，可巧母夜叉先把她左手的那柄飞叉直向白凤凰的咽喉飞来，跟着又将右手的飞叉发出。白凤凰一时不及吐出飞剑，急将手中的那柄宝刀照准左面的一把飞叉，用出绝技一挡，只见已在半路的那把飞叉，扑地飞了回去，直向母夜叉的咽喉掠过，顿时只见母夜叉的项上射出一股黑血，早已砰訇的一声，倒在地上死了。

神弹子一见母夜叉失风，不敢恋战，慌忙跳出圈子，虚击一弹，接连几个箭步，业已逃得不知去向。

白凤凰并不追赶，仅把夫人、秋香两个找了进来。其时火已全熄，那个母夜叉的尸首直挺挺地躺在地上。夫人一见死的妇人就是污辱她的那个，恨得咬牙切齿地走上去，把母夜叉的尸身狠命地踢上几脚。

白凤凰道："百事不说，我的肚子可是真正的有些饿了。"

夫人、秋香两个道："这么我们且到小屋之中去，弄些东西，大家吃了就走。"

白凤凰当然赞成，等得夫人、秋香二人至小屋烧饭的时候，白凤凰独自一个，却从母夜叉、神弹子两个钻出来的那处地方走了下去检查，恐有他们的党羽躲在里头。及至下去一看，底下有床有桌、有米有肴，日用家伙，无不齐备。虽然并无一人，却有一处复道，赶忙飞身从复道里面走至尽头，跃出土面一看，方知是他们做的机关，因此揣测起来，那位老板娘娘和那个伙计，完全是他们的羽党。白凤凰又细细地四面查过，确已没有人迹，方才蹿身回下复道，一直仍由复道尽头回至原处。

那时夫人和秋香已经把饭弄好，她们三个匆匆忙忙地吃毕之后，也不再管那座火烧场和母夜叉的尸体了，单向成都一直进发。沿途既没逗留，不久就抵成都。夫人再三要求白凤凰不必送进衙门，不然，她们主婢的私自出来，恐被旁人知道，将来传到制台耳中，似乎不妙。

白凤凰此番亲送她们回衙，本是完全善意，何必不答应她们的请求呢？当下夫人、秋香二人悄悄回到衙内，上房之事，外人当然无从知道。里头的呢？都是夫人心腹，谁敢来放一屁？所以后来制台出巡回来，毫无一点儿破绽，面子上虽无破绽，可是夫人此行，那个一顶绿帽子早已暗暗地替她丈夫大人戴上了。

白凤凰既把夫人、秋香送至成都，原想在外边做些惩恶奖善的事情，便在成都半边街，拣了一所旅店，改名黄凤，住将下来。有时早出晚归，有时夜出早归，甚至三天五天的不归。旅店主人只要不欠房金，谁有工夫来管客人的行止？

有一天，白凤凰化名的黄凤正在青羊宫闲逛，忽然听得人声嘈杂起来，急急奔近一看，只见一位少年公子，带着数十名家丁，正在那儿强抢良家妇女。那个被抢的妇人虽然是荆钗布裙，脸上丰姿真个不错。黄凤一见那个妇人哭哭啼啼，只想乘间撞死，因被几个大汉抱住，当然无法挣扎。此时黄凤在旁看得火起，顿时打起抱不平来，便用一个擒贼擒王的法子，走上去一把将那位少年公子抓住，随手一摔，那位公子早已跌在地上。那班家丁一见有人出来打抱不平，立刻蜂拥而上，想来捉拿黄凤。

黄凤既是仗义救人，她自然不肯伤人性命，她又一把将公子从地上抓了起来，并把公子的身子高高举起，跟着向大众喝道："尔等若要保全尔等主人的狗命，快快不准动手！"

那班家丁本是一班脓包，一见主人被这个女子高高举起，哪里还敢动手？

黄凤又对公子说道："你想活命，快快吩咐尔的家丁，放了所抢的妇人。"

那个公子此刻早已吓得心胆俱碎，如何敢道一个不字？除了嘴上连连地叫放那个妇人外，哪里还敢说第二句说话？那班家丁既见公子亲口吩咐，当然放了那个妇人。那个妇人此时也顾不得来谢救命恩人，只有两脚三步，没命地逃出青羊宫，一直回家去了。

公子一见那个妇人已走，忙哀求黄凤道："你这位小姐，请你高抬贵手，不可伤害于我。"

黄凤本想当场惩治这个公子一番，后来一想："那个妇人此刻既已安然回家，我也不必多事。"黄凤想至此地，便将公子放了下来，任他自去。自己又闲游一阵，也回客店去了。

这么这位公子究竟是谁呢？胆子如何这般大法？省城里面，青天白日地竟敢抢人？说了起来，此人的来头真也不小，他的令尊便是四川将军。那时满汉界限极严，将军虽与总督同是一品，满人可以做总督，汉人不能做将军，即此一节，可见当时将军的地位十分隆重了。这位公子，平日仗着他老子的威势，自然为所欲为，抢他个把民间妇女，本来不算什么，就是闹出事来，试问制台可敢去碰他一碰的呢？这天，总算大触霉头，回去之后，也不去告诉他的老子，暗暗派了几个心腹，探明黄凤的寓所，通知一府两县，硬说黄凤是个江洋大盗，限期拿到，将她正法。府县奉了将军公子之命，哪敢怠慢？赶忙吩咐捕快拿人。

当时捕快之中，也有几个好手，内中尤以华阳县里周捕快的油瓶儿子最为出色，这个油瓶儿子，小名叫作幺哥，现年不过十二三岁，他的生母在未出阁的时候，不知怎的一来，竟和一个姓侯的武士有了私情，产下幺哥，幺哥的外公恶他女儿不端，打算养她老死，以保门面，后来华阳县里的这位周捕快爱她美貌，托人作伐，幺哥的外公只好答应，所以幺哥便做了拖油瓶，跟到周家。周捕快因见幺哥小小年纪，即擅弹弓之技，倒也爱如亲生，所有捕拿大盗的差事，总带幺哥同行。

这天，捕快又奉县官之命去捉白凤凰化名的黄凤，幺哥当然跟着同去。大家到了黄凤所寓的旅店，先把旅店前后左右右团团围住，幺哥手执一张弹弓，首先奔入，一见所说的那位黄凤还在那儿梳洗，又见黄凤明见大家向她奔去，她却并不逃走，如无事然。幺哥急将手上弹弓，出其不意，对准她的眼珠，就是一弹。只见黄凤反而抿嘴一笑，同时又把她的眼睛飞快地一闭，早把幺哥的那颗弹子夹在眼皮缝上，顿时复将她的眼珠一突，那颗弹子早已飞出，反把一个捕快击毙。幺哥见了，大惊失色，正想第二弹跟着打去，忽见黄凤早已飞身上屋，她的影子不过闪上一闪，倏地失其所在。同时又见屋脊上面也有一个手执弹弓的人物站在那儿，似乎像是黄凤的羽党。幺哥趁势朝他一弹，那人慌忙将头一偏，避去弹子，跟着扑的一声，也回一弹，就此你一弹的，我一弹的，一个在屋上，一个在屋下，对弹起来。谁知幺哥倒不认识屋上的那人。

黄凤那时并未走远，她却隐身最高的那道墙上，一见屋上那人正是神弹子侯固，想着前事，急忙吐出飞剑。只见一道白光，倏地向神弹子脑门一击，可怜这位侯固，顿时死于非命，他的那个尸身早已倒栽葱地滚落屋下去了。

此时幺哥看见屋上忽现一道白光，屋上的人又已滚下，心知黄凤必是剑仙一流，有心卖个人情，不去理会，单和他的老子急去检查这个尸首，究是何人。大家仔细一看，并不认识其人，正拟回报县官，哪知人丛之中忽然地跳出一位妇人，一见这个尸身，奔了上去，抚着大恸。你道这位妇人是谁？此人非别，乃是周捕快的续弦妻子，拖油瓶幺哥的令堂太太。

原来幺哥的生父，正是神弹子侯固。侯固从前本是一个游手好闲之徒，平日喜欢舞刀弄棍，人家便称他一声武士。他自与幺哥之母私下来往，生下幺哥，明知这头姻事万难如愿，只好做了一个始乱终弃的人物，溜之乎也。后来漂流江湖，总算遇着一位明师，见他喜打弹弓，索性传授手法，学成之后，江湖朋友因此称为神弹子。嗣蒙川督知遇，便与无敌禅师、哈哈和尚、母夜叉等人一同受聘，去剿清风山寨，无敌禅师当场送命，他们三个回省销差。哈哈和尚出省访友，神弹子却与母夜叉结为夫妇，后因母夜叉是个人妖，半个月虽可做他妻子，半个月必须另外御女，他索性就在龙王村五十里以外的那座荒山之上，冒充田姓员外，造上一所巨宅，住了下来。又在龙王村的左近开设一爿黑店，派了一男一女，名为饭馆，其实谋财害命，贩卖人口，无恶不作。夫妇二人的手段既辣，脾气又坏，弄来的妇女不到几天，便已厌出，或逐或杀，不知害了几许性命。

一天，由伙计送到制台夫人和秋香两个，神弹子便占了秋香，又把夫人交与母夜叉受用。白天常在百里以外，前去打劫客商，非至深夜，不回住宅。后来白凤凰救出夫人、秋香二人，回至饭店。饭店底下便是他们的机关，母夜叉既为白凤凰所伤，神弹子便逃到成都。这天被他打听明白，黄凤其人即是白凤凰的化身，他想要来报仇。不料父子都不认识，反为白凤凰飞剑伤害。幺哥之母恐怕幺哥有失，可巧赶来相助，一见死的那个就是她的情人，自然大恸起来。正是：

有意栽花花不发，无心插柳柳成荫。

不知后事如何，且听下回分解。

第十四回

清风岭剑仙聚会
赤石岗侠客求和

却说周捕快一见他的妻子无端地抚尸大恸，弄得莫名其妙，忙问他的妻子道："这个尸首，莫非你认识他吗？"

他的妻子边拭泪边红了脸答道："他……他……他就是神弹子侯固。"

道言未已，只见幺哥急忙扑了上去，跪在神弹子的尸旁，也是大哭起来。

周捕快既见他的妻子前夫义重，又见他的儿子生父情深，一想常言说得好，死者为大，倒也未便吃醋。

一直等得他们母子哭毕，方始开口对大众说道："现在黄凤既把神弹子击毙，我疑心黄凤并非黄凤，或是清风寨的那个白凤凰，也未可知。倘然真是那个白凤凰，我们这班人断乎捉她不住。我的意思，只有老实禀报我们老爷，由县里八角通详，速请上司另发大兵，去平清风山寨为是。"

大众听了，都道："周兄说得极是，只有这个办法。"

大家就去掩埋神弹子的尸身，周捕快自去回报县官。县官听了，一壁回复将军公子，一壁详请派兵剿办。

制台接到这件公事，明知省军没用，一时无从批札，他的夫人和秋香两个忙劝制台道："白凤凰的本领，我们晓得，断乎不是省军能够剿平的，他们安居山寨，并未出来扰乱世界，老爷乐得不必打草惊蛇，致成扳石压脚的话柄。"

制台听了，跺着他的足说道："着着着，这才对了！该令真的糊涂，随便乱上公事。"说完，马上提起笔来批道：

据详已悉，查该山寨匪类，为数非多，业已札饬就近防营进剿，跳梁小丑，何得擅请大兵？殊属非是，仰不准行。

制台批完，以为县里被他一骂，便可了事。岂知次日就接到将军的咨文，怪他酿成匪祸，业已请旨定夺。

制台一见将军出奏，恐怕皇上降罪，赶忙告老还乡，辞官不做。那时清廷只知重用满人，轻视汉吏，最怕的事情，就是百姓造反，不要弄得到手的江山，无端断送。一见将军的奏报，嘉他关心民瘼，便准制台告老，即由将军兼署四川总督。

将军接印之后，也知白氏父女的厉害，四处托人聘请剑侠前来相助，定要把清风山寨踏成平地，方始甘心。一天，接到一位朋友的信，据称已代聘到太上道人、玄玄尼姑师徒二人，不久就可到来。将军自然大喜，即命营务处调集防营三十营，先往距离清风寨不远的那座赤石岗下，扎定营盘，一俟太上道人、玄玄尼姑师徒两个到后，即行相机进剿。

此时白凤凰一听这个消息，不禁也吓一跳，你道为何？原来太上道人乃是无忧老人和南无僧、信天子三位的师叔，白凤凰曾经听见南无僧、信天子二人说过，那位太上道人已具白日飞升的道行，他的剑术只有师父广成翁能够对付。白凤凰又知广成翁不出问世，已有数十年了。若是要去请他下山，很难办到，他若不来，自己万万敌不过太上道人。想至此地，她也不及再回山寨告知老父，只有先去禀知南无僧、信天子二位师祖再说。于是马上动身，晓行夜宿，毋须多述。

一天，到了她那二位师祖所住的洞前，不敢擅入。候了许久，方见她的师叔崆峒炼气士，从洞内带着名叫猿精的道童，踱了出来。一见白凤凰一个人站在洞口，含笑问道："白师侄是几时来的？何不入洞去谒汝的二位师祖？"

白凤凰先行参拜师叔之后，又去问了猿精的好，方才恭恭敬敬地答道："无人通报，因此不敢擅入。"

崆峒炼气士听了道："这么我着猿精导汝入内。"说完，便出洞闲游去了。

白凤凰跟着猿精进内，走入二位师祖修道的那间室中，只见二位师祖正在那儿对弈，她急倒身下拜，口称："孙徒白凤凰，叩见二位师祖。"

南无僧、信天子一面命她起来；一面笑问她道："我们曾闻汝父近来颇知改悔，虽是汝的孝心感动，可惜迟了。话虽如此，自然总是改去的好。"

白凤凰等得二位师祖讲完，方将来意说出。说完之后，却见二位师祖各自沉思一会儿，先由信天子说道："我们这位太上师叔，向来喜管闲事，不过管到自己家里来了，殊可不必。倘若彼此不念同道之谊，我们二人未必一定惧他，但恐万一不慎，小有参商，必被汝的太师祖见责。"

信天子说到这句，南无僧插嘴道："我说还是我与师弟两个先去面求师父下山，他老人家若是不准，那时我们譬如得罪了太上道人，我们师父便不好怪我们了。"

信天子听了答道："最好也把无忧老人找着，我们三个一同去见师父，自然更好。"

猿精接口禀道："小童知道无忧老人现在就在我们太师祖那儿。"

信天子听了不信道："你何以知道的呢？"

猿精听了，嗫嚅道："小童昨儿曾至太师祖那儿偷吃几个桃子，故而知道。"

信天子听了笑骂道："你这猴头，仍旧不改劣性，理应罚跪。姑念直说，不打谎话，恕你这次。"

猿精谢过，南无僧、信天子两个便对白凤凰道："汝在洞中守候，我们且去谒过汝的太师祖回来再讲。"

白凤凰和猿精两个跪送二位师祖出洞之后，方始起来。

猿精笑问白凤凰道："我知道清风岭也是天下名山之一，岭上有四时不谢之花、八节长春之草，其中果品，不胜枚举，师兄此次回去，可否也带我同去玩玩？岭上若有毒蛇猛虎，我能负责驱除。"说完，那一种猴头猴脑、猴急的形状，委实有些令人好笑。

白凤凰听了，因思："此次太上道人要与我们父女为难，太上道人的徒子、徒孙很是不少，除了人类之外，还有什么龙凤龟麟呀，什么虎豹狮象呀，他也收作门徒。这个猿精的剑术已经不在自己之下，带它同去，大可臂助。"

白凤凰想毕，忙笑答道："猿兄若肯同去，只要帮得我们保全山寨，岭上所有新鲜的果子，任你果腹便了。"

猿精听了大喜，急去把南无僧、信天子二位所炼的丹药偷出无数，硬要白凤凰服下，算是讨好。

白凤凰见了一吓道："你这猴头，怪不得二位师祖常常将你责罚，这些丹药，二位师祖都有数目，如何可以任意偷出请客？还不快快物归原处！"

猿精听了，笑着捧了进去，又在身边摸出一粒千年何首乌炼成的丸药，递与白凤凰道："这粒丸药，乃是太师祖的童儿赠予我的，我现转送与你，你服下之后，包你这张红喷喷的嫩脸，永不会老。这般黑漆漆的头发，永不会黄。你再推却，那就看不起我这猴子了。"

白凤凰只得笑着服下，后来长生不老，虽是修炼而成，这粒丸药，但也有益匪浅。

过了三天，白凤凰正在洞内和崆峒炼气士闲谈，忽见猿精笑嘻嘻地从洞外奔至道："快快出去迎接，太师祖和无忧师祖统统来了。"

白凤凰一听太师祖、师祖同来，当然非常惊喜，慌忙随着师叔出洞跪接。果见广成翁、无忧老人，同着二位师祖含笑而来。参拜之后，一同入内。

无忧老人先对白凤凰说道："照尔父的行为，我实在不愿见他。因蒙汝的太师祖常怀好生之行，现在打算一同前去。"

白凤凰谢过无忧师祖，广成翁把白凤凰唤至面前吩咐她道："汝小小年纪，一点儿孝心倒还可嘉。不过汝的内外功行都还不够，以后好好地做去，我的小辈之中，要算你了。"

白凤凰听了，慌忙答道："玄孙徒觉得外功更比内功繁难，以后自当多多做些于社会有益之事。"

广成翁点点头道："外功只在'忠孝节义'四字，汝须注意。"

广成翁说完，又向信天子、南无僧二人说道："事不宜迟，我们就此走吧！"

大家听了，跟着广成翁正要出洞，忽见猿精朝广成翁跪着尽管叩头。白凤凰便替它代说，它想跟去。

广成翁笑道："这么崆峒徒孙也一同去吧！"说着，大家即向清风岭进发。

他们这一班都是剑仙，走起路来，虽然不是腾云，精气一聚，行走自速。不到数日，早已到了清风寨前了。当下先由白凤凰飞奔进去报知老父。秋练听见别个到来，倒还罢了，一听无忧老人前来，实在有点儿不敢相见。但是丑媳妇总要见公婆的，只得硬了头皮，出寨跪接。

大家到了里面，无忧老人自然将秋练痛斥一番。秋练不敢多辩。

过了一会儿，摆上素斋，于是广成翁坐了首位，次席便是无忧老人，三席是南无僧，四席是信天子，五席是崆峒炼气士，六席是猿精，秋练父女坐在主位相陪。

吃了一会儿，广成翁问秋练道："赤石岗那边，我们同道，到的是哪几位？"

秋练赶忙恭而敬之地答道："听说是太上道人、玄玄尼姑、飞镖师太、哈哈和尚、孙德照、暴虎、小虎、龟背子、豹头太岁等人。"

无忧老人岔嘴道："他们那面，倒未曾先发制人吗？"

秋练道："据探子报称，那位太上道人业已知道小女去请师祖、师父、师叔诸位，声明打算见个高下，因此不愿先向徒弟一人交手。"

南无僧也问秋练道："省军究有若干？"

秋练道："初到的时候，是三十营，昨儿又由金龙带来十营，听说军粮一项，因为路远，接济方法似有困难之点。"

广成翁听了，攒眉蹙额地道："既聘侠客，何必拖累这班兵士？为师的意思……"广成翁说至此处，又目视猿精、白凤凰两个道，"拟命他们二人，就往赤石岗先走一遭，最好是说我邀请太上道人，枉驾来此一谈。"

信天子、崆峒炼气士各对白凤凰、猿精说道："太师祖既命尔等前往，快快就去就回。"

白凤凰、猿精二人听了，立时下席出寨，急向赤石而去。不到数时，二人已经含怒而回。

无忧老人问道："太上道人有何言语？看尔等的面色，莫非那边有几句不逊之言吗？"

南无僧接口道："太上道人修炼已至如此道行，何以专尚意气？"

白凤凰接口道："太上道人轻视我们父女事小，大不应该得罪太师祖、师伯祖、师祖几位。"

广成翁听了，微笑道："汝等此时的说话，何尝不尚意气呢？所以责人容易，克己繁难。"

无忧老人道："师父处处恕人，这是师父的德行，至于他们那面，若讲同道情义，哪好如此？"

广成翁听了，复微笑着对大家说道："这样说来，太上道人已是犯了众怒的了。但是为师久已不到尘寰，这趟来此，原也为的不令尔等和他伤了和气。他既不来，为师自去看他便了。"

广成翁说毕，真的一个人来至赤石岗，要会太上道人。

太上道人一见广成翁亲自到来，只得率领徒子、徒孙出迎，一同来到里面。

玄尼等辈参谒之后，太上道人盛气说道："我早知那个姓白的女贼，专诚上山，请求救兵。现在师兄既已挺身下山，自然要来和我见个高下，快快选定日期，我当过去领教就是。"

广成翁听了，微笑答道："师弟不必这般，为兄知道姓白的似未得罪师弟，师弟既与她没甚深仇宿恨，何必允那俗吏之请，前来教训小辈？"

太上道人听了，更加生气道："我虽与那个姓白的没有仇恨，但不过她还是一个初出茅庐之辈，就敢如此耀武扬威地起来，我非大大地惩处她一场不可。师兄要管便管，能够不来多管闲事，我们也好免伤和气。"

广成翁道："我的此次下山，原为劝和而来。不过你的那班师侄等辈，似乎都有些不服，兵是凶器，我与你修炼已至这般程度，何必去与小辈淘气呢？为兄言尽于此，为兄自己决不无礼。"

广成翁说完，就此告别。太上道人也不相留，一任广成翁自去。

广成翁回至清风岭上，自己失笑道："我已苦苦相劝，他总不听。倘若真的寻上门来，你们须要守着后辈规矩，万不得已的时候，也只好与他的门徒略一比试罢了。"

大家听了广成翁的说话，本也不愿使太上道人难堪，便同声答道："师尊放心，他们若不前来寻事，只要白氏山寨能够平安，门徒等决不多事……"

谁知话犹未完，忽见屋上飞下两条黑影，直向白秋练父女面前奔来。无忧老人知道白凤凰尚能自己照顾自己，秋练万非来者的对手，便把他那左手中指向空一点，陡见指上透出一道青光，那道青光已将秋练全身护住，说时迟，那时快，只见奔来的两条黑影，一条已向白凤凰身上扑去，一条即向秋练这里扑来。同时又见扑秋练的这条黑影已被青光挡回，白凤凰也与那条黑影斗了起来。斗了一会儿，扑白凤凰的那条黑影忽被白凤凰吐出的那条白光倏的一声，说也奇怪，那条黑影里面，竟会喷出红光出来，仿佛白布落在染缸，早已变了颜色。顿时只听得砰訇的一声震响，那条黑影已经倒在地上。大家同去一看，竟成一个全身鲜血染成的尸体了。有人认得这个尸体就是龟背子。

此时来扑秋练的那条黑影似知此间厉害，早经逃回赤石岗去了。广成翁在旁眼见方才那两条黑影一死一逃，也觉可怜，便念着一声善哉善哉。

无忧老人也一壁收了那道青光，一壁向广成翁说道："那边既已破了杀戒，我知太上道人的心思本最狠毒，我们这里不可不防。"

广成翁尚未答言，突见空际又有一条影子飞来，正待上去阻止的当口，南无僧早已飞身迎至空中，一把将来人擒了下来，喝声道："你这玄玄尼姑，既是自来送死，这就不好怨别人了。"边说，边在鼻子里哼出一道奇光，就用这道奇光，早将玄玄尼姑锁住。

信天子便来朝她说道："我们当遵师父好生之德，暂时不伤尔命，只要汝师自来求和，决不再为已甚。"

玄玄尼姑一见已被剑光锁住，只好求饶道："这事都是我们师父主张，我又不敢抗违师命，此地的师祖、师伯，若肯放我回去，我敢负责，从此与白氏言和就是。"

白凤凰听了，甚想答应，不过不敢自作主张罢了。正是：

强人毕竟邪无用，道气才知正是高。

不知后事如何，且听下回分解。

第十五回

掩耳盗铃金龙献诡计
存心窃箭小虎失芳踪

却说广成翁本已到了真仙地位，所以无论对于何人何事，总是存着一个恕字。当时一瞧玄玄尼姑满口求饶，便不假思索地应允她道："只要尔能言而有信，何尝不可放尔回去？"

信天子听了，慌忙谏阻道："师尊不可只是好心待人，太上道人本来自恃剑术玄妙，现在既与我们破脸，哪肯轻易罢休？"

广成翁听了，边摇着头，边微笑道："迫之太甚，别人就要铤而走险的呢！"

信天子听了，还想辩说几句的时候，忽见空中陡又飞来一道金光，就向白凤凰的脑门击来。正拟发剑相助，已见白凤凰口吐飞剑，迎击上去。谁知白凤凰的剑光甫触那道金光，早被那道金光击了回来。

广成翁在旁看得清楚，恐防白凤凰有失，便向那道金光用手一招，只见那道金光就在空中滴溜溜地摇闪不定起来。旋又倏地一闪，迅速地飞了回去。广成翁急忙以手遮额，走到门外，仔细抬头一看，只见那道金光已经不知去向，方始转身进内，向大众问道："尔等可识这道金光是谁？"

大众答道："莫非就是太上道人不成？"

广成翁点头道："不是他是谁？为师不肯伤他，所以只向他招着。原想收了他的神剑，不料被他逃走，虽被逃走，可是他已失了面子了。此刻可放玄玄师侄回去，为师料定，太上道人必已不在赤石岗了。"说完，即命南无僧将那奇光收去，放走玄玄尼姑。

玄玄尼姑满面羞惭地谢过大众，只把她的身子一闪，已失所在。

玄玄尼姑回到赤石岗，果见太上道人业已不在那儿。玄玄尼姑便向众人发表意见道："我们的来此，都是师父的主张。现在师父既走，我们只好各散，不知众位以为如何？"

大家听了，尚未答腔，那个金龙已用他的造孽银钱捐上一个都司职衔，来到督标候补，新任制台，见他武艺出众，委为统领，命他再带十营队伍，前来赤石岗助剿。此时他见玄玄尼姑发表意见，恐怕众位侠客一散他便无法进剿清风山寨，于是首先开言说道："太上老师，既是不别而行，那边厉害，可想而知。玄玄师父主张各散，晚生不敢挽留。不过诸位师父既是应聘而来，请将善后之事，大家商妥方好。不然，晚生只有马上功夫，剑术一道，素未学过，倘若清风岭那边杀将前来，叫我一个人如何抵挡？眼见四十营的人马，一定覆没。众位师父不为各人的颜面计，也应为人命计。"

玄玄尼姑听了，接口道："清风岭那边，只要我们不去惹他，他们绝不至于进攻我们。"

金龙道："制台既派大兵进剿清风岭的强人，此事当然业已奏报北京，现在弄得没有结果。就算制台不来罪我，我们须替制台想想，叫他老人家怎么交代北京呢？现在我倒有个办法，不过要请玄玄师父再向那边去走一遭。"

玄玄尼姑道："金大人只要有法子，贫尼敢不奉命。"

金龙道："玄玄师父，方才不是说过清风岭那边，不至于向我方为难的吗？晚生的意思是，要请玄玄师父去向那边说明，要请白氏父女，从此改换姓名，安居山寨，不可出外扰乱地方。我即率队回省，禀知制台，说是已将山寨剿平，白氏不知下落。这样一来，北京方面既有交代，省军也绝不再去剿办他们，他们仅仅换了一个空名，反能得着如此实惠，似乎彼此均有利益。"

玄玄尼姑听了大喜，立即再往清风寨，就将来意告知白氏父女。白氏父女不敢做主，特去禀知广成翁与无忧老人几位。

广成翁听完，微颔其首地说道："姓金的这个主意，虽是掩耳盗铃之计，细细一想，却于清风山寨很有益处。既是如此，准定答应他们便了。"

秋练听了，便去回复玄玄尼姑。玄玄尼姑便去回复金龙。金龙一听见清风寨业已答应改换姓名，索性更进一步，要求玄玄尼姑再走一趟，要请白氏父女退出清风岭，另迁地方。因为清风寨的名目存在，依然难瞒人口。将来传到制台耳中，仍于白氏有害。

玄玄尼姑去了回来，那边也又应允。

金龙一见大事已妥，方才班师回省，面禀制台道："沐恩此次同了太上道人等人进剿清风山寨，业已荡平。白氏父女，不知下落，想已死于乱军之中。这次的收功，一则是太上道人等人的剑术厉害；二则是大帅的虎威所致，方有这个结果。至于沐恩个人，并无劳绩足录，不敢仰邀奖叙。"

制台听了，自然大喜，奏报北京之后，制台得了男爵，金龙补授督标参将之职，连那位制台公子，也保上一个钦加在二品衔的特用道，这且不提。

再说玄玄尼姑等人，也于金龙的大兵回省时候，各自分散。内中唯有暴虎之女小虎，大不快活，她向她的母亲说道："此次之事，虽然因为太上师祖无端一走，大家只好各散。其实那边的广成翁、无忧老人、南无僧、信天子、崆峒炼气士、猿精等六个，绝不会长驻清风寨的，我们只要用那以逸待劳之法，等得他们六个一走，我们这里，不论明战也好，暗杀也好，白氏父女任他三头六臂，怎能敌得过我们这许多人？现在既是一言已出，驷马难追，对于广成翁等等，倒不能不守这个信约了。各位师父都是应聘而至，本与白氏父女无甚关系，说走就走，自然容易。我们娘儿两个，却与白氏父

113

女二人真有不共戴天之仇，难道我们也就此回去不成？"

暴虎听了，便长叹了一声道："咳！我儿的话虽然说得不错，你要知道，那位太上老师，他的剑法为娘曾经亲眼见过。他有一次和你玄玄师父同至昆仑山闲游，忽然遇见一只斑斓猛虎，太上老师即将他那大口一张，吐出一道金光，倏地飞到那只老虎之前，只听得一声霹雳，那只老虎固是粉骨碎身地死在那里。最稀奇的是，那虎所站立的那座山头，竟被那道金光削得坦平。我儿呀，你想想看，太上老师的那柄飞剑厉害不厉害？现在连他这样厉害的剑术，都被那边打败，弄得没脸回来。我儿这点点的小本事，怎能前去报仇雪恨呢？"

小虎听了，又将她的双眉一竖道："母亲呀，一个人做人，无非一点儿廉耻。那个姓白的狠贼，竟将母亲那般裸辱，此仇哪好不报？女儿就是拿这条性命与他拼了，死也瞑目。"

暴虎听了，把她那张老脸一红道："常言说得好，留得青山在，不怕没柴烧，总要候着机会，我儿方好去杀那贼。否则白送性命，于事无济，那就大不上算了。"

小虎听了，也觉白氏父女真个不是随便可以报仇的，左思右想，都没法子，只得同了她娘，仍至玄玄尼姑那里，再练本事不提。

再说广成翁自见赤石岗的众侠散去，以及大兵回省之后，他因要守信约，先命白秋练改名为余三省，白凤凰改名为余孝媛，然后命把清风寨三个字取消，率领部众，即日迁至距离清风岭百里以外的那座马鞍山中。马鞍山的内容，都与清风岭相似，唯有桑、麻、谷、米等项不及清风岭来得富饶。好在那时候的贪官污吏极多，劫富济贫的事情本是侠客所应为的，余孝媛的外功原又不够，借此多做些惩恶奖善之举，连余三省的罪恶，更好忏悔忏悔。于是不到数日，各事均已布置停当。

余三省又传令部下，对于民众，直认他们父女已被省军撵得不知下落，要使世界之上无人再提白秋练、白凤凰两个人的名字方止，他的部下倒也唯命是从。广成翁等六位又住了几时，方始别了余氏父女，各归洞府。

余氏父女送走六人以后，常常下山，按照侠客应做之事，不敢有所懈怠，只因所做之事无非"当仁不让、见义勇为"那几个字便可包括，故不一件件地表述。

有一天深夜，余三省正与他的女儿余孝媛在那儿闲话，忽见窗外似有一条黑影一闪。孝媛眼快，早已执了那柄宝刀，纵出窗外，只见那条影子已经飞至屋上。孝媛急忙追纵上屋，尚未站定，又觉对面忽有一股冷风向她的咽喉飕的一声飞来。她是行家，知道此风就是飞镖之势，赶快把她身子向右一侧，避过那股镖风，跟着又听得砰砰噼啪的一声震响，她背后的那一株十几围的大树已被那镖打折下来。孝媛知道此镖厉害，又是黑夜，恐怕有失，便把飞剑吐出，欲取那条黑影的性命。谁知那条黑影也知她的飞剑厉害，一见那镖落空，早已一溜烟地逃走。

孝媛等了一会儿，不见什么动静，方命女队中的队士向那折下的树之前后左右查检，有无什么镖箭等物。队士查检了半天，始在离树十几丈远的所在，拾着一支雪亮的飞镖。孝媛接来一看，认得这支镖，就是玄玄尼姑大徒弟飞镖师太的东西。当即携着这支镖，回到屋内，对她老父说道："爹爹，你看那个飞镖师太又来行刺你我，此刻虽被女儿攮走，爹爹以后须要小心。"

三省听了，愤然说道："为父和她们这班人无仇无恨，何以苦苦地要来害我？日后倘若被为父将她们捉住，一定要把她们碎尸万段，方才甘休。"

孝媛听了道："飞镖师太既来行刺，这样说起来，玄玄尼姑就未免失了信约了。"

次日，三省便在他的室内做上一个机关，省得有人前来行刺。

其实飞镖师太的来此行刺，乃是私来的，玄玄尼姑确实丝毫不知。这么飞镖师太为什么定要刺死余三省父女二人呢？原来她的毒恨三省，倒非她本人的仇怨，倒是为的她那个师妹小虎。

小虎自从赤石岗回去之后，时常暗暗哭泣，每以未雪母耻为恨。飞镖师太便对她说道："我为师妹之事，已于师妹头一天到此，我早暗至寿州，以及他处，寻过那个姓白的了，只因寻他不着，没有法子。师妹既有这般孝心，我当私下再去行刺一趟，师父面前，不必提及，否则师父就要怪我不守她的信约了。"

小虎听了自然感激。不料飞镖师太去了回来，又是失败。

小虎垂泪道："师姊的本领如此高超，都不能奈何姓白的，妹子学练未久，武艺自然更加平常。要报此仇，恐怕没有日子了。"

飞镖师太只得很恳切地劝了一番，慢慢地另图别法。

小虎等得飞镖师太走后，她一个人寻思道："白秋练父女现已改了名字，四川省军绝不会再去剿灭他们的了。我要雪母之耻，只有我自去行刺，但是飞镖师姊的武艺胜过我百倍，她既失败，我去也不过送死，于事无益。照这样说来，难道就此罢休不成吗？"她又前思后想地想了一会儿，居然被她想出一个苦肉计出来。她自从想出那个苦肉计之后，面上不动声色，每天仍旧学练她的武艺。

又过两月，一天，她娘暴虎忽然有事要与小虎商量，来至她的房内，一看小虎不在房内，便又寻至练武室里，仍是没有小虎的影子。暗想："我这女儿，从不出门游玩，今儿怎会不见？"起初尚不着急，后来一过三天，依然不见她的女儿，方才着忙起来。急去禀知玄玄尼姑，玄玄尼姑也吃一吓。

就在此时，又据一个女徒来报，说是贮藏武器的室里，凭空地少了一管袖箭。玄玄尼姑忙去亲自检查，果见那管箭筒不知去向。

暴虎不知那管袖箭的宝贵，便问玄玄尼姑道："我知袖箭这样东西，乃是普通的拳师所用，师父既有剑术，何以重视此箭？"

玄玄尼姑摇着头道："你只知其一，不知其二，我的这管袖箭，

116

还是我那师尊所赐，这管袖箭，是用三昧真火和最毒的毒蛇之血，合而炼过的，专打剑仙侠客一流人物，因为剑仙侠客一流人物，都有运气功夫，凡是气包精血的人们，除了剑术之外，只有这管袖箭能够伤他。现在无端地失去，非但自己少了一样宝物，而且不能交代师尊呢。"说着，又问暴虎道："小虎既是失踪，我看她的走，必有她的目的。我这袖箭，不知是否她窃去的？"

暴虎道："小女既是不别而行，我想要么她去行刺白氏父女去了，但是她毫没本事，就算窃了师父的袖箭而去，我恐也非白氏的对手。师父慈悲为怀，可以追踪上去，以救我女性命。"

玄玄尼姑听了道："我已与广成翁立过信约，既说彼此不再相犯，连小虎此去，也失我的信用。但她为母雪耻，总算尚有孝心，我也不去怪她。"说着，吩咐飞镖师太道："尔速前去帮助尔那师妹，倘若一时无法进取，还是带她回来，另想别法。"

暴虎也竭力拜托飞镖师太道："雪耻固是要紧，不过我现在只有这点儿骨血，情愿将雪耻的事情缓下再说。师姊此去，准请将小虎带了回来吧……"

话犹未完，暴虎的眼泪又簌落落地掉了下来了。

飞镖师太听毕，便向马鞍山进发。到了之后，先向四处探听，都说这几天并未听说有什么刺客发现。飞镖师太听了，方把她的心放下一半。等到深夜，换上夜行衣服，悄悄地上山察看动静。一连去了几天，并未看见小虎前去行刺。一住月余，仍无消息。

飞镖师太暗忖道："小虎前来行刺的事情，本无实在凭据，不过是师太据理揣度的，我已到此月余，断无前来行刺的人，能够空等这些日子的。小虎的人，又很乖巧，我料她绝不敢来冒险，或者另去投奔别人，想学绝技，也未可知。"

飞镖师太想至此地，又住了半月，方才回山，据实回报师父与暴虎二人。

玄玄尼姑听见小虎不在马鞍山，虽然惦记，还在其次。只有把那暴虎急得上天无路、入地无门起来。

到了次日，大家又在纷说，暴虎不知去向。玄玄尼姑知她去寻女儿，只好由她。正是：

雪耻贤媛无下落，寻仇孝子又登程。

不知后事如何，且听下回分解。

第十六回

彬彬有礼一揖窃衣箱
脉脉含情两番赠路费

却说暴虎私自下山，当然去寻她的女儿小虎。一天，到了马鞍山下，住在一家饭店，细细打听的结果，始知她的女儿确未来此行刺，没有法子，只得索性住下，守候小虎。这里的事情，暂且搁一搁下来，再来回去叙说寿州那面。

羊青阳自从打算把报仇的事情等他儿子小青长大成人办理，便请明师教那小青读书。小青这人非但一目十行，异常聪慧，没有几年，已有相当学问，而且对于青阳以及春梅奶娘二人都能十分孝顺，乡党之中，无不称赞小青是位孝子，于是便有人来替他作伐。照那位奶娘的意思，也想把小青早点儿娶亲，倘能生下一子半女，青阳固有抱孙之喜，就是她的那位苦命小姐死在九泉，也好借此瞑目。谁知青阳别有怀抱，恐怕他这儿子娶亲之后，万一儿女情长，英雄气短起来，他那亡妻之仇就难望报，因此只要媒人上门，无不被他拒绝而去。奶娘拗不过主人，只好由他。

又过两年，那年小青已是十六岁了。青阳见他儿子样样都好，只是为人过于长厚，大有非礼勿言之风，要想令他兼学武艺，又无好的教习。

这样地又因循了一二年，青阳有些等不下去了，一天，便把小青叫到面前，向他说道："为父看尔为人，总算还无纨绔子弟的习气，平时对于为父以及你那奶娘也还知道孝顺，不过我看你过于拘谨，似乎不能够担当大事，很不放心。"

小青听了，恭恭敬敬地答道："爹爹若有大事，当然是儿子去做，爹爹年纪已大，经营了半生事业，脑筋和心血两样一定用得过度，哪好再请爹爹自去操心呢？"

青阳听了，冷笑一声道："为父看尔枉负孝子之名，身有大仇不报，将来纵令功名成就，既是问心有愧，也难出而问世，还要说办大事呢！"

小青听了，顿时大吃一惊，急问他的父亲道："我家世代经商，安分守己，爹爹怎么说出'身有大仇'四字？"

青阳听了，又在他的鼻子里哼了一声道："尔赖上人余荫，自幼至长，只知寒来穿衣，饥来就食，何尝晓得天有多少高，地有多少厚？我所说报仇的这句说话，就是你那亡母身上的事情。"

小青听完，更加吓得满脸失色，双掌乱搓地问道："这么那个仇人姓甚名谁？现在何处？母亲既已生下我这不孝儿子，我只要有一口气，当然要去报仇。"

青阳道："你的仇人，名叫白秋练，他还有一个女儿，名叫凤凰。现在听说在四川还做着什么营官，你若是羊氏的好子孙，应该就去报仇。"

小青忙又问道："那个姓白的，究与母亲是甚等样仇？"

青阳不待小青说完，顿时大怒道："你尽管寻根究底地多问，我试问你，你要什么仇才肯去报，什么仇不肯去报呀？"

小青一见他的老子生气，慌忙连连地说道："儿子一定去报，儿子马上去报。"说着，急去收拾行李。

奶娘一听见少爷要去报仇，心里自然一喜一忧，喜的是她的小姐含冤负屈地死在九泉已有十几年了，一旦有她的亲生儿子前去报仇，怎么不喜；但是这位少爷年纪只有十七八岁，一个文质彬彬向未出门一步的人物，要到四川，去向那个杀人不眨眼的恶贼身上报仇，怎么不忧？可是想前想后，万无阻止之理，只得忙去帮同收拾行装。除了主张多给盘缠外，真是没有第二个法子。

青阳起初也打算叫他儿子多带银钱，多带用人，后来转念一想，现在乱世时代，多带银钱，既要防歹人觊觎，谋财害命的事情很多；多带用人，人多口杂，又不能帮他去捉仇人，只有坏处，没有好处。因此之故，仅给了小青二百两银子，命他一个人马上起身。

小青既没阅历，也不知道路远迢迢地出门，一旦缺了川资，便要吃苦，所以并不请求增加。单是瞒着他的老子，再三再四地盘问他的奶娘，要她说出原因。

奶娘叹息道："你的父亲既不便向你说，我又怎能对你讲呢？少爷此去报仇，第一要见事行事，不可大意。白秋练这人，他有飞檐走壁之技、擒龙捉虎之能，少爷手无缚鸡之力，怎能敌他？只有打听到他的下落，就去告状，事既经官，那便不怕他了。"

小青此时只知替母报仇，至于如何报法，不佞可以代他立誓，他的心里，可说毫没成见。及听奶娘所言，也以为是。奶娘又将私房银子取出三百两，给他带在身边，以备缓急之需。

小青谢过奶娘，就去拜别他的父亲。青阳本是一个硬心肠的人物，此时一见他的儿子马上要出远门，此行不知吉凶如何，想到这里，也会把他双眼紧闭起来。你道为何？青阳那时若把他的尊眼张开，他的眼泪恐怕就要像潮涌般地滚出来了。他的眼泪一经滚出，他儿子出门的雄心勇气必定为他打断，所以只把眼睛闭着，也没多言。

小青拜过父亲，携了行李，就此登程。一日，到了安庆，他也不敢耽搁，可巧那天适有开往汉口的轮船，小青买了一张散舱船票，箱子行李搬上之后，打开铺盖，他便躺下。过了一会儿，船已起碇，小青因被船身震动，身上的血脉一经流行，顿时沉沉睡去。正在好睡的当口，忽被一个茶房把他叫醒，又对他说："饭已打出，客人快去吃吧！"

小青听了，起来一看，只见前面地下摆着一大木桶的热饭，早有许多客人纷纷地各拿饭碗在盛。有的不怕不够，拿了面盆，当作饭碗，盛了拿到自己铺上去吃。小青看得出神，反把自己吃饭的问题忘了。还是别个客人通知他，他方想着非但没有带着路菜，连碗筷也未曾预备。因为他前几天都是走的旱道，白天有饭馆，晚上有客店，自然无须自备碗筷。现在到了船上，忽然要用起来，方才懊悔自己没有经验，弄得要饿肚皮。他还想等着间壁的那位客人吃完之后，问他暂借一用，岂知他还没有开口，那一大木桶的饭早被客人吃光，只好束紧裤带，仍去躺在铺上。

等得开晚饭的时候，小青总算聪明，预先去和间壁的那位客人招呼，请教尊姓大名，仙乡何处。那位客人刚刚答出一个白字，他就大惊失色，慌忙暗忖道："此人既是姓白，莫非就是我的仇人不成？"

他一想到这里，急又问道："足下的台甫，是不是叫作'秋练'二字？"

那位客人听了，还当他是痴子，但也只好答道："在下却叫和卿，足下何故硬要说我名叫什么秋练，这是什么道理？"

小青听了，方知自己冒失，只得连连认错。说到后来，始说本意，说要问他借碗。

那个姓白的道："出门都是朋友，幸亏我有两只，可以借你。若是等我吃完，恐怕那饭桶里的饭，大家早已吃个干净，谁来留着给你？"

小青因已饭碗着杠，也不多辩。等得晚饭吃毕，那个姓白的客人又对小青闲说道："足下想是初次出门，所以碗筷都未预备，码头上窃贼极多，足下须要小心一二。"

小青听了，连称承教，又问姓白的道："汉口到宜昌，是不是天天有船的？"

姓白的道："平常本是间天有船，近来沙市在闹土匪，轮船都在载兵，恐怕要十天八天才有船呢！"

小青听了道："这么在汉口只好住栈房了。"

姓白的道："我有熟的客栈，足下可以同我合住，也好省些费用。"

小青听了大喜，约定准与姓白的同住。及至船到码头，姓白的对他说："我先下船，你可在此等候，我一到栈房，就叫茶房前来接你。"说着，又指指小青的衣箱行李说道："码头上的剪绺固多，那班接客的伙计仿佛和强盗一般，你千万要看好自己东西，不可与不认识的人去瞎讲。不见我派来接的人，你万万不要下船。"

小青见他照顾得这般仔细，心里真的十二分感激，口里谢过之后，眼看姓白的下船而去。

此时码头上接客的人早已一哄而上，也有接着的，也有拦不着的。当下就有两个人硬来搬小青的行李，小青问他："可是白先生叫你来接我的？"

那人冒称："正是白先生派来接你这位客人的。"

小青倒也仔细，又问道："你既是白先生派来的，你晓得我姓什么？"

那人被他一问，倒也一愕。小青见他这般形状，自然不肯让他接去。那人无法，只好扫兴走开。

小青等得那人去后，便自言自语道："不是少爷老口，我的这两件行李早已不翼而飞，不胫而走了呢！"说着，又见那时人头更是拥挤，搬错行李的也有，失掉箱子的也有。小青恐怕自己的箱子铺盖遗失，急去一屁股坐在箱子上面，他心里又想道："这总不会失掉了。"

谁知他的念头尚未转完，忽见对面匆匆地走来一个衣冠楚楚的人物，一见了他，赶忙一面手里恭恭敬敬地朝他一揖，一面嘴里说道："表兄怎么今天才到？"

小青一见来人恭恭敬敬地朝他作揖，哪好坐着直受不动？只好赶忙站起，回了那人一揖。

复见那人又细细朝他脸上一看，连声说道："认错人了，认错人了，对不住，对不住!"复又一弯腰而去。

小青见那人认错了人，也是常有之事，嘴里一壁也答道："那不碍，那不碍。"屁股一壁往后就坐了下去。谁知一个坐空，只听得扑通的一声，已是一屁股坐在地上去了，跌了一跤。慌忙爬起，四面看他的那只箱子，早已不知去向。

原来朝他作揖的那人，正是窃贼，因见他坐在箱子上面，只有蹿出一人，趁他起身还揖的当口，便从身后一把将箱子拖去，背着就跑。等得小青一跌之后，重复爬了起来，看见箱子不见，再去追贼，自然影迹无踪了。像这种骗贼，在现在时代，自然是司空见惯，并不稀奇。那时尚在光绪那年，这种骗法，尚是创见。小青又是一位第一次出门的人，这个当，自然要上得不大不小的了。

当时小青一见箱子被窃，这一吓，还当了得?也不管此地是在船上，不禁口里叫着他的奶娘，呜呜地哭了起来。

可巧那时姓白的派来接他的人真的到来，当场问他何故大哭。小青说明原委，接他的人听了，也连连说道："糟了糟了，你碰见双档窃贼了，这么你的箱子之中，可有什么贵重什物?"

小青边泣，边答道："我的五百两银子尽在此中，这是我只有寻死的了。"

来接他的人听了，只好哄他到了栈房再讲。便对他说道："箱子并非一定寻不着的，羊先生总要同我到了栈房，方能办理。"

小青只好跟着那人，携了行李，一同来到栈房，开了一间房间住下。姓白的倒也真的热心，忙一面代小青报了警局，一面再三劝慰。岂知一连候了几天，毫没消息。姓白的自己有事，便先走了。

小青也知被窃的那只衣箱无望，他就自己打算道："报仇事大，失窃事小，难道我好因此真的寻死不成?当然只有仍向川中进发，但是身无分文，在在需款，这又如何走法呢?"

小青这般地想了一阵，复又号啕痛哭起来。他正哭得天昏地暗的当口，忽见有一位娇滴滴的女客走入他的房内，很殷勤似的劝他道："羊先生，你也不必这般悲伤，你失去银箱一事，我也曾经听见栈里老板说起过的，一钱逼死英雄汉，自然使你为难。"说着，就在身摸出三十两银子，递与小青道："羊先生，这点点数目，不能算是资助，你且收下再说。"

小青一见这位女客送钱给他，却又为难起来，心里一时决断不下，还是接的好呢，还是不接的好呢。

其时那位女客似已窥透其意，又解说道："在家靠父母，出门靠朋友，羊先生不必客气。谦虚事小，银钱受逼事大，出门的人处处要钱的呢！"

小青听了，暗暗一想："此人说得很是，我如何可以辜负人家好意？"

小青想完，只得赶忙站了起来，先朝那位女客恭而敬之地一揖之后，始把银子收下，只见那位女客早已笑容可掬地挨着他的身旁坐了下来。此时小青是坐在床沿之上的，赶忙把他的身子挪开尺许地位，方待朝那位女客开口说话，忽又心里踌躇道："她的年龄和我相仿，我究竟称呼她什么呢？"忖了好一刻，方才决定称呼，始向那位女客说道："兄弟承蒙姊姊慨然资助，心里万分感谢。不过兄弟与姊姊萍水相逢，如此厚贶，叫兄弟怎样过意得去？"可怜小青这话甫经讲完，早把他那张潘安相貌、卫玠容颜羞得抬不起头了。

那位女客一见小青这般神情，腹内愈觉心旌摇摇不定起来，也将她的那张标致脸蛋微红了一红地答道："羊先生不必客气，区区之数，万勿挂齿。我晓得先生是往宜昌去的，我们正好同路。明天就有船了，船票我当代打。我还有说话，要与先生长谈，且到船上去说吧！"

小青听了，正要阻止代打船票之事，那位女客早已袅袅婷婷匆促地出房去了。

小青等得女客走后，忙在屋内乱转起来，自言自语道："这件事情，可把我难死了。这位女客，她既好意代打船票，我若不收，怎能到了四川？现在只好斗胆收下，但又拿什么钱来奉还她呢？"旋又自己叫着自己的名字说道："羊小青，你真傻了，她不是说过有话长谈吗？倘有托我之事，哪怕赴汤蹈火，也要替她办妥。办妥之后，交情上面，就算报答她了。至于银钱上面，可以问明她的姓名、住址，日后寄还就是。"小青想完，如释重负一般。

到了次日，便有一个茶房进来，向他说道："羊先生，你的房金，以及船票，那边的赵玉环小姐已经代你算清打好，此刻叫我来送你上船。赵小姐早就上去了。"

小青听罢，因为胸有成竹，倒也镇定，于是跟着茶房上船。一到船上，只见那位赵小姐已在官舱门口站着招呼他。正是：

船上无端遭窃贼，客中有幸遇娇娃。

不知后事如何，且听下回分解。

第十七回

柳下惠坐怀不乱
孟尝君着手成春

却说小青一见那位赵小姐一个人站在官舱门口招呼他，茶房已将他的行李搬了进去，小青只得跟着走进官舱，付了茶房的酒钱，让他下船之后，就问赵小姐道："小姐难道也将我的船票买的是官舱票吗？"

赵小姐含笑点头道："是的。"

小青忙又说道："我出来的时候，身边尚有几百银子，都坐的是散舱，我是要出远门的人，路上盘缠越省越好。现在况是小姐代买，更加不应多费，此其一；我与小姐，男女有别，哪好同住一间官舱？此其二。以我之意，让我去换散舱票为妙。"

赵小姐听了，微笑着答道："羊先生怎的这般拘谨？照船上的规矩，散舱票倒可以改官舱票的，官舱票万不可以换散舱票的，此其一；我在栈房里早与先生说过，有话相谈，既要谈话，怎好不在一起？此其二。"赵小姐说完，便用手上的那块丝巾掩着她的那张樱口，尽管微微地笑。

小青本是一位规行矩步的人物，虽在窘迫之中，依然不敢失礼。一见赵玉环要他同住一室，真的把他急得要命地说道："官舱票既是不能退换，那也无法，我就睡在官舱外边，若要我与小姐同住一间，这是万难遵命。小姐有甚说话，还要劳动小姐的大驾，来到外面说呢!"

赵小姐听了，仍是再三再四地譬解劝说，小青也是再五再六地坚持不允。后来的结果，赵小姐只好依他，让他一个人睡在外边，方才罢休。

过了不久，船已开行，一时开出饭来，船上茶房只知小青和赵玉环是一起的，所以把他们二人的菜饭开在一起。赵小姐生怕小青不肯进房去吃，忙来对他附耳说道："羊先生，你的为人正派，我已知道。但是出门不比在家，总要迁就一些。现在茶房既将你我二人的菜饭开在一起，羊先生难道就此饿到宜昌不成？况且我要讲的说话，也不是在大庭广众之间，可使人家听去的。羊先生，请你偶尔圆通一次吧!"

小青听得无法，只好走进房间同吃。吃完之后，茶房收去。

赵玉环还怕小青马上出去，急又对他说道："羊先生，我看你虽是路费被窃，还是偶然为难的人。我赵玉环的近来的做人，那才真正左右为难呢！我因羊先生是位读书君子，品貌又好，性情又好，所以想有几句心腹之话要说，这也并非我的冒昧，委实钦佩羊先生。请静静地听我从头讲起，并且不用疑心才好。"

小青听了吃惊道："小姐真有为难之处吗？我羊小青向来最是热心，不要说小姐资助我银钱呀，代算栈费呀，又打船票呀，我倘若没有小姐接济，或者就要落魄，也未可知。这样说来，小姐是我的恩人了，小姐之事，便是我羊某之事。小姐快快见告，无论何事，只要力之所及，决不推辞。"

赵玉环听到这句，倒也心里暗暗欢喜。尚未开口，先又叹上一口气道："咳！羊先生不可见笑，我就说了呢!"

小青听了，连连摇着头道："这是什么说话，这是什么说话？我羊小青向不藐视人的，何况小姐呢？"

玉环方才说道："我是安徽合肥人。"

小青忙接口道："小姐倒与我是同乡。"

玉环道："我见栈房里的挂牌上写着羊先生的府上是寿州……"

小青不待玉环再说，又接口道："我真疏忽，不及小姐细心。小姐的姓名、籍贯，当然也写在挂牌上的，我却不曾留心。"

玉环道："这是羊先生有事在身，自然不如我的闲空。你且听我说完，再插嘴吧！"

小青听了，连称"是是是"地不止。

玉环早又自顾自说下去道："我的先父曾任浙江余姚知县，只为擅动皇粮，赈济难民，因此被浙抚摘印拿办，马上押在钱塘县的捕厅衙门。先母一急而亡，我又男无兄弟，女无姊妹，只得把家中所有，统统变卖，要想赎父之罪。谁知缴到官中，尚不及亏欠的十分之一。先父一见万难赔清，于是瞒着那位捕厅，服毒自尽。"

玉环说至此地，早已泪下如雨。小青也已听得代为长吁短叹起来。

玉环仍又接续说道："我当时因为先父的丧葬之费无着，急得几次寻死。后来还是一个邻居，名叫绣大婶的，她劝我卖身葬父。我当时一想，只有这个办法，便问绣大婶：'我说眼前就要用钱，哪里会有人等着在买我的呢？'绣大婶又对我说：'小姐若要卖到人家家里去做姨奶奶，这自然不是三天五天能够成功的。况且现在又是六月天气，赵老爷的尸身如何能够多摆日子？小姐若是能尽孝心，情愿牺牲自己，我倒有条门路。'"

玉环说到这里，便把她的眼睛望了一望小青，忽然红了脸道："羊先生，你想，既是不卖到人家家里去做姬妾，自然卖到院子里来当娼妓的了。"说着，又呜咽起来。

小青赶忙接口安慰玉环道："这是卖身葬父，只好在行孝道的一方面着想。至于虽是身落风尘，万万不可有丝毫的怨言，一有怨言，小姐的令尊大人死在九泉，叫他如何瞑目呢？"

玉环一听小青劝她的说话，把她的人格提得这般高法，倒也不便再露悲楚的态度，复又接着说道："我于是就在汉口的大成里兰香院中，做起倚门卖笑的营业来了。幸亏我那鸨母倒还相待不错，后来就是湖北藩台的少爷，替我梳拢的。那位少爷，年纪相貌都和你相差不多，我自然不愿长吃这碗把式饭，我便对他说，情愿跟他做妾。谁知那位少爷家教甚严，偶尔私下偷着出来消遣是可以的，若要正式娶我回去，断难办到。而且没有几时，那位少爷的老大人升到新疆去做巡抚去了，他既不能留在湖北，我又不能跟到新疆，只好大家哭了几天，眼看着他凄凄凉凉地走了，这句话，还是旧年春上的事情。现在又是清明将近了，这一年之中，我也曾经接过几户客人，所碰见的人不是我肯嫁他、他不肯娶我的，就是他肯娶我、我又不肯嫁他的，弄来弄去，一无结果。我的心愿，一不是想做敌体；二不是想嫁王孙公子；三不是好吃懒做。我只要有人娶我，就是为妾为婢，总较吃这碗饭高得多了。我那鸨母，重庆地方，她也有一处班子，开设在那儿，因为那边几位姑娘不甚懂得应酬，所以把我调到那儿去。我这次住在栈房里，稍事休息，不知怎的，想是天缘凑合，一见了你，就会倾心。我的身世大致已经说完，羊先生的家世，可能见告一二？我还有说话，须待羊先生说过之后，我再和你细讲。"

小青听完，对于玉环这人又是敬重，又是怜惜，一想："她既当我是个知己，所有身世尽情告我无遗，我怎好不以真话相告？"小青想罢，便将他的姓名、籍贯、年岁、家世，以及此行的任务，一句不瞒、一字不漏，统统说与赵玉环听了。

玉环听完，早已吓得大变其色地说道："照羊少爷说来，你们那个姓白的仇人，他有这样本事，少爷的仇，如何报法？就照奶娘的主意，打听他的下落之后，再去告官。我的先父就是官场中人，我因此知道官场中的伎俩，无非给你一角海捕公文，塞责了事，这样一来，府上的事依然不能报着，少爷还要多吃这趟苦头。不是我在打断少爷的孝心，这件事情不得从长计议呢！"

小青听了，毅然说道："父母之仇，不共戴天，我就是和那个姓白的恶贼拼了性命，我也情愿。"

玉环道："少爷是位读书之人，见理之明，当然胜我万倍，或者急于报仇，别的不去计较，也未可知。须知不孝有三，无后为大，我是一个女流，尚且苟延残喘、偷生人世，也不过要想赵氏的香烟不要由我而绝。少爷更是不能比我，上有老父，就是那位奶娘，也应好好地侍奉她一场。少爷现在尚未娶亲，府上的重任全在少爷一人身上，此行倘有一个长短，如何对得起活着的老父、过世的亲娘？死有泰山、鸿毛之分，我已早当少爷是个知心之人，所以不揣冒昧，便不觉爱之愈深、言之过切了。"

小青听完，明知她是好意，未便驳斥。其实心里反在怪她是妇女之见，未免胆子太小。正待解说几句，只见船上的账房已来查票，看见小青的铺盖铺在外面，便问小青道："这个铺盖，可是阁下的？"

小青答称："是的。"

那个账房又说道："我们船上章程，此地不能设铺，况且阁下既是买的官舱票，应该睡在房内，这间官舱，照章要卖两个铺位的，就是阁下不住进去，我们也须卖给别位客人，万一住一个生客进去，贵眷岂非更不方便了吗？"

小青听了，尚在迟疑，玉环此时因与小青各诉衷曲以后，一时谬托知己，也不再得小青的同意，自作主张，就叫茶房把小青的铺盖搬进房间。

等得账房去后，玉环又对小青说道："我虽身落烟花，究是官家子女，就是妓院规矩，凡是生客，也不能随便留宿。少爷虽避嫌疑，我说只要问心无愧，可对鬼神，同住一室，有何碍事？"

小青听得玉环说得如此坦白，反觉自己的举动似乎有些看低玉环的人格了，连忙答道："小姐指教，顿开我的茅塞，我准住在室内便了。方才小姐不是说的，还有说话见告吗？这么就请说呀！"

玉环听了，嗳嚅了一会儿，方始红了脸说道："我的意思，一见少爷这人，便想托以终身，那时尚未知道府上的家世，已经情情愿愿的了。现在少爷统统说与我听了，更加晓得少爷府上尚称温饱，娶我回去，也不在乎一个人吃饭。况且我本苦命，又不想做少奶，将来少爷娶亲之后，闺房之中，总须有人服侍，我替少奶梳梳头，或替少爷理理书，不知少爷意下如何？"

小青听了，急把他的尊头一连摇上几十摇，毅然决然地答道："这事万难遵命，这事万难遵命！并非我羊小青不识抬举，我却有我的苦衷。我此次奉了父命，去到四川报仇，方才小姐不是说过，我的生死存亡尚在未定之天，难道小姐嫁了我，就做寡妇不成？就算侥天之幸，报仇回来，我的家父很难说话，断无未娶妻子，先纳小星之理，这件事情，委实没有商量的余地。"

玉环听完，一言不发，便去伏在桌上，呜呜咽咽地暗泣起来。

小青一见玉环这般伤心，深悔方才的言语太觉激烈，况且玉环所借的钱为数虽然不多，总是一片好心。一个女子要想嫁人做妾，弄得当场拒绝，自然难以为情。小青越想越错，又无他法可以解释，只好陪着玉环一同哭泣。

玉环一见小青陪她在哭，反而自己收了眼泪，来劝小青道："少爷也不必哭，少爷为人诚实，我已一见而知。否则你只要假意口头允我，入川之后，一去不来，我难道好寻到寿州不成？我现在打算变卖首饰，凑些川资，以便少爷好去报仇。我的私事，且俟少爷报仇以后再谈。我的此举，乃是真正相信少爷这人，绝不辜负人的。"

小青听毕，边拭泪边说道："小姐既是这般仗义，借我盘缠，我为了上人之事，也不言谢，一俟四川回来，加利奉还就是。至于婚姻一层，我此刻方寸已乱，一时也想不出主意。我又不会花言巧语，小姐可以慢慢自己想法，只要我力所及，将来若负小姐，天厌之，天厌之就是。"

玉环本已信他为人，此刻又见他在发誓，真个死心塌地地表示情愿守他一世的了。当下玉环一面劝小青不必发誓，一面忙把一只随身首饰箱子打开，拿出四副金镯，又自言自语道："这几副手镯，换了约值千金，我看也不必去兑现银，少爷带在身边，较为便当。"

小青收了之后，嘴虽没言语，心里又感激，又发愁。哪知小青过于固执，当夜就急出一场大病，玉环自然衣不解带地服侍。等得船抵宜昌，小青的病愈加沉重，玉环忙把小青送至一家客栈，延医调治。一连几天，势益垂危。幸有一个茶房说起本栈房里住了一位姓孟的客人，听说是汉口的名医，因他平时不但施医施药，而且还赠病者的现金，大家便替他起了一个绰号，叫作孟尝君。

玉环听了，不禁大喜道："这位孟尝君，本是我的寄父，他既在此，我们少爷便有命了。"说完，赶忙走至孟尝君的房内，同他来到自己房里，请他快替小青诊脉。

孟尝君一诊上手，便吃惊道："这病幸而遇见我，不然，必有性命之虞。"

玉环听了，也吃一吓道："请问寄父，羊少爷究是何病？"

孟尝君道："你们外行，叫作热血攻心之症，此君必定有件无法可想的心事，一急而成，便得这个死症。"

玉环听完，连称真是神医不置，一面急请她的寄父开方，一面心里感激小青明知此病为她而起："倘若不遇寄父，万一有个长短，我赵玉环怎么对得住他？怎么对得住他的上人呢？"玉环正在胡思乱想，她的寄父的药方已经开好。

孟尝君又关照玉环道："此人本最忠厚，而又固执，你们现在切切须要顺他，不可稍一丝半毫的小事见迫。他的心病，若不除去，就是华佗转世，恐难救药呢！"

玉环听了，连称知道知道。等得孟尝君出房，玉环此时既知小青的病是为她而起，所谓心病还须心药医，赶忙一面服侍小青吃药，一面又劝小青千万不可为她姻事着急。

小青虽在糊里糊涂之中，一听玉环之言，犹能挣扎着问她道："我的此病，原为不允你的婚姻，一急而起。只要你能信我不是负义之辈，我虽就此不起，也瞑目的了。"

玉环听到这句，顿时心痛得吐出一口鲜血。此时十二万分的爱惜小青，当下也不怕难为情起来，奔到床上，一把抱住小青身子，呜呜痛哭。客栈里的伙计，在外面一听玉环似在举哀，还以为小青断了气了，大家一拥而进，忙问病人可还有救。正是：

因逢义妓几乎死，为遇名医始庆生。

不知后事如何，且听下回分解。

第十八回

关山难越谁悲失路之人
萍水相逢尽是他乡之客

却说玉环一见那班茶房的慌张样子，便发话道："你们怎么这般冒失？我房里现有病人，快快替我滚将出去。"

那班茶房一见姓羊的客人安然躺在铺上，并无别故，只好连忙退出。

玉环等得茶房出去之后，又对小青说道："少爷你好好地养病，我现在是死心塌地地相信你了，一俟你的病体痊愈，赶紧同我到了重庆，你再单身前往成都，但愿你马到成功。至于我这个婚姻问题，各凭良心，有缘分呢，天打不开，没有缘分呢，也难强求。"

小青道："小姐能够如此，我羊小青一定凭着良心做事，以后如何，此刻实在不敢答应。"

玉环自与小青说过这番说话，从此不再提她终身之事。小青因为玉环已经信他不是负心之人，那病就一天一天地好了起来。

一天，小青业已大愈。玉环还想重谢孟尝君，孟尝君哪里肯受？单对玉环笑道："玉儿毋庸客气，我不过在汉口住得腻了，也想到川中去行医访友，玉儿能在重庆代我租所好房子，倒合我意。"

玉环道："寄父若肯入川行医，现在那边满目疮痍，真是到了一位万家生佛了。"

孟尝君听了，掀着胡子，哈哈大笑。当下议定一同赴渝。

那时宜昌到重庆，尚无小轮，大家同雇一只民船。上水本慢，又要走过青滩、易滩，以及雷公、观音等滩，谚云：老不入川，便是指此而言。

他们三个一直走了两个多月，方始平平安安地到了渝城。玉环一面先替孟尝君租好房子，一面打发小青由旱路去到成都，自己才进班子。

重庆本是一个商埠，市面繁盛虽然不及上海，但在长江一带，也算首屈一指的了。当地那班达官巨贾，一问玉环之名，无不趋之若鹜。玉环仅在酬应上面，讲究功夫，若思真个销魂，那就要向以闭门羹了。这且按下。

单讲羊小青，一个人露宿风餐地做他那个征夫，沿途并不耽搁，一走二十几天，方才到了成都省中。他就在东大街一家客店里住了下来，每日独往武侯祠、草堂祠、青羊宫、昭觉寺等处游览，一则瞻仰川中名胜，二则暗中探访仇人踪迹。转眼三月，毫无消息。

有一天，他同寓的一位卖卜老人，因为没钱付发房金，几至受窘。小青念他同是天涯游子，慨然代他算清。那位老人感谢之余，便去沽了一壶美酒，邀了小青同酌。闲谈之间，小青问他入川已经几年，从前有个白秋练营官，以及他的女儿凤凰，可知现下是否还在川中。

老人听了答道："足下何以问起白氏父女？还是亲呢，还是友呀！他们父女两个，听说倒是两位侠客。秋练为人，尚是瑕瑜互见，只有那位白凤凰，真是一位侠而兼孝的女子，川中人民，受其赐的不知凡几。可惜去年，由将军兼署制台的这位歧大人，不知在何处聘到几位剑仙，竟把白氏父女所居的那座清风山寨荡平，可怜白氏父女二人也死于乱军之中。譬如他们二位尚在人间，老朽早已投奔他们去了，因闻他们最肯扶危济困、除暴安良的。像老朽这般人物，他们那里很多呢！"

小青一听老人这话，方知他的仇人已于去年死了，不禁急得跺足道："我来迟了，我来迟了！"

老人道："莫非足下也来投奔他们的吗？"

小青听了，不便说出真话，只好点头了事。

等得喝毕，小青回到自己房里，仰天长叹了一声道："咳！我的地下的亲娘呀，你的不孝儿子不能替你老人家手刃仇人了呢！"

小青一个人叹了一会儿，忽又自语道："白氏父女虽死，他们的尸骨总在人世。从前伍子胥鞭楚王的尸，那种举动，何尝不是报仇？我既奉了父命入川，岂可空手回去？我非寻着白氏父女两个的尸骨，携回家去，由我父亲亲自处置，这才也算报仇。"

小青想到这里，很是得计，赶忙又去请问那个卖卜老人，可知白氏父女的葬身之处。

老人答道："这倒不知，不过他们父女二人既是有恩于人，清风岭下的百姓想来绝不肯让他们父女的尸骨曝露的。你只要到那清风岭下细细地明察暗访，或者会有着落，也未可知。"

小青听了，也以为然。别过老人，就于次日，从川北大道进发。这么由成都到打箭炉，何必从川北走呢？

原来那时沿途都是大股土匪，一经遇着，便没性命。川北一带，比较的稍觉平靖，那时，小青早把赵玉环赠他的那四副金镯换了现银，因为打听得打箭炉一带没处可换取，若不预先安排，一有急需，就要受窘。又因船上遇过窃贼，他把所有银子统统扎缚身上，在他的理想呢，以为总算万分周到的了，哪知马上就出乱子。

小青既是身藏银子，他却一不坐轿，二不用人挑担，只把随身衣服打上一个包袱，铺盖也不多带，仅取薄薄的一条，一头包袱，一头铺盖，用了一根扁担，挑在肩上，就此登程。他本是一位娇生惯养的公子，在家的时候，无论穿衣吃饭，都由奶娘照管，现在出门报仇，总算能够吃苦，若不是他的心里抱定那个孝字，恐怕只走一天的旱道，就要告乏了呢。

那天小青已抵绵阳，他也不进城去，就在北门城外一家小饭店里住下，本拟次晨就走，因此不必进城出城地多此一举。不料城里有位统领，除了克刻军饷之外，还要搜括百姓的银钱。你道这位是谁？便是假冒荡平清风山寨、诡称剿灭白氏父女的那个金龙参将。因为那时遍地萑苻，各县纷纷请兵，制台说他屡平巨匪，谋勇兼优，特地委他兼任统领，驻扎绵阳，把守省城门户。哪里晓得他见着土匪，虽然闻风丧胆，一遇过路客商，反而耀武扬威。他的狠心辣手，书不胜书，只有"混世魔王"四字可以代表他的行径。

小青既遇了他，也是小青应该落难，仿佛老天有意叫他受些磨折，方能表出他的孝行一般。不然，金龙素来不亲查客店的，偏偏那天晚上，亲自带了几名亲兵，来到城外客店，盘查奸宄。一见小青身上扎缚着上千的现银子，说他定是土匪，拿到统领行辕，除把银子笑纳外，还要一顿军棍，可怜只把这位小青打得几次晕厥过去。后来还是金龙的那位姨太太忽发骚兴，看中小青年轻貌美，要想备作面首，一面向金龙讨下人情，一面吩咐心腹兵士，速将小青医治。及至小青棒疮痊可，那位姨太太又患上一场风流怪病，呜呼哀哉。小青便趁他们办理丧事之际一个大意，总算逃出险地，虽只光身一人，到底性命着杠，正合上了好死不如恶活的那句俗语。

那时的小青，既像漏网之鱼，又似丧家之犬，也不管山路崎岖，也不顾虎狼厉害，哪里还敢再走大道？只好拣那深山峻岭之中乱奔。奔了一天一夜，虽然不识所奔的那座大山何名，若以途程计算，似乎离开绵阳已远。小青到了此时，始把他心放下，一放下，就觉肚皮饿得发慌，无奈身无分文，即使有钱，也没地方去买，没有法子，只好向前再走。谁知越走越饿，于是脚也软了，眼也花了，正在万分难熬之际，忽见前面一个峰头之上，似有几株果树。他急鼓勇而进，奔至峰头，爬上树去，一连摘下许多果子。一壁用手扳牢树的丫杈，一壁拿起果子，大嚼起来。刚刚吃了一半，陡又闻着一阵腥风吹至，赶忙四处一望，看见对面那座峰头之上，亮晶晶地站着一只奇形怪状的独角野兽。小青不见犹可，这一见，真把他吓得两耳嗡的一声，便觉他的魂灵早已迸出他的脑门去了。你道为何？

原来小青并非迂腐，不过平时手不释卷，看过书籍不少，居然成了一个书痴。他此时所见的那只怪兽，正是书上所载名叫年的怪兽。年这样东西，本是兽类之中最狠最凶的恶兽，比较虎豹还要厉害一万万倍，别的野兽吃人，非要奔到人的面前将人吃下，独有这只年，一见了人与兽，用不着奔至人和兽的面前，它有天生的一种吸力，只要将它那张血盆大嘴一张，不管人也好，兽也好，都会自己飞入它的口内。这只年，世所罕有，也像麒麟、凤凰的一般，很难得看见的。

小青既知它的厉害，自然吓得罔知所措，正在发抖的当口，就见那只年忽把它的嘴向他凭空一张，猛然之间，就觉有一股吸力，早已将他的身子吸到那只年的嘴边。小青此刻明知已至绝境，万无生理，倒也死心塌地，把他的双眼紧闭，预备做那只年的点心了，谁知竟有意想不到之事。忽觉那只年并不吃他，仅用鼻子向他脸上频频嗅着。小青弄得不解起来，大胆偷眼向它一看，果见它嗅了一会儿，又把它的那个巨首，一连摇上几摇，扑地将身一纵，业已纵至右面的一座峰上去了。

小青此时绝处逢生，急忙抽上一口冷气，自己又叫着自己的名字说道："羊小青，羊小青，你的这条小性命，也算是拾得来的了。"小青自言自语地说了一会儿，再把眼睛望望右面峰上的那只年，已经不知去向。他此时的胆子也吓碎了，肚皮也不饿了，慌忙起身再往前奔。

那时日已过午，天上一片太阳光照着遍山的黛色，就觉他的身子猛如浸在一座翡翠花瓶之中一般。此山的景致虽然十二分可爱，小青哪有心思玩赏？仍旧向前再走。走了半天，已经走到山脚，细细一看，却有三五份人家。小青一见有了人家，胆子便又大了起来，肚皮也又饿了起来。一时人穷志短，只好老老脸皮，向一家人家求乞。不料那家人家，便不管三七二十一地，顿时向小青这人拳脚交下，打得个不亦乐乎。

139

小青一面虽然大喊求饶，一面还弄得莫名其妙。他那时的心理，尚以为四川风俗，见了乞丐，应该打的，急又辩白道："请你们高抬贵手，不要打我，姑念我是下江人，不懂贵省规矩，下次决计不敢再来求乞便了。"

那家听了，更是大声喝骂道："你这泼贼，昨天偷了我家东西，今天还敢再来，是不是偷得不够，还要说是下江人？难道下江人就应该偷东西不成！"

小青听了，方知为的是贼，并不是四川人一见乞丐就要打的。始大着胆子又说道："我也是好人家子弟，只因路远迢迢地出来寻那仇人白秋练，一时遇了意外奇祸，我的求乞，真叫万不得已呢！"

那家人家听完，方才停手不打，又在自言自语道："白秋练是个侠客，怎么说是你的仇人？我们倒有些不懂。"

言犹未已，又见里面走出一个武士打扮的人来问小青道："白秋练怎么会是你的仇人？你既说前来报仇，想是你也有极好的身手了。"

小青听了，也不相瞒，从头至尾，全盘说了出来。

那个武士听了道："这是人各有志，你既要去掘那白氏父女的骸骨，我也不来阻止。不过奉劝你，人已死了，就是有仇，也只得不谈的了。我老实对你说，我自从白秋练在米船上打死人之后，我就去习武，蓄意要来代死的亲友报仇。谁知到了此间，始知白氏父女都已去世，我便罢休。你们府上究是何仇，你又不知，在我看来，你还是赶紧回去。若少川资，我倒可以相助。"说着，即在身边摸出十几两碎银，交与小青。又去买了些酒肉，留小青吃饭。

小青这人素不扯谎，便老实地边吃边说道："承君仗义资助，当然万分感激。此银打算将来加利奉赵。至于执事劝我不必去掘白氏的遗骸，万难从命。"

那个武士听了，倒也好笑起来，暗想："这个姓羊的腐儒，真是不知世故人情的，怎的知道银子要用的，我的说话倒说不听？"想到这里，又忽转折一想，却向小青笑道："我念你总算是个孝子，我也不来多事，你吃完之后，你替我走你的路。"

小青听了，也不多说，一顿大嚼，就朝那个武士一个长揖，刮别出门。小青此刻身上有了十几两的碎银，仿佛发了洋财一般，头也昂起来了，背也挺起来了，腿也更是有劲起来了。于是头也不回地、大踏步地便往大道走去。走到天黑，就在路旁一家小店之内宿歇。刚刚吃了一点儿东西，忽见店外又进来三个小本经纪的人，一房住下。大家互相招呼，小青方知那三个就是在清风岭下营业的，赶忙打听他们白氏父女的坟墓，在于何处。

那三个答道："不瞒先生说，我们虽在清风岭下做小本经纪，可是来往不定。白氏的坟墓，实在不知所在。"

小青一见打听不出消息，自去倒头卧下，顿时入梦去了。

等得天一大亮，他付了房金之后，又向前进。走了几天，沿途所遇见的人们都是他乡之客，并不知道什么白氏黑氏。小青无法可想，索性不再打听，一直来至清风岭下，拣了一家小客店住下，他就一个人，也不管发风落雨，也不管黑夜白天，每日自早至晚，总在那些荒冢之中找来找去，必要寻着白氏父女的坟墓方已。岂知一过三月，依然并没寻着，报仇之事，倒未如愿，身边盘缠却已告罄。

小青此时又弄得住又不可，走又不能，一急之下，病魔又来缠扰，其势很是凶险。那家店主怕他死了下来，要赔棺木之费，立刻下了一道极严的逐客令，限他二小时之内，就要搬出，否则便要自己动手。小青既是害的重症，本来已经不能够动弹，即使能够动弹，请问叫他一个举目无亲的病人，往何处去栖身呢？

小青到了此时，前思后想一会儿，只好做个罪人，自己寻死的了。正是：

山穷水尽疑无路，柳暗花明又一村。

不知后事如何，且听下回分解。

第十九回

阶下囚翻为座上客
刀头肉竟作意中人

却说小青真的打算寻死的时候，忽又想起家中老父只有他这个儿子，眼巴巴地在那里倚闾望他，地下的亡母，受了仇人之害，依然不能报复，怎能瞑目？就是他那奶娘，抚养他成人长大，并没享过一天之福，种种事情，都是他这人没有能力，弄得如此僵局。想至此处，顿时万箭攒心起来，明知死在顷刻，万事全休，然而一时悲从中来，哪里还忍耐得住？双眼之中，宛似泉涌一般，放声大哭起来。

此时，忽见有一个人奔进房来，问他何故如此悲伤。

小青一见那人素昧平生，不便说出他的苦楚，只好摇头不答。那人倒也不好再问，仍旧退了出去。

小青哭了一阵，一想挨不过去，又听见店主在外边更加骂得使人难受，便把心肠一硬，跌跌冲冲地爬了起来，用了一根裤带，打上死结，挂在床档之上，也步他那位亡母的后尘，便去投环。

谁知他的喉管里的痰声已被方才进来过的那人所闻，赶忙飞奔进来，一见小青吊得老高，连连地喊道："大家快来救人，大家快来救人！"

那个店主也怕犯了人命，只得帮同将小青救了下来，跟着又用姜汤灌救，总算把小青从鬼门关上拖回阳世。

小青睁眼一看，方才有气无力地向众人说道："众位虽是好心，其实救我活来，反是害我。"

仍是那个起先进来过的人，又问小青究为何事短见。小青没有法子，始把自己不得不死的苦衷说与大众听了。

起先进来过的那人听了，吃惊道："你就是羊青阳先生的世兄吗？"说着，连连叹气道："咳，咳！世兄真是傻了，何不早说？我姓方，名字叫作咸五，和你非但同乡，且与你们尊大人还有一面之交。我因来川讨账，辗转来至此地。你要钱花，少数的我可以借你，快把毛病医好，还有同我回家去吧！白氏父女既已死了，他们的遗骨就是寻着，也没道理。法律上罪不及孥，何况尸骨呢？"

小青听了，只得谢过这位方世叔，单说从长计议。等得病已医好，小青方始表示，不肯空手回家。方咸五劝之不听，只得把小青荐到打箭炉的防营里，充当一名哨书，每月既有十两饷银，食宿两项，还归营里供给。小青因有活命之处，决计慢慢地再寻仇人遗骸。兼之那位营官一见小青诚实可靠，十分相信，并且答应他可以随时派遣营中弟兄，四处去代他寻找白氏坟墓。小青听了，自然安心办事。

这样地又过数月，有一天晚上，忽然来了一股土匪，兵士应战不利，弄得全军覆没，小青这人以及打箭炉的一班商人都被土匪掳去。小青从未遇过这种事情，只是连叫："我命休矣，我命休矣！"

等得掳到土匪山中，那班土匪就两个服侍一个，把他们这班人仿佛缚猪猡的一般，缚好之后，统统堆在一起，就是要气闷死了，何尝来顾他们？

又过许久，方听得有一班小匪互相说道："大王坐出来了，大王坐出来了！"

言犹未已，果见有一个青年美貌的女大王，已经坐在案上。便有几个小匪走来，把众人脚上的绳索解去，手上的依然扎着。又见那个女大王把掳来的人们一个个地详询姓名、籍贯，有的马上释放，有的须钱赎取，还有当场斩首的。

小青看在眼内，暗中忖道："我这个人，不知可能排在马上放走之例？如果要钱赎取，我想也与当场斩首的是一般的了。"小青正在胡思乱想，希望将他释放的当口，忽见那个女大王已在叫他的名字，当下就有两个小匪走来，把他带到案桌面前站定。那个女大王便问他的姓名、籍贯。小青照实供出。

忽见那个女大王一听见他的姓名、籍贯，似乎陡现吃惊之状，又和颜悦色地细细问了一番之后。说也奇怪，那个女大王一不将他释放，二不要他取赎，三不把他斩首，单是吩咐几个小匪道："你们快把这位羊少爷引到书房之中，好生优待。若是有人简慢羊少爷，不问是谁，我就要重办。"

那班小匪个个连声答应"是是是"地，即向小青笑嘻嘻地说道："羊少爷，就请到书房里去吧！"说完，便将小青引到书房里面。于是筛茶的筛茶，装烟的装烟，一霎送上热的手巾，一霎来问要吃什么菜蔬。

大家同是忙得烟瘴雾气，小青也是弄得莫名其妙。不过听那女大王的口风，对于自己尚无恶意，总算还好放心，便对这班小匪说道："诸位不必忙碌，我只望诸位将你们大王何故如此优待，见告一二，那就感谢不尽。"

内中有一个小匪，似乎是个头目的样儿，向他说道："这倒未知，我们也在不懂，正想问问羊少爷呢，羊少爷现在反来问我们，这是只有静候我们大王发表的了。"

小青又问道："这么你们的女大王叫作什么名字？此山又是何名？省中为何不派大兵来剿？这些情节，诸位总可见告的了。"

那个匪目道："我们女大王，名叫余孝媛，这山叫作马鞍山。至于省中不来剿灭我们，一则我们向不出去扰乱世界，二则我们女大王，她有万夫不当之勇，省军自知不敌，哪敢前来？"

小青听了，便紧逼一句道："你们既不出去扰乱世界，何以又把我们这些人掳上山来呢?"

匪目听了,也自失笑道:"这句说话,羊少爷应该要驳,让我来对你细细说明,你老人家自然明白。我们此山的弟兄们,少说些,也有万把个,这山里的稻米只有八个月可以供给,其余四个月的浇裹,就要取之于百老姓身上。我们大王立过誓的,她定要把世间的贪官污吏、恶霸土豪,以及那班奸商劣贾,统统杀完,所取来的不义之财,除供我们大家的伙食外,其余的都做好事。因此远近的贫民,谁不把我们女大王写着长生禄位,家家供在屋内,当作菩萨的一般敬重?这回所掳的一班人,个个都是坏蛋。"

那个匪目说到这句,恐怕得罪小青,连忙又说道:"羊少爷自然是好人,不在此例,而且还不止羊少爷一个人好人呢!所以我们大王在未去攻打打箭炉之先,已派密探抄了坏人的姓名,按图索骥,挨次捉拿,掳到山寨之后。还怕忙中有错,方才我们大王不是询问他们的姓名、籍贯吗?此举就是不肯冤枉好人。问斩的是第一种坏蛋,赎取的是第二种坏蛋,余者都是好人,统统释放。羊少爷呢?大概更是好人之中的好人了,故此这般优待。"

小青听到这句,也被他们引得好笑起来。还想再去盘问那个匪目,又见有一个异常娇艳的年轻女匪匆匆走来,对那个匪目说道:"大王吩咐传知你们,快快开出酒席,请这位羊少爷独用。用过之后,大王就要来和羊少爷谈心呢!"

又见这个匪目听了女匪之话,连称:"晓得,晓得!牛姐请去回复大王,只说我们伺候羊少爷尚觉周到。大王倘若一开心,我们大家也有面子。"

牛姐听了,抿嘴一笑,又急急忙忙、狗颠屁股似的转身去了。

那个匪目一面命人开出上等酒席,请小青独自吃喝,一面又向小青笑道:"羊少爷,方才来的那位女队长,名叫牛姐,一身本领,一个人有几十个大汉可以开发,她是我们大王最得意的亲信人。"

小青此时因知大王要来和他谈话,所以酒也不敢多喝,生怕停

145

刻失礼。赶忙吃了一碗饭，即命他们收去。至于方才那个匪目，和他所说那女匪牛姐的事情，他却一字没有入耳。

谁知小青正在正冠束带，拍拍身上灰尘，预备要和大王谈心的当口，又见一个小匪奔来说道："大王此刻得着一个密报，距离我们山下五六十里地方，有个赃官经过，因为这个赃官也有本领，非是几个头目能够收拾他的，故而大王亲自下山去办，早则一天半天，迟则三天五天，就要回山。恐怕羊少爷性急，不耐等候，特地叫小的前来关照一声。羊少爷若是喜欢闲逛，就叫头目陪至山前山后游览风景；若是不喜欢闲逛呢，书房里面各种书籍都是有，可以随意消遣。大王因有紧要事情要和羊少爷相谈，并无歹意，请羊少爷千万不可多心。"

那个小匪说完这话，便又匆匆去了。

小青此时一见那位大王一二连三地派人前来关照，觉得真是优待自己，他因过于优待，反而发出一种奇想来了。他想，这位女大王到底和他有什么话讲？在他想来，他又不是四川人，和那大王非亲非故，毫无瓜葛，谅无什么特别说话。莫非也像唱戏里的女大王看中公子，要想将他招亲不成？小青想到这里，顿时害怕得了不得起来。他想："果真如此，这是我的性命仍旧不着杠了。我此次奉命报仇，断无私自娶亲之理。况且女盗首如何可做妻子？我就答应，我的爹爹也难通过；我若当场拒绝，她是杀人不眨眼的匪首，她肯饶过我吗？如此说来，只有设法逃走，倒是上策。"

小青想至此处，面上不动声色，便骗那个匪目道："大王命你们陪我出去游览，正合我意。我与诸位都是初次会面，自然不知我的脾气，我若一天坐在家内不动，马上就要害病。"

那个匪目不待小青说完，慌忙接口道："羊少爷，你是我们寨里的上宾，倘若稍有伤风咳嗽，我们大王必要责备我们伺候少爷不周。大王待人本是恩威并施的，我们一有错处，吃饭家伙就要搬场。羊少爷，快请同我出去游玩吧！"说着，又命派出五十名小匪，各携枪械，保护羊少爷一同出游。

小青听见有人保护，自然不能逃走，但恐众人生疑，只好见机行事。小青尚在踌躇，那个匪目已向账房里支了几百银子，预备小青零花。小青只好同着那个匪目，率领数十名小匪，出了山寨，四处随便地闲逛。约莫走了二三十里，看见对面也有一座山寨，便问那个匪目："前面那座山寨，是否也是你们一起的？"

那个匪目连着摇头道："非但不是，还是我们大王的对头呢！"

小青道："你们大王有本领，手下又有一万多人，既是对头，何以不把他们扫灭的呢？"

那个匪目道："羊少爷哪里知道？让我来说给你老人家听。他们那边的大王，名叫伍天仇，照他本领呢，本非我们大王的对手，只因我们大王是位孝女，一听见伍天仇也有孝子之名，因此不去灭他。谁知那个伍天仇待他客气当作福气，日前竟敢派人前来做媒，说是要娶我们大王做他的压寨夫人。我们大王已有警告前去，他若不来服礼，恐怕日内就要教训他了。"

小青听完道："我见他们寨前，风景极佳，你可否陪我前往一游？"

那个匪目听了，连连地摇头道："我可不敢，我可不敢！伍天仇近来已是我们的对头，只要一见余家山寨出来的人，抓去就杀。我这脑袋，还想留着吃吃饭呢！"

小青听了道："我不管，我可一定要去。"

那个匪目踌躇了半晌道："要么我一个人，明天悄悄地陪你前去，此时我们五六十个人，那边早知我们是余家山寨里出来的，此刻去，只有送死去了。"

小青听了，正中下怀。原来小青正因人多，不能乘隙逃走。若是只有二人，自然容易达他目的。这天回山，一宿无话。

第二天午后，那个匪目果来陪着小青，同至伍家山寨之前游玩。小青正在打算要把那个匪目支使开去，以便逃走的时候，忽见伍家山寨里面，一连跳出十几个大汉来，各执手枪，对着他和那个匪目两个的胸膛，大声喝道："放得知趣些，快跟我们去见我们大王。"一边说，一边一拥而上，已把那个匪目和小青二人反缚其手，牵至伍天仇的面前。

伍天仇正在毒恨余孝媛不允他的亲事，一见他们二人，便问现充余家山寨何职，叫何名字。

那个匪目先答道："我叫尉迟梅，现充招待所头目。"

伍天仇又问小青道："你呢？"

小青此时吓得哪里还会讲话？牙齿打战了半天，仅答出："我叫羊小青，并非土匪。"二语。

伍天仇听了，拍案跺足地说道："我先将你们两个开开利市，然后再与那个姓余的女贼算账。"说完，就顾左右道："速把这两个绑出砍来。"

当下走过几个刀斧手，就在阶前，第一个刀斧手手起如落，早将尉迟梅斗大的一个头颅砍在地上，第二个刀斧手正待举刀要砍小青的当口，忽听得寨外一阵铃声，顿时飞进一骑，口中大叫："刀下留人！"

刀斧手赶忙抬头一看，方知来者就是本寨第一队飞将薛梨花，刀斧手知她是伍大王的心腹，哪敢怠慢？只得候着。

此时小青本已伸项就死，突然听见有一种娇滴滴的口音在喊刀下留人，他以为余孝媛大王前来救他，急忙定睛一看，并非余大王，却是一个极标致的女匪。

当时又见那个女匪已经飞奔地跑至伍大王面前，耳语数语。同时又见伍大王连连地颔首，马上吩咐左右道："快快一面将这位羊小青香汤沐浴，换上衣冠，一面悬灯结彩，大排喜筵，好让姓羊的和薛飞将成亲。"

又见那个美貌女匪却也把她那张桃花嫩脸一红，就有一班女匪拥着她回房去做新娘去了。

此时已有许多小匪走上来，把小青之绑解去，也是簇拥着，将他送到一间很华丽的室内，请他沐浴。小青心里一想："这从哪里说起？我晓得周公之礼，大凡男子，只能拜堂一次，除非要续弦的时候，方才可拜第二次堂。我乃书香子弟，难道真的和这女匪拜堂不成？那位余孝媛，我尚不愿，何况此人？"谁知他尚转念未已，那班小匪一见他不肯沐浴，大家就来动手，硬将他洗完之后，换上新衣，拥至喜堂。那时，新娘早已凤冠霞帔地先站在红毡上面，似乎在那儿等着交拜天地。

　　小青此时情急智生，忽然倒在地上，假装腹痛。那个新娘一见新郎腹痛，顿时将她所戴的那顶凤冠向地上一摔，大踏步跨到新郎身边，轻轻地一把将新郎抱到新房之中去了。正是：

　　　　乘龙快婿虽知礼，打虎新娘不怕羞。

　　不知后事如何，且听下回分解。

第二十回

发热昏羊郎生笑病
说冷语牛姐受笞刑

却说薛梨花一把将小青抱到新房之内，急问小青道："羊郎的贵恙，还是新病呢，还是旧症？要服何药，方能痊愈？"

小青一见新娘这般问他，知道不可借病迁延时光，便答她道："此是老病，不是药石能够医治的。"

梨花又问道："不是药石，究是何物？快请说出，以便好去办理。"

小青本是瞎说，可怜他这几句假话，已是有生以来的破题儿第一遭。此刻立时要他说出何物，可把他真的为难死了。小青迟疑许久，方始被他想着一样名贵的东西。你道何物？他曾读过《孟子》中的"鱼，我所欲也，熊掌亦我所欲也。"他以为熊掌本是八珍之一，他在寿州，自幼至长，从未见过一次。他想这样东西，大概可以把他们难倒了。哪知熊掌这样东西，正是马鞍山一带的土产，毫不稀奇。

梨花一听小青只要熊掌治病，不禁喜形于色地答道："这样东西，别处固是罕有，我们这里并不繁难。"说完，忙将熊掌取至，又问小青如何吃法。

小青一见熊掌拿到，便又在腹中暗暗地叫苦道："天亡我也，天亡我也！怎么熊掌这样东西，竟会出在此间的呢？"没有法子，只好

150

随便乱说。

等得弄好给他吃下之后，小青又在暗忖道："完了，完了，我既说过非熊掌不治，现在已服下，哪好再装腹痛？腹痛若愈，这个女匪必要逼我成亲。我原是怕那边姓余的逼我成亲，方才要想逃走，岂知刚出龙潭，又入虎穴。此地这个女匪，你看她霞帔尚未去身，凤冠早已摔去，这般猴急的形状，哪有那位赵玉环小姐来得和婉？她是女匪，说不定竟会有野蛮举动的。万一无礼相逼，我又如何对付呢？"小青想到这里，只是垂头不语。

那个薛梨花还以为小青尚未复原，忙又走来，把小青抱至新床之上，叫他躺下，拉了一床绣被，将他盖好，一面驱散匪婢，一面自解衣服，竟是钻进被来。

小青一壁缩作一团，一壁又对梨花说道："婚姻之事，总要双方同意，你们一厢情愿，便要人家成亲，天下有此伦常乎？"

梨花听了，虽然不懂他的文言，但是他的表示不愿，自然已经看出。顿时放下脸来，很严厉地问小青道："我尚是一位处女，你不必疑虑。你要知道，你业已到了鬼门关口的人了，不是老娘把你救了下来，你此时早和那个姓什么尉迟的一般了。我也没有闲空工夫和你来多说话，你若知趣，老实说，你虽长得漂亮，我这花容月貌，未见得辱没了你。你若愿意，快快与我成了好事，否则世间美男子也不是只有你姓羊的一个，要死要活，请你自拣。"说完，又朝小青的脸上注视了一会儿，忽又含笑说道："我真爱你长得怪俊的，奉劝你快快从了我吧！"

小青此时见这女匪忽而盛怒，忽而含笑，正在无法可施的时候，陡听得外面一片人喊马嘶之声，似乎已在打仗的样子。同时又见几个女匪慌慌张张、上气不接下气地奔了进来道："薛队长，不好了，不好了，我们大王已被余家山寨的那个女贼杀死了。我们大家只有各自逃生，队长虽然英武，恐非其敌，还是赶快溜走的为妙。"说完之后，也不等那梨花回答，早就一溜烟地各自逃走去了。

小青一听余孝媛已将伍天仇杀死，知她前来救他，与其在此被人逼得不可开交，比较的还是回至余家山寨好些。小青正在转念，已见这个姓薛的女匪扑地跳了起来，去用一根极粗的绳索，把他缚在她的背上，又去拿上两支新式手枪，飞奔来至马厩，拣了一匹高头大马，一跃而上，把缰狠命地向她胸前一拉，出了后寨，便向乱山之中逃走。

　　谁知事有凑巧，只见对面迎来数十骑，为首一员女将，正是余孝媛大王。

　　小青赶忙大喊道："大王快快救我！"

　　言犹未已，却见余孝媛早已一马冲至姓薛的女匪面前，一壁拦住去路，一壁大声喝道："你这贱婢，快将羊少爷留下，我便网开一面，放尔逃生。"

　　薛梨花一见无路可逃，也不打话，只把手中的两支手枪左右开弓式地对准余孝媛就放。幸而余孝媛具有全身绝技，虽见那些子弹犹同落雨般地向她面前飞至，她却不慌不忙，急用手中的那柄宝刀，左拨右挡地，统统被她打落地上。

　　孝媛本想用她的飞剑伤那梨花，因见小青在她的背上，投鼠忌器，恐伤背上之人。孝媛便又想出一计，假装已被子弹击中要害的样子，翻身落马，躺在地上。虽然躺在地上，她仍留心弹子，弹子这样东西，击中对方目标，很是容易，倘若一卧地上，便难击中。

　　此时薛梨花一见余孝媛业经中弹倒地，故把手中之枪一面暂时停击，一面跃下马来，奔近余孝媛的身边。正待取她的首级，早被余孝媛出其不意，用她那只三寸金莲飞快地向薛梨花的双足一扫，薛梨花一个冷不防的，自然扑通的一声，倒在地上去了。余孝媛就趁薛梨花尚未及爬起来的当口，跟手滚到薛梨花的身畔，手起一刀，只见一股鲜血冒得老高。可怜那位第一队长薛梨花，早已死于非命。

　　余孝媛忙去看那小青，也见小青满头鲜血地晕了过去。原来薛梨花本把小青背在背上的，方才跌到地上的时候，小青反在她的身下，因此跌伤。

余孝媛一见小青跌伤，慌忙就在她的身边摸出一包末药，撮了一撮，纳在小青的口中。无奈小青此时尚未回过气来，当然不会自己咽下。余孝媛急向四处一望，又无凉水可以灌救，一时急于要顾小青的性命，只好就用她口里的香涎，哺在小青口内，慢慢地润那末药下去。末药一到腹中，小青马上回过气来。

此刻小青已知疼痛，又见余孝媛盘膝地坐在他的身畔，口中尚存末药的气味，便垂着眼泪，问余孝媛道："我方才可是已经晕了过去吗？我的性命可是余大王救活的吗？这样说来，我羊小青有生之年，皆是余大王所赐的了。"边说，边又哀哀地痛哭起来。

孝媛一见小青的样子，照她和小青的关系，她也要哭了出来了，无奈她的心事尚未与小青说明，倘若一哭，男女之间很易起误会的，所以只好把她的那般热泪直往肚皮里咽。当下便答小青道："羊少爷，你此刻也不必管谁救你的，赶紧回到寨中再说。"说着，忙命她的部下，一个扛小青的头，一个扛小青的脚，一个抱住小青腰，慢慢地抬至寨内。

此时余孝媛也不顾伍家山寨的事情，亲自把小青送回山寨，安置书房，急命寨中的医生诊视。那个医生尚未诊毕，孝媛已不耐等候，忙问医生道："你看这位羊少爷可碍事吗？"

医生答道："羊少爷一则因为淌血过多，二则身子素弱，一受特别激刺，神经似乎有些错乱。但望热度不要增高，此时似还不能好说已脱危险期间呢！"

孝媛听了，大吃一吓道："有这等厉害吗？这么又怎样办理呢？"

医生道："大王暂请安心，且让我来细细地斟酌一张方子，或者扳得转来，也未可知。"

孝媛道："如此，你快用心开方。医愈之后，我有重赏。"说完，轻轻地退出房外，急又飞身上马，奔至伍家寨中。

进去一看，伍家山寨也有二三千的部众，早已逃得一个不剩，仅有自己手下的头目在那儿检点器械粮秣，以及一切财产。孝媛明知她的手下绝不至于舞弊，便吩咐大众道："尔等可照向章，各人负责办理，毋庸再事禀我。"说完，仍又回转寨内。

跨进书房，只见小青面朝外床睡着，向她在笑。孝媛走近床边，就坐在床沿上，对小青说道："羊少爷，你是不是服了医生之药，觉着好得很快，心里高兴吗？"

孝媛说完，又见小青并不回答，仍旧向她傻笑不止。

孝媛忽将脸一红，心里暗忖道："莫非他因为我待他太好，动了什么私念不成？"

孝媛边在这般地想，边又凑近小青的脸上，仔细一看，却见小青目光发定，闭口不言，更是笑得前仰后合，有时还带着一种狞笑，令人见着，便要毛骨悚然，方知小青的病症不轻。急将医生召至，命他再替小青诊脉，是否已经变症。

医生诊脉之后，忙对孝媛说道："大王，羊少爷服下我的药，病已入了另一筋络，他的好笑容，一种是发的热昏，一种是入了笑筋。病虽危险，反而没有性命之虞了。"

孝媛道："我见他带着惨笑，或是心内万分难过，也未可知。"

医生道："诚如大王尊论。"说着，急又开上一方。

等得服下之后，小青仍是大笑，非但满房内服侍他的小匪个个掩口葫芦，连这位庄严无比的女大王，也被他引得扑哧扑哧地笑个不已。

此时牛姐因为多喝了几杯酒，在旁看见她的大王这般笑法，很露轻佻之态，便向另一婢女把她的那张樱口一歪，又轻轻地说道："你快看我们大王，似乎已经中了情魔了。"

那个婢女其实已知牛姐在说俏皮话，故意佯作不解，笑问她道："牛姐，怎么叫作情魔呀？"

牛姐听了，抿嘴而笑道："羊少爷委实长得标致，不过，我们大王也届及笄之年，至于什么情魔，我却未知。"

婢女方要再问，陡然听得有人大喝一声道："牛姐无礼，尔随我数年，难道还不晓得我的为人？竟敢诬蔑之词，加诸我身，我若不把你砍了，我的人格就要扫地了。"

那个婢女方知大王已在动怒，赶忙跪下求恕道："大王，此事与婢女无干，都是牛姐一个人在说。"

孝媛喝声："起去，你也是一个轻嘴薄舌的东西。"

此时牛姐也知她的大王非但是个孝女，而且简直是位贤媛，方才的说话，确是自己醉后妄言，急急地扑的一声，向她大王跪下道："大王念队长相随多年，多少总有一点儿微劳。大王言出法随，我……我……我可没有命了。"说完，伏地痛哭不已。

孝媛待人最是有恩，倘若部下一犯她的约章，便不轻赦。所以她自接管山寨以来，一个不过二十一二岁的女子，手下一万多人，被她治得服服帖帖。此时虽见牛姐这般痛哭，但为自己的名誉人格计，断难饶恕。便吩咐左右，传令升帐。她的升帐，也与法官坐堂一样，不过法官坐堂尚准律师辩驳，她的升帐，犯罪的人们罪已确定，仅不过"绑出砍来"四字而已。

孝媛既已升帐，当下就有人走来，将牛姐上身的衣服剥去，反绑双手，抓到帐下，喝令跪下。

此时牛姐早已吓得面如土色，浑身抖个不止。至于她雪白的一段上身，双乳外露，可怜她连"羞耻"二字也忘记了。幸亏牛姐武艺高强，立的战功也多，伺候孝媛固甚忠心，相待同事，也极诚恳，大家不忍袖手旁观，于是全体的队长和头目，共计一千余人，统统伏地替牛姐求恩道："牛姐冒犯大王，罪有应得，我们大众公求大王，不谈寨规，只言情义，务望大王法外施仁，将牛姐死罪赦免。"说完，只听得阶前一片叩头的响声，俨同山震一般。

孝媛见了，一壁长叹一声，掉下泪来，一壁起身下坐，走至阶前，向众人朗声说道："诸位且请起来，诸位来替牛姐求情，单在牛姐那面着想，并未替本大王这方着想。你们要知道，自从老大王遇害以来，本大王接替至今，虽仅十月，内部固承诸位同心协力，维持山寨，事事已较老大王在日还要兴旺。外面呢，也亏我的为人俯仰无愧，因此无论百姓，无论官场，只要明白事理的，谁不称赞我们侠义？本大王现年虽只二十一岁，惩恶奖善的事情却已做得不少，每逢有事，我是孤身一位女郎，出去一住十天半月，混迹男子之中，不避嫌疑，在不知我的人们，他们市虎杯蛇，间有浮言，情尚可原。牛姐事我三年，朝夕不离左右，我的人格，她岂不知？至于这位羊少爷，我与他的关系，此时未便发表，将来自有人知。牛姐这般诬蔑于我，使我听了，怎不寒心？情既难原，法在不赦，本大王情愿辜负诸位之情，办了这贼以后，我当下山，与诸位长别便了。今天我所以不能不表明心迹。"

孝媛说到这里，便将她那衣袖勒至肩胛之上，露出一只雪藕般的玉臂，指着臂上一个像钱大般的红疤道："这个就是敝师祖南无僧、信天子二位所替我种上的守宫砂，有此鲜明的暗记，我余孝媛的贞操，也可无愧于天地鬼神的了。"

孝媛还怕较远的人们未曾看见，特地高擎玉臂，又在大众之前，环绕一周，方始回到帐内，连将惊堂乱拍道："速把牛姐这没人心的贼绑出斩来！"

大众方才看见这位女大王那只粉臂之上，宛如种着牛痘一般的一块疤瘢，不过牛痘是个小圈白印，这个守宫砂呢，却是鲜红似血，就是用肥皂也洗不去罢了。大众本来已经相信孝媛，至此，更是钦佩得无话可说。至于女大王要斩牛姐，也在人情天理之中。

此时忽又听得牛姐已在悔过，反而口称："大王快快斩了队长，以正诬上的罪，活着也是没脸再事大王"之言。大家听得更加难过，复再去求孝媛道："牛姐死罪总求饶恕，活罪不赦就是，请大王将她裸笞五百小板，也算十二万分的羞辱，却与问斩也差不多的了。"

孝媛尚未允诺，牛姐却已情情愿愿，急忙自褫下裳，献出她那个雪白的尊臀，恭候笞责。

孝媛一想，谁不知耻，她既这般，只好命人重笞五百。牛姐伏地受笞，于是流红有血，挨痛无声。及至笞毕，牛姐穿好上下衣裳，先谢大王，后谢大众，这场大事，方才平靖。正是：

人丛受辱原知罪，法外施仁便是情。

不知后事如何，且听下回分解。

第二十一回

异想天开刀尖炫处女
奇谈海外剑底匿痴人

　　却说余孝媛既已笞责牛姐之后，忙又奔至小青所卧的书房。一跨进门槛，就见小青仍旧在笑，不过神气之间，已较起先好得多了。孝媛便知医生的药尚有效验，又饬人吩咐医生，用心医治，将来一定重赏。

　　其时伍家山寨的那些粮秣杂物，虽有负责头目贮藏，所有金银珠饰应当缴到内库，孝媛便出去检点清楚，编号收存。

　　岂知就在这天晚上，忽据从省里专程回来的一个密探报称，制台得了急病出缺，业由藩司护督。那位护督，却是旗人，一接印后就责备营务处调度无方，何以任令土匪，击溃打箭炉的防营，以及掳去正式商家等事。现已札委驻扎绵阳的那个金龙统领，率领大军二十营，进剿我们山寨，大概就在三五日内可到此间云云。

　　孝媛一得这个信息，筹划许久，连夜将寨中的队长、头目等人统统传到。孝媛就对大众发表她的意见道："我们这座山寨，虽然做的除暴安良之事，于民有益。无奈在国家方面看来，总逃不了'土匪'二字。老大王在日，每每与我商酌，总望能够有一位明白好歹的官儿到来，我们就好前去请求招安。那时你们诸位固做国家的将士，我们父女二人也想遄回原籍，终老家乡。哪知老大王不幸身故，招安的目的，至今也未办到。老大王临终的时候，有个遗嘱，叫我马上就去干一桩大事。我因谋死老大王的那个凶手约我一年期内，她要来此和我比武，所以我只得在此等候，未去办理我的大事，终天之恨，成为不孝的女儿。

"现在的这位羊少爷，就是老大王年轻时候，曾经有件事情，对他府上不住，我方才说要去办桩大事，就是指此而言。不料羊少爷忽患重病，我本拟待羊少爷痊愈之后，再离此间的。

"现下省中大军既来剿灭我们，照我的这点儿本领呢，未必就输与他们。不过天下无不是的父母，君亲是一样的，正式队伍，剿办土匪，名义上也是应该。我倘若再把省军杀退，于理似也说不过去。这样事情，还在其次，我日日夜夜不忘于心的，就是急于要去办理这件遗命，所以想趁省军未曾来此之先，要将诸位和弟兄们统统解散，并且奉劝诸位和众弟兄们，下山之后，须做良民。好在历年除山寨开支，以及陆续赈饥之外，内库里面尚存现银和金珠首饰，约值二百多万，平均计算，每人可分一二百两银子。至于我呢，决不携取分文，以明我的心迹。诸位如果赞成，我也照这样办；诸位不赞成，我也要照这样办。为什么我要强迫主张呢？因为我一走之后，诸位决计非省军之敌。我并非看轻诸位的本事，只为我有剑术，他们的炮火不能奈何我，诸位仅凭拳脚，血肉之躯，如何好与子弹相见？我为了此事，左思右想，只有此策，于我于人，均有利益。我与诸位相处已久，何敢遗误诸君的呢？"

孝媛说完，陡听得哄起一片哭声，这个哭声，便是大家舍不得孝媛的表示。

当下就从这个哭声之中，走出一个队长，代表大众向孝媛说道："大王方才的说话，我们大家都能仰体大王的意思，哪敢反对？况且世间也没有不愿做良民，反愿做土匪之理，所以队长代表大众，准遵大王的办法。不过大王待遇我们，真是恩同父母，实在不忍离开大王。"

孝媛听到这句，慌忙摇手止住道："你可不必说下去了，你们的好意，我都领会，所说不肯离开我的说话，那就是要跟着我走的意思。我倒要请问你们，你们现在有一万多个人，难道都可以随我往下江去不成？我的对于你们，手背也是肉，手心也是肉，试问带谁好呢？况且我此去办理大事，生死存亡，尚在未卜之间，不要说大家跟我前去断无此理，就算说句笑话，真的跟我同去，我自顾都不遑，哪能再顾你们？不过大家只要都在世上，总有相会之期。我的拒绝要求，还望大家原谅我才好。"

那个代表听完，无话可说，只得仍旧掩面哭泣。谁知孝媛好容易才把这位代表说退，突见人丛之中忽又钻出一个人来，奔到她的面前，扑地向她跪下，一壁抱着她的双脚，一壁带哭带说道："我与众人不同，大王无论去做什么事情，身边的使女总不能不用的。我也要学大王方才那样坚决的说话，大王允我，我也要跟走，不允我，我也要跟走。"

孝媛边听此人说，边将此人一看，却是牛姐。不禁一阵心酸，垂泪答道："你白天挨了我的责罚，你倒不记我恨，还要跟我走吗？"

牛姐道："正为大王法外施仁，雨露雷霆，都是圣德，倘若记恨，那是连畜牲也不如的了。"

孝媛道："并非我不允你的请求，我早防到有这着的，所以方才声明，手背手心都是肉呀！你若听我相劝，等我动身以后，还是快去择人而事，你能终身有了结果，真的比较跟在我的身边，我还要欢喜十倍呢！"

牛姐听了，羞得把脸一红，也不答话，忽然扑地跳了起来，急去把她的那个衣袖卷得老高，又把她的臂膀送至孝媛的眼睛前面道："大王有那个守宫砂可以表明贞操，我牛姐没处去寻那个什么守公砂、守婆砂，我却也有表记。"

孝媛听了，忙把牛姐的那只粉臂细细一看，不觉破涕为笑起来。你道为何？原来牛姐白天挨过板子之后，并不在她心上，她只是寻思道："我们大王她有守宫砂，能够表明节操，何等荣耀？我明明也是一个处女，难道就此埋没英名不成？"她想到此处，明知那个守宫砂一时不能办到，她便一个人躲到自己房内，索性脱去上身衣服，用了一柄尖刀，就在她的臂膊之上，狠命地戳上一刀，当时也不知疼痛，但见她的臂上已像她们大王一样。不过大王的臂上来得鲜红而小，她的臂上来得黑紫而大罢了。照她的意思，本待大庭广众之间，也去出出风头，表示她的贞节，此时及听她们大王劝她嫁人，她就疑心大王当她不甚规矩，所以顿时就把她的那个血疤，犹如献宝一般地献了出来。当下孝媛一见牛姐这个寸许大的血疤，虽然借此也可表明心迹，若非处女，绝不敢有此烈性。但又笑她这个血疤，就是不是处女，一把尖刀戳在肉上，断无不淌血之理，其志固是可嘉，其愚真正不可及了。孝媛见了这个蛮人，焉得不笑？

那时牛姐一见她的大王在笑，她便满心欢喜，以为大王已经允她的请求，故不多言，乖乖地退了下去。

孝媛哪知她的心理？也以为牛姐被她劝醒，此刻正在忙碌之际，哪有闲空工夫再来声明？单又对大众说道："我的意思已经表明，我此刻要紧去看视羊少爷的毛病，无暇再与诸位长谈，准定明日宰杀牲口，大排酒筵，做个临别纪念便了。"

孝媛说毕，也不及候大众的答复，早已自顾自地往小青房内去了。

大众等得孝媛入内之后，赶忙推出几个代表，连夜商酌一个万全之策，以备次日再向大王请求，众人方始散去。

到了次日午间，寨内摆上百十席上等酒菜，队长头目均在这里，寨外空地上面，按人分派酒肉，众弟兄们均在那儿。等得吃了一半的时候，孝媛方始从内出来。大众一见孝媛，已经换了平民服饰，知道孝媛真的下了决心，几个代表忙又上去再三再四地申说昨天之话，孝媛仍旧再五再六地好言劝慰。相持了许久，大众没有法子，方才答应让孝媛伴了羊小青回籍。说定之后，孝媛就命管理现银金珠的三十位女队长，按照昨天所说的数目，分给队长、头目，转发众弟兄们。大家收过，便有几个代表，为首的手捧小小一只匣子，向孝媛说道："大王！"

孝媛一听代表仍旧称她大王，急阻止道："不在其位，不谋其政，诸君务请就此改口，称我一声余小姐便了。"

代表只得改口道："余小姐平日的廉洁，寨内寨外的人莫不知道，小姐既说要去办桩大事，在在需款，哪好身无分文？纵使小姐具有点金之术，我们方面，如何能安？这匣子里的戋戋之物，务请小姐留在身边，一则沿途可作盘缠，二则也算纪念。"

代表说完，想将匣子递与孝媛，孝媛哪里肯受？单很坚决地对代表说道："我已说过不取寨中分文东西，君子爱人以德，可以毋庸强我。"

代表道："匣内之物，为数极微，代表等因见众弟兄们要想各人提出应得的十分之一孝敬小姐，我们因知小姐异常廉洁，已令他们打消此议。现在小姐倘连这一些些东西还要推却，众弟兄们哪肯罢休呢？务求小姐接受大众的一丝诚意。"

孝媛听了，只好将匣子打开一看，取了一半，藏在身边，谢过众人，方才入内。

又过一天，孝媛因见小青的毛病仍未起色，每日自早至晚，自晚至晨，总是笑声隆隆，不绝于口，似乎已经成了痴人。心里便发急道："他的病症，既是这般厉害，如何能够逃出险地？"

孝媛一个人又沉吟了一会儿，急将医生召至道："羊少爷的症症，依然如此，现在又万无再留此间之理。我不懂医道，须请足下为我想一方法，必要能够平平安安地到了成都，才有法想。"

医生踌躇道："小姐且请宽怀，急也无益。羊少爷现在虽然形似发痫，这是他的病象，因为服我之药以后，病入别经。至多再过一两星期，这种痴态定能减轻。医生不能沿途诊视，很觉抱愧。"说着，便在身边摸出小小一包丸药，递与孝媛道："这是我连夜合起来的，每日须服十粒，似不至于变症。只要沿途不受惊恐风寒，三星

162

期之内，我可负责。小姐一到成都，速赴大仁医院，院长姓姜，是我同学，请其医治羊少爷，总有十分之六七的希望。"

孝媛听毕，不肯食言，取出两粒珠子，约值二三百金的数目，谢过医生。医生收过。外边就有人来，说是请孝媛去喝饯行酒。

孝媛出去领情之后，发表再过三天，一定动身。大众要求送至百里以外，孝媛也不推却。

这天晚上，等得夜深人静之后，孝媛悄悄地来至书房，因见小青迷迷糊糊地似已睡去，急用一条极牢固的皮带，把小青这人裹了一床薄被，扎缚在她的背上，手携那柄朱鸾吹赠予她亡父的宝刀，出了房门。也不骑马，趁那星月之光，轻轻飞身上屋，于是人不知鬼不觉地，蹿下马鞍山去了。

及至次日，大家知道孝媛不辞而别，既因马鞍山是四通八达，路路可走，又知孝媛素有夜行绝技，虽骑快马也不能赶上，只好徒呼负负而已。

大众倒还罢了，独有那位牛姐，一见她的小姐失踪，这还了得？也不去与大众分别，所谓有其主，必有其仆，立刻拣上一匹良骏，真像盲人骑瞎马地胡乱地追了上去了。这里的大众，一见牛姐也走了，各人只好携着各人的东西，也有远走高飞的，也有就近居住的。好在四川百姓和马鞍山上的土匪皆有相当的感情，保护他们都来不及，绝无再去告发他们之理。他们也从此以后，不谈往事。马鞍山的收束，就此不提。

再说孝媛，自从那天背了小青，私自下山，恐怕她的部下追着相送，赶忙用出她那夜行功夫，就在乱山之中，走上一天一夜。幸亏小青病得糊糊涂涂，既不要吃，又不要屙。孝媛自己呢，早已备有干粮，随时可以果腹，这是她们侠客的老例，若换别人，就要像羊小青一般，因饿而乞，因乞而挨打的了。

那时正是大伏天气，孝媛恐怕小青为被头裹得太热，好在这座深山之中，绝没省军前来攻打他们，又在半夜，便大胆地将小青这人，从她背上解了下来，让他卧在地上。问他可饿，小青摇摇头。又问他可要便便，小青也摇摇头。

孝媛知道小青尚有知觉，稍把她心放下一点儿，自己便拣一块僻静地方，更衣之后，且让小青适适意意地安睡一觉，自己虽然也觉瞌睡，生怕睡熟之后，倘有虎狼前来，那还了得？只得守在小青旁边，闭目养神。直到天明，小青犹未醒来。孝媛仍将小青照旧背好，再往前行。

又走一日，太阳已将西坠，方把那座大山走尽。孝媛正在寻思，今晚可以安睡客店中了。谁知她的念头尚未转完，忽见山脚之下都是省军，团团围住，无路可出。

原来省中制台，不知余孝媛就是白凤凰化名的，那个金龙统领，他是一手办理此事，何至忘记？他既知白凤凰的厉害，如何敢到马鞍山攻打？又因上官所命，不敢违误，所以只好在此扎住，以便再想诡计，去哄制台。他若早知余孝媛自行解散所部，他倒早又班师回省报功去了。

此时孝媛一见省军已把山脚围得水泄不通，不禁暗暗地发急道："此番若是只我单身一个，我就可以把这几座营盘踏为平地，无奈背上负着一位病人，倘若那边子弹不长眼睛，将我这位羊少爷略有损伤，叫我拿什么脸去见我亡父？"

孝媛想至此处，她便自言自语道："我只有吐出我这剑光，将羊少爷浑身遮住，让他躲在剑光底下，我且冒一冒险，冲过营去。倘蒙亡父在天之灵暗中保佑，渡过这个难关，也未可知。"

孝媛想毕，真的口吐一道白光，她就在这道白光之中，宛如拍球一般地，直向营中滚去。那时营中的兵士以为此地距离马鞍山尚远，既不开战，又是大热天，大家都在营内草地之上纳凉。忽见空际飞过一道白光，大家犹以为暑夜应有热闪，想是要下阵头雨了，所以先见电光，因此并不注意。哪知内中却有一个酒醉的兵士，忽动好奇之心，随后取下背上的洋枪，纳上子弹，砰的一声，就向那道电光击去，当下只听得那道电光之中，忽有哎哟的一声痛声，反把这个酒鬼吓醒，赶紧把这桩奇事飞报哨官。及至哨官出来观看，孝媛早已负着痛地越过营盘，不知去向了。正是：

　　　　同命鸳鸯方出险，勾魂蜂蝶又相缠。

不知后事如何，且听下回分解。

第二十二回

闹笑话错认狐仙
抱不平代惩狗贼

却说孝媛冲出几座营盘，熬着疼痛，一口气又奔上数十里，仍在一处荒僻所在，抬头四顾，看见并无人迹，方敢停步。急把小青解下，打开被头一看，只见小青那件月白竹布长衫的袖口上面，早已染着一大块鲜血，吓得忙将小青的衣袖轻轻勒起一看，幸亏那粒子弹仅仅乎擦破了臂上的皮肤，未伤要害，便问小青道："羊少爷，痛得怎样？"

小青仍是摇头不答，只把一双乌溜溜的眼珠盯着孝媛脸上呆看。

孝媛见他这种形状，似乎不甚紧要，始知刚才小青所喊的那声哎哟，乃是一种惊慌过度的表示，并非真正大痛，即把小青卧在地上。自己背转脸去，急把裤脚管卷起，朝大腿上仔细一看，知道她自己的伤处确较小青厉害几倍。还亏她是内行，一着子弹的时候，一面马上运气，一面忍痛往前飞奔，倘若稍迟一步，说不定再中几枪，也未可知。

这么孝媛既是剑侠，曾在枪林弹雨之中出入数次，未曾伤过一回，何至这回，竟被一个毫无本领的醉鬼击伤的呢？其中却有道理。一经不佞表明，阅者自然明白。

原来凡是炼气的人，只要预先防备，同时再把他那练习过的身体忽左忽右，忽前忽后地闪避起来，任你那个子弹如何厉害，休想动他分毫，这种功夫，本来不算稀奇。不过此次孝媛是，一则身负这样一个大人，二则单身冲过几府营盘，三则一心只顾小青，有此几种原因，就未免有些慌张了。既一慌张，那个无情的枪弹自然乘虚而入。

当时那个醉鬼的枪弹，却是先从孝媛的大腿穿过，后又擦过小青的臂膀。这回的事情，像是白秋练真在暗中保佑一般，不然，击中孝媛和小青的致命之处，也是意中情事。倘若他们二人真被醉鬼击死，岂不是孝子、孝女也没良好结果？叫不佞又拿什么事实编书劝人呢？

闲话少叙，再说当时孝媛一见她的大腿尚在淌血，忙去撕下一块衣襟，分作两块，一块包扎自己的大腿，一块包扎小青的臂膀，包扎停当，重将小青背上，复向前走。

又走一天，已离太和镇不远，其时天又黑了下来。孝媛一想："我是一个闺女，背着一位少年男子，若被镇上的人所见，岂不是一个极大的笑话吗？只有和羊少爷商量，请他自己走入市中才好。"

孝媛想至此地，急将小青解下道："羊少爷，前面镇上，不比荒山旷野，你这个人由我背着，没人看见。请你暂时自走几步，好在不到半里路了。"孝媛说完，只见小青仍旧向她傻笑。

孝媛一见小青无理可喻，也不和他再讲，便去扶着他走。谁知小青连天背在孝媛背上，双腿已经麻木不仁，哪里还会行走？可怜他的尊足，甫经开步，便听得扑通的一声，已经跌倒地上了。

孝媛一见小青跌倒，此时反怪自己不应叫病人走路，赶忙仍把小青背好，暂时避至树林之中，直待夜深人静的时候，方始走入镇上，一想："去住客店，孤男寡女，叫我何以为情？不如纵到屋上，寻间没人住的空楼，随便混过一宵再讲。"想罢，便即将身一纵，已至一家屋面，连寻几家，都是有人住着。后来寻着一家，只见楼下虽是灯火辉煌，笑语嘈杂，楼上却是黑暗无光，悄然寂静。知道这间楼上一定空着，急把瓦片揭开两块，趁着月光，俯身往下一看，不禁喜出望外，你道为何？原来那间楼上，非但楼门反锁，决计没人居住，且有两张现成床铺，帐被枕头，一应俱全。就是客店，也没这样清洁。

孝媛当下便背着小青，轻轻跳下。屋上瓦片，不再盖好，以便借那月亮，好做灯光。此时孝媛真已倦极，急把小青解下，安置在较华丽的那张大床上，自己即在一张小床上，倒头便睡。孝媛这一夜，总算睡得舒服。

及至次日醒来，时已过午，孝媛正想唤醒小青，打算就走。一眼看去，只见桌上摆有整桌菜饭，热气犹在上升。急至房门口细细一看，虽然仍旧反锁，察其情状，似乎已经有人进来过了。于是不懂起来，自言自语道："这又奇了，既已有人来过，何以不向我们诘责，反将上等菜饭摆在此地，这是什么缘故？"

孝媛寻思一会儿，委实想不出这件怪事，索性去把小青唤醒，问他："现有极好的菜饭在此，可要也吃一点儿？"

小青虽在摇头不答，但把两只眼睛尽管望着桌上。孝媛便去盛了一小碗饭，又另用一只碗，拣上各样菜蔬，送至小青床上，让他自吃。自己便在桌上，大嚼起来。吃了一碗，再去盛饭的当口，走过小青床前，见他饭已吃完。问他可要再盛，小青依然不答，却把眼睛注视空碗不动。孝媛复替他添上半碗，自己盛了再吃。等得吃毕，小青也已吃完。孝媛见另一张桌上茶水、面盆均又预备齐全，就去筛上一杯茶喝下。

洗脸未已，忽听得小青在床上叫她道："大王，你请过来。"

孝媛一听小青在叫她，忙将手巾丢下，走去对他说道："羊少爷，你千万不要再叫我大王，我比你似乎大一岁，你就叫我一声姊姊吧！"

小青听了道："这么姊……姊……姊……姊……姊……"

孝媛接口道："有话请说，怎么'姊姊姊'不清楚？"

小青听了，似现害怕之状道："我……我……想再在此地住

168

几天。"

孝媛听了，心里一乐，就向小青微笑道："老天有眼睛，少爷居然开了金口了。此地并非客店，人家要说闲话的。我正为这份人家与我们素昧平生，非但不怪我们冒昧，还要开上饭来，既然开上饭来，何以又不和我们来讲话？内中或有别情，也未可知，还是早些离开此地的妥当。"

小青听完，便又傻笑，四顾言他。

孝媛知道小青有时明白，有时糊涂，和他多说，也是枉然。正拟自作主张就走的时候，忽见那扇房门哗啦一声，有人开门进来。孝媛见进来的二人，形似使女模样，看见她和小青两个，并无诧异颜色，但将双手合十，做拜佛的样子。拜完之后，急去收拾菜碗。

孝媛走上去，一手一个，抓住她们两个问道："你们两个搬饭进来，虽是好意，何以不打我们招呼？此刻又鬼鬼祟祟，拜的什么？快快向我说来。"

只见那两个使女一面吓得抖个不止，一面急向楼下大喊道："少奶、小姐，不好了，大仙又出现了。"

那两个喊声未毕，楼下顿时哄上一群少妇上来，一跨进房门槛，大家都向地上扑地扑地一齐跪下，磕头的磕头，祷告的祷告。

内中有个胆子较大的少妇开口向孝媛说道："大仙不要作梗，这两个使女，大概冒犯了大仙，总求大仙看我们平时不敢怠慢，饶恕她们才好。"

孝媛听完，方知此楼定有什么狐仙住着，这家主人竟把她们认作狐仙，不觉好笑起来道："你们快快起来，我们姊弟二人并非什么狐仙，你们大家切莫自相惊扰。"

孝媛说罢，只见那位少妇听了，很现出诧异的神气接口道："这么这位小姐既非大仙，怎么有这般大胆，竟敢住在这间楼上的呢？"

此时大家一听孝媛不是大仙，一齐爬了起来，也来围着孝媛插嘴道："小姐快请说出来历，好让我们大众放心。"

孝媛听了，始指着小青向大家说道："我因这个舍弟有病要往成都就医，昨夜路过贵镇，因嫌客店繁杂，又爱此楼幽静。"说着，又指指屋上那个窟窿道："就从此处下来，打算混过一宵就走，所以不来惊吵你们。难道此楼真有什么狐仙住在此地不成？"

大家听毕，更加互相惊讶道："小姐既会从空而下，必定是位女侠了。此楼本是两位大仙住着，所以我们天天虔心供奉，幸蒙大仙未曾相扰。小姐姊弟二位住了一宵，既未看见大仙，或者大仙见了女侠，特地避开，也说不定。今天我们正有急难，务求你这位女侠小姐救我们一救。"大家说完，似乎又想跪求的样儿。

孝媛慌忙一面阻止，一面答道："诸位可是想将这间楼上的大仙赶走吗？"

大家听了，都吓得把舌头伸得寸许长地说道："罪过，罪过，大仙它既无不利我们之事，我们怎敢请小姐撵它？"

说着，大家把眼睛望了一望孝媛腰间的那把宝刀道："小姐既有这柄宝物，一定能够援救我们。我们本是此镇的良户，自从祖上造了这宅宇之后，家门不幸，代代必有几个孤孀。到了我们这代，尤加厉害。"

说着，点点人数。又说道："我们这十个人之中，七个是孤孀嫂嫂，三个是未嫁而寡的姑娘。因没男子赚钱，小姐不要见笑，我们为衣食计，只得暂以神女生涯度日。幸亏路过的达官巨商都还不弃我们蒲柳之姿，平时就赖夜度缠头，总算可以过去。不料日前到了一个姓荀的哨官，据说他就是金龙统领的小舅子，平日擅作威福，欺压良民不算外，一见美貌妇女，犹如苍蝇见血一般，哄吓诈骗，无一不来。凡是妇女，无不畏之如虎，于是背后替他起了一个绰号，叫作狗贼。我们既是形同私娼，便非良家可比，他来作贱我们，像个应该的一般，我们怕他凶恶，只好轮着留他住夜。哪知这个狗贼，真正比狗还要不如，他定要逼着我们姑嫂十人，白天裸体陪酒。我们和他既有肌肤之亲，被他一个人糟蹋了去，倒也罢了，哪里晓得这个狗贼只图一己的开心，不管人家廉耻？他竟天天带些狐群狗党，青天白日，同在一室，叫我们难不难为情呢？听说他今天傍晚，还要来拍我们大家的裸体小照，可怜我们拒绝又不敢，忍受又不愿，故此想求小姐相救。我们年来送旧迎新的事情，干得也不少了，对于侠客一途，也曾遇见几位，因此一见小姐的这柄宝刀，便知小姐必非等闲之辈。这个狗贼，听说他有很好武艺，但愿他敌不过小姐，这就是我们大家之幸了。至于这间楼上的大仙，自从我们供奉它以后，它倒平平安安，并未作祟。这个狗贼，人还不及狐呢！"

大家说至此地，孝媛早已听得怒发冲冠起来，急拍拍她的胸道："诸位放心，且待这个狗贼到来，我必定代你们惩治他便了。"

大家又说道："小姐千万不可伤他狗命，我们人命官司是吃不起的，最好惩治他不敢再来，我们于愿已足。"

孝媛听了，点点头道："如此说来，只好便宜他了。"

大家还想答话，忽听得有人敲门。大家急对孝媛说道："怕是狗贼来了，我们且先下去，小姐快快就来。"说完这句，大家一拥下楼而去。

孝媛推开楼窗往下一看，只见进来的人并非那个狗贼，却是一个少妇，便不管她。看看钟上正打三下，一想时候还早，且在床上休息一霎再说，哪知刚刚躺在床上，早又沉沉睡去。及至醒来，侧耳细听楼下，并没什么声响，以为那个狗贼尚未到来，还想再睡，忽见一个使女慌慌张张、轻手轻脚地奔至她的面前，上气不接下气地向她说道："女侠小姐，怎么不去收拾那个恶贼？他已来了多时了。可怜我们的少奶、小姐，现在被他糟蹋呢！我因无法上来通知，此刻好容易被我偷偷上楼来的。"

孝媛听了，自知一时失觉，既受人托，理应早一刻好一刻。边想，边就飞奔下楼，一脚跨进客厅，不觉吓了一跳。你道何事？

原来她还以为错走入女浴所了，正拟退出，已被苟哨官瞧见，便向她大喝一声道："谁家女子？既已来此，老爷也不容你走的了。

我此刻所拍的照，只有十一个人，你来得正好，连你凑上，恰成十二金钗之数。"说着，要来抓住孝媛。

孝媛也不答话，急将身子一闪。苟哨官便扑了一个空，险些跌在地下，一见孝媛不是外行，急在腰间拔出一柄短刀，拼命地就向孝媛脑门劈来。此时孝媛也把宝刀急向苟哨官的脸上一晃，虚砍一刀，出其不意，飞起一腿，正中苟哨官的臀部。当下只听得哎哟的一声，苟哨官已经扑在地上。孝媛跟着一脚踏住，用那刀背就向他的背上一连击上四五十下，早把这个苟哨官的救命屁也打了出来了。

其时，屋内的十一个无衣女子一见孝媛占了优胜，大家光着身子，要向楼上逃去。孝媛急忙喝住，一面叫她们先穿衣服，一面叫她们都拿木棍，加入来打狗贼，好出她们的恶气。大家听了，随便披上衣服，真个各执木棍，恨不得一棍就把这个狗贼打死。因怕金龙报复，仅在狗贼臀部之上一连击了一二百下。

狗贼既被孝媛踏住身子，哪能动弹丝毫？只得哀求孝媛道："女英雄若饶狗命，下次决计不敢再来。"

孝媛道："若能依我三件事情，方才饶你。"

苟哨官连连答应道："依你依你，不要说三件，就是三十件、三百件，无有不依。"

孝媛道："头一件，不准报复。"

苟哨官道："可以可以。"

孝媛道："第二件，每人须送遮羞钱一千银子。"

苟哨官又道："更加可以，更加可以。"

孝媛道："第三件，要你也是赤体装着狗叫，在这镇上爬走三转。"

苟哨官迟疑道："这……这……这件，似乎有些为难。"

孝媛听了，即用她的那只小脚，对准苟哨官的粪门上，一连几脚。只听得苟哨官在地上连哭带说道："我依，我依……"

话犹未毕，又听得扑哧的一声，苟哨官的屎，已被孝媛踢了出来了。孝媛和这十一位女子，因为闻得恶心不过，方才准他起来。苟哨官一面令人取款前来，一面真的光身，边作狗叫，边向街上爬去。

这里十一个女子始向孝媛一齐跪下叩头道谢。孝媛一一扶了起来，打算就此告辞。那十一个女子哪里肯放？再三再四地苦苦相留，至少再住十天半月。孝媛因为小青本想再住几天，只得应允。正是：

强人自有佳人治，妓女还叨侠女恩。

不知后事如何，且听下回分解。

第二十三回

巧匠弄玄虚传代孤孀传代娼
名姝甘服侍有时小婢有时娘

却说那十一个女子，一听这位救命恩人已允再住几天，自然个个喜形于色，于是也有打算报恩的，也有打算拜师的，也有打算替孝媛作伐的，甚至还有私下看中小青标致，要想嫁与小青为妻、为妾的。闹了半天，旋经孝媛一一解释谢绝之后，方始静了下来。

孝媛忽向那个敲门进来的少妇笑着问她道："此地的十位姊姊、妹妹，因为既做不幸的生涯，自然未便拒绝那个狗贼进来，这是无可奈何之事，谁也不能够怪她们的。你这位姊姊，无缘无故，何以也来自投罗网的呢？"

那个少妇听了，羞得把脸一红地答道："恩人姊姊这句说话，问得固是不错，但我来此，也是好意。并且不知道那个狗贼，他竟敢放下脸来，连我这位正式的师母也调戏起来。此事又从哪儿说起呢？我昨天路过这里，因与此地的诸位姊妹关点儿瓜葛，不能不来看视她们。她们一见了我的面，就诉说那个狗贼糟蹋她们的事情，后又说及近日经济，也感困难。我当下暗想，那个苟哨官，他是拙夫的门生，倘见我来，或者能够敛迹一点儿，也未可定，此其一；我的路费虽然不裕，但不能不分给一半在此，此其二。我既然有这两层缘故，自然拿了银子，大胆前来。谁知那个狗贼假装不认识我，连我也一起糟蹋在内。若非恩人姊姊相救，后来的把戏，恐怕还要不堪设想呢。"边说，边就淌下泪来。

孝媛听罢，也替她抱不平道："如此说来，那个狗贼真正杀不可恕了，这么且让我去结果了他再来。你们大家若怕惹祸，赶紧逃走就是。"

那十个女子听了，慌忙阻止道："这是万万不可，这是万万不可。我们大家都是没脚的蟹，试问逃到哪儿去？这里呢，总算还有这宅破房子能够遮蔽风雨，不然，那个狗贼，就是剥了他的皮，还要抽他的筋，方才出气，何必反来替他求情呢？"

孝媛听了，只好依了大家，便宜那个恶贼。

孝媛又和大家闲谈一会儿，正拟上楼去看小青，大家忙又拦阻她道："恩人姊姊，且慢上去，吃了点心再说。"说着，已经开出点心。

大家一齐吃毕，内中忽有一个姑娘问孝媛道："恩人姊姊，昨夜睡在楼上，真的那两位大仙没有出来吗？"

孝媛听了道："确未出来，我不扯谎，说起这两个狐仙，到底是怎么的一桩事情？请你细细说与我听。其实这种妖怪，还是撵它走路妥当。"

那个姑娘听了道："这间楼上的大仙，是向来有的，听说已有百十年了。我们小的时候，就见我那亡母天天饬人搬上饭去，虽然常有怪异声响，因被亡母禁止上楼偷看，所以未知真相。"说着，又指着一个穿湖色衣衫的少妇，续向孝媛说道："直到我们这位五嫂子花烛的那一夜，有一个亡兄的友人，于吵新房之后，乘着酒兴，瞒着众人，独至楼上，便在门缝里往内偷看。岂知这个友人不看犹可，这一看，连称怪异不止。房内听见外面有人称奇，故意更做出些奇形怪状的把戏出来。你道房内所做何事？原来一男一女，正在那儿演神女襄王的故事，男女两个倒也年轻美貌，不过所行所为，实在令人不堪寓目罢了。那个友人看了一阵，知道内中两个确是大仙，也怕惹祸，急下楼来，便将所见告知大众。大众听了，自然认作奇

175

闻，自此以后，家中使女、书童，瞒着主人，常也上楼偷看。后来房内的两位大仙索性并不避人，只要有人搬上饭去，虽不向人讲话，但将那些不规则的举动格外做得起劲，对于搬上去的菜饭，仅闻热气，却不真吃。倘有一顿忘记，那就要作祟起来，或将使女的衣服撕去，或把书童的吃食弄脏，或是幔帐被无火自燃，或是什物无端自破，非待上楼祷拜之后，方才安静如常。日子一久，我们大家也就习以为常，见怪不怪的了。话虽如此，那间楼门总是锁着，两张床铺总是空着，从来没有人敢到楼上住过。现在恩人姊姊既住一宵，平安无事，这么两位大仙，昨儿一夜，又睡在什么地方去了呢？"

孝媛听罢，似乎还有些不甚相信，便对大家说道："我素来抱着人不犯我，我不犯人的宗旨，这是指人而言。若对妖魔鬼怪，那就不可同日而语。现在诸位姊姊既然这般害怕这两个狐仙，只要它们不来侵害我，我就不去理它便了。"说着，已到吃晚饭的当口，大家晓得楼上还有一位病人睡在那儿，命将晚饭开到楼上，以便他们姊弟二人同吃。

孝媛也别了众人，打算上楼。刚刚走至半扶梯之间，忽听有人敲门，恐怕那个狗贼另外叫人出面前来报复，便在楼梯上站住，要看走进来的究是何人，这是孝媛救人要救到底的意思。

及见使女前去开门，一起进来四五个华服少年，同时又见那十个女子一见这几个少年进来，早已笑脸相迎地接了出去，向来人说道："你们幸亏迟来一步，倘若早来两个钟头，见了我们狼狈的情形，你们定要替我们抱屈呢！"

又见那几个少年同声道："你们所说，大概为那苟哨官的事情了。我们本想早来的，因闻苟哨官在此，吓得我们哪敢来撄他的虎威？及见那个苟哨官在街上学着狗，边爬边叫，阖镇的人看了，无不拍手称快。我们细细打听，据街上人说，你们这里到了一位女侠，惩治苟哨官就是这位女侠。不知这位女侠，还是专诚来打抱不平的呢，还是你们的亲戚特地前来救你们的？我们一则听见你们大家受了委屈；二则也想来拜见拜见这位女侠。"

又见那十个女子答道："这话很长，那位女侠既是我们的恩人，我们未便冒昧将你们引见。"说着，就见那十个女子把这几个少年，各人同到各人的房里去了。

孝媛知道这几个少年必是她们的熟客，事不干己，始一脚来至楼上房内，先去看看小青。见他鼻息齁齁地朝里睡着，便去把他叫醒道："羊少爷，我现在照你的主意，准定在此地再耽搁几天。此刻就要开晚饭上来了，让我先弄丸药给你服下，再吃晚饭。"

只见小青听了，把头一连点上几十点，似乎很是乐意的样儿。孝媛忙去筛上一杯凉水，眼看小青吃了丸药，楼下已经搬上饭来，这顿的小菜，更比中上考究。等得摆好，孝媛便叫小青下床同桌而吃。小青虽然尚是痴头痴脑，不甚开口，可是居然自己下床，走到吃饭的那张桌子横头坐下。

孝媛此时看见小青居然自己已会走路，不觉大喜，又向搬饭上来的那两个使女微笑道："你们如有事情，可以毋须在此招呼。"

那两个使女也笑着答道："小姐和少爷二位，又不是大仙，我们既不害怕，应当在此伺候。"说着，忙去盛饭。

孝媛看见这两个使女既是这般殷勤，倒也不好却她们的美意。

等得吃毕，那两个使女又是筛茶的筛茶，绞手巾的绞手巾，忙了一会儿，方始一面搬着碗盏，一面又笑着对孝媛说道："小姐今日很觉辛苦了，请早些安置吧！如有差动，不论什么时候，尽管呼唤我们就是。"说着，又把她们的脸红了一红，低声说道："今儿不是小姐惩治那个狗贼，恐怕连我们也要受窘呢！"说完，也不待孝媛回答，就匆匆地下楼而去。

孝媛因见房内点着两盏极大的保险灯，起初不解，后来方才明白必是此地主人，恐防狐仙夜间出来作梗，有意点着亮些，好助人的阳气。

孝媛想罢，便问小青道："羊少爷，还是就上床去呢，还是再坐一霎？"

小青听了，仍把眼睛望望孝媛，没有答复。孝媛又问小青可要大小便，房内有现成的便桶。小青摇了摇头。孝媛怕他吃了就睡，不易消化，且让他去再坐一会儿。

谁知就在此时，陡见梁上轻轻飘下一男一女两个无衣的人来，不觉吃惊道："这两个东西，莫非就是她们所说的什么狐仙不成？"

因恐伤着小青，急把她的那张樱桃小口一张，吐出那柄飞剑，就向那男女二人身上飞去。谁知那剑尚未飞到二人身上，二人忽已不见。孝媛急向房内上下左右寻遍，并没二人的影踪，便又暗忖道："难道狐仙真个会隐形的吗？"

回头再看小青，见他毫无惧色，仍旧坐着不动，忙对他说道："快快去睡，恐怕今儿夜间，我要和狐仙大打一场呢！"

小青道："什么狐仙不狐仙？我都不懂。我只吃多了，此刻要想屙屎了。"

孝媛道："房内有现成的便桶，你自己赶快去屙就是了。"

小青皱皱眉头道："姊姊，请你扶我去吧！我又走不动了。"

孝媛无法，只好将小青扶到便桶旁边，自己背过身去，让小青去屙。孝媛此时，一面留心四看，恐怕狐仙偷着出来，一面留心听着小青，倘一屙毕，便好扶他上床。不料狐仙倒未出来，却听得小青哎哟的一声，飞快地站了起来。

孝媛被他一吓，慌忙回过头去问他道："你做什么？你做什么？"

小青也急急地答道："这个便桶里，有人打我的屁股。"

孝媛听了，绯红了脸，恨恨地怪着小青道："你又在发痴了，好好的便桶，怎么说是有人打你的？"

孝媛说至此地，不便往下再说，又问小青道："你究竟要屙不要屙，不要屙，我就扶你去睡去。"

小青点点头。孝媛只好先去替他代盖便桶，然后扶他上床睡下。

孝媛此时自己也想更衣，忙将小青床上的帐子放了下来，始走到便桶跟前，揭开便桶之盖，轻轻卸下下裳，甫经坐上，陡然也觉嚓啪嚓啪地一连几声，她那粉臀似也被人的手掌打了两下，吓得又羞又气，急忙地站了起来，边束下裳，边朝便桶一看。只见内中并没什么东西，还不相信，仍复坐下再试。刚刚坐定，又被嚓啪嚓啪地两下。

孝媛此时方知小青不是痴话，哪里还敢再试？但又不能熬住，只得暂做一桩失礼之事，去把脸盆拿来救急。用过倒后，又去拿了一盏保险灯，把房内统统照过，方到那张小床上躺下，仰面睡着，眼注梁间，守候那两个狐仙再来。

不到片刻，果见那两个狐仙又从梁上飘着到地，就搂着做那不堪入目之举。孝媛赶忙跳下床去，飞起一脚，对准二人踢去。哪知竟踢了一个空，自己几乎跌倒在地。正想再用手去抓它们两个，又被它们两个早已飘飘荡荡地飞到梁间，钻进木头之中去了。

照孝媛的初意，就想把屋梁砍为两断，杀那狐仙，继又一想，楼下的主人都是一班女流，对于正梁这样东西，总有多少迷信，未便冒昧行事，只好等到次晨，和她们商量之后再说。但恐次晨寻不着那两个狐仙的藏身之处，随手就把她头上所插的那根骨针拔下，对准那两个狐仙刚才飞进去的所在，扑地一针射去，只见那一根骨针已经钉在屋梁之上，入木二寸了。至于那两个狐仙是否已被骨针射着，虽然一时无从知道，不过这一夜之中，并不再飞下来，或者已被射中，也未可定。

当下孝媛候了许久，果然不见狐仙飞下。刚想闭目睡去的时候，陡又听得小青一个人在那大床上乱喊乱滚。孝媛慌忙跳下床去，奔到小青床前，问他何事。只见小青带哭带说地答道："姊姊救我，我的肚皮痛死了。"

孝媛听了，果见小青此时的脸色忽变铁青的颜色，跟着又见他连把牙关咬紧，腹内似乎叽里咕噜地在叫，一时没法可想，急又问道："羊少爷，可是肚子要泻了吗？"

小青尚没来得及答话，孝媛早又听得他的下面，跟着哗啦哗啦的几声，似已屙出了一裤子的稀屎。孝媛此时急在腹内一想："我的爹爹临终命我向羊家报恩，替他减少罪过，还说就是羊青阳已经过世，他的儿子身上，也要报恩。若不遵他遗嘱，死不瞑目。但我是个女子，对于羊家小辈身上，除了我去做羊家的孝顺媳妇、贤惠妻子以外，尚有何事可为？如此说来，这位羊小青就是我的未婚夫了。我此时只有遵着亡父可怜的遗嘱，牺牲自己，将那'难为情'三个字只能暂时搁起，赶紧服侍病人要紧。"

孝媛想罢，忙红了脸向小青说道："你的毛病，既是如此厉害，只得做我不着的了。"边说边把小青身上的一条夹被揭开，掩着鼻子，替他卸去肮脏小衣之后，问他又要再屙？

小青听了，也通红了脸，点着头答道："姊姊，我屙是想屙，无如没有丝毫气力爬下床去，况且那个便桶，有手打人，我又怕去。"

孝媛道："这是没有法子的事情，只有我来服侍。"说着，忙去拿了许多草纸，垫在小青的下身道："你放心屙吧，倘能畅畅快快地屙出，肚子或者便会不痛。"

小青听了，真的就屙，屙毕之后，果觉腹内清爽不少，痛也止住一半。急将双手连连地向孝媛拜着道："姊姊，你是我的救命恩人了，劳你这般服侍，连婢女、仆妇都不便做的差事，你竟毅然做了。我羊小青也曾读书识字，本来男女授受不亲一语，时常挂在嘴上的，此刻被这断命的病魔所扰，真叫作力不从心，亵渎姊姊，如何是好？"

边说，边要起来叩谢的形状。吓得孝媛赶忙阻止道："羊少爷，此刻你病得这般模样，不是讲礼的时候，我的服侍少爷，乃是奉了遗命的。且俟少爷贵恙痊愈，我有话说，要与少爷细谈，此时只有医病要紧。不过此地必定没有好本事的医生，你又不能扶病进省，这倒把我为难死了。"

小青听了，又皱皱眉头道："姊姊呀，我此刻忽又浑身奇痛起

180

来，我想拜你做干娘，你快快救我一命。"

孝媛听了，忙答道："少爷想是病得发昏了，怎么拜我做干娘的说话都讲出来了呢？你要怎样救法？只要我力之所及，无论何事，都可依你。"

小青听了，又哭着道："我此时痛得命在呼吸，除非你来抱着我，在地上转着，或者好些。否则……"

小青说到这句，放声号啕起来。

孝媛听了，慌忙边去抱了小青，犹同乳娘一般，边在地上打转道："少爷，这样止痛吗？"

小青呜咽道："略觉可熬，但是对不起姊姊。"

孝媛道："你此时只顾自己，不必管我，只要于你有益，我就暂任乳娘之责，也没法子。"

正是：

这般相抱原无礼，如此存心总有天。

不知后事如何，且听下回分解。

第二十四回

画容貌禄位长生
闻姓名魂灵出窍

却说孝媛一见抱着小青在地上转着，小青浑身的疼痛果然止住好些，索性忙去拿上一床干净夹被，裹着小青的身体，边拍边走，真与乳娘抱那婴孩儿无异。岂知小青肚皮太不争气，可怜连他自己也不能做主，又是哗啦的一声，屙得这床新换的夹被上面，全是粪汁，小青此时的肚子，本是坏得一塌糊涂，那股臭味儿，委实难闻。

小青虽在万分难以为情，孝媛却一丝不去怪他，先将被头换过之后，仍旧抱着小青，边走边安慰他道："少爷毋须过意不去，一则犯了毛病，本是无可如何之事，又非自己情愿这般的；二则少爷的病还要怪我不好，倘若从前我把你掳上山寨之后，譬方马上就将你释放，你一回到防营，恐怕这场毛病也未必会生出来。即使有病，打箭炉地方，岂少名医？你就不必吃这样的苦头了。这样说来，你的生病吃苦，岂不是我害你的吗？不过我也有我的苦衷，你在病中，哪好说话？我单劝你，不必客气，以后由我服侍就是。"

小青听了道："我自从得病至今，总是糊里糊涂，今天这一痛一屙，反觉清楚不少，我此刻似乎记起姊姊将我从那伍家山寨救出，这样说来，姊姊真是我几次的救命恩人了。姊姊要说的话，最好此刻就对我讲了吧，因为我身上还有大事，等病一好，还要回到清风岭下去的。请问姊姊，现在究竟要把我弄到哪儿去呢？"

孝媛听了道："我的说话，并非三言两语可了，倘然说出之后，恐怕少爷也未必再回那清风岭去了。我现在是要同少爷到成都一家医院里去医病，非俟少爷病体大愈，不谈我的事情。"

　　小青道："我的身体本弱，自从离了家乡以后，很生过几场九死一生之病，方才姊姊说是姊姊害我的，这倒未必，但我自知此病不是随便的医生可以医好的，除非去到重庆，请那一位绰号叫作孟尝君的医生医治，才有希望。不过愈走愈远，使我将来又多一番跋涉罢了。"

　　孝媛道："少爷既是相信那位孟尝君，我们就往重庆，也是一样。不过少爷现在住在屋里还要我抱，此地去到重庆，至少也要一两个月方才能到，少爷又怎么能去呢?"

　　小青听了，很作踌躇之色道："可惜我身边没钱，不然，雇两乘长轿，就可起程。路上既有姊姊照顾我，谅也无妨。"

　　孝媛道："盘缠的问题，少爷不必操心。少爷既能坐轿，我们明天就走便了。"

　　小青听了道："姊姊，这么准定就是这样办法，此刻我的疼痛似乎已经可熬，请姊姊就将我抱到床上去吧!"

　　孝媛道："少爷，我曾炼过气的，不会吃力。少爷若要我抱着，能够止痛，我就抱着，若是睡在床上舒服，就到床上，悉听少爷自择，但是不必和我客气就是了。"

　　小青道："还是睡到床去，我的方才求姊姊抱着，实因痛得难熬，抱着走走，乃是舒散骨节。此刻既已可以熬了，如何再好劳烦姊姊呢? 说到男女之嫌，我羊小青并没有一刻忘却的。"

　　孝媛听了，先去把大床收拾干净，始让小青睡下。

　　此时已近丑正，孝媛虽觉有些疲倦起来，仍俟小青沉沉睡去的时候，方到小床安睡。

　　次晨醒来，孝媛因见小青正在好睡，不敢唤他，便到楼下去寻主人。谁知那十个主人也是个个陪着客人香梦正酣的当口，似乎不好惊觉她们，只得仍回楼上。又过许久，始见那两个使女搬着点心上来。孝媛一面接了点心，一面将昨夕所见，以及今天就要动身的事情，说与两个使女听了。两个使女听毕，慌忙下楼，分头告诉她们的主人。她们主人听了，各自暂让客人独睡，大家于是头也不梳，脚也不裹地一同来至楼上，开口先留孝媛，定要再住几天，然后方问那两个大仙的事情。

孝媛也分别答道："我们舍弟的毛病，昨晚闹得更凶，现去医治要紧，万难再留。至于梁上的狐仙，在我看来，像个不是狐仙，最好将这正梁弄断，看个明白。我既说到这话，决不贻害你们。"

大家听毕，商量一会儿，方才决定，准请孝媛砍断梁木。孝媛听了，就叫使女搬了一架梯子上来，搁在梁上，手执那柄宝刀，爬上梯子的顶格，对准那根骨针钉着的地方，狠命地一刀劈去，谁知钉着骨针的那段梁木中间，却是空的，顿时就在空洞中间，发现两样奇怪的玩意儿出来。孝媛急忙取在手中，回下梯子，把手中的两样东西摆在桌上。大家拥上一看，原来一样是白木制成寸许大小的空棺材一口，一样是灯芯制成染有血迹的裸小人两个。空棺材中间，还有小小的一张纸条，上面写着的是：

我黄大发，虽做木匠三十年，因为历代单传，仅有此子阿猫，平时万分怜惜，即有小过，亦未训斥，非我溺爱不明，乃欲保存黄门香烟之故。此间主人，月前令吾子阿猫秘密造一地窖，以备贮藏金银，事后又防吾子不能三缄其口，竟敢昧着天良，暗将吾子害毙，纳诸复壁之中。

当时我因吾子失踪，四处寻觅无着，已疑及此间主人。嗣为邻家修壁，方始发现吾子尸骨。既惧此间主人之威势，复无佐证，姑忍勿宣。明知此间主人本欲令我建造此楼，尚有可为。及建此楼，我乃不能不暗弄玄虚以报之，空棺材者，将来世世代代，必出多数之孤孀也；裸小人者，将

184

来世世代代，必出多数之娼妓也。彼害我惨，我报彼酷，天理循环，丝毫不爽。

我恐日后无人知我与彼此种冤冤相报之事，特书此纸，留示大众。知我罪我，悉付公评可也。

大清道光五年五月五日午时　黄大发哀笔

大众看完，无不惊惶失措。这一班人都是孤孀，一时想起她们的亡夫，上代作恶，殃及子孙，害得她们活活地拆散鸳鸯，都做寡妇，已是伤心得肝肠寸断，还要使她们因此再做娼妓，顿时既骂那个黄木匠手段太辣，应该自己断种绝代，又骂她们的祖先害人害己，贻祸儿孙，于是十个人的哭声，闹得天昏地暗。

孝媛见了此事，虽怪她们的祖上不好，可是这班妇女，并非本身有甚罪恶，未免有些冤枉。既是如此，索性让她们痛痛快快地哭个爽利，出出胸中的怨气。

直等她们哭了两三个时辰，方始去劝她们道："诸位姊姊、妹妹，想也哭够了，快快听我几句说话，我要走了呢！"

这十个人听了，只得权忍伤心，各将眼泪揩干道："恩人姊姊，你也是位女流，应知我们同性的甘苦，我们的上代害得我们这般堕落，叫人怎不怨命？"

孝媛道："可见'果报'二字，世上确是有的。不过诸位现已有了这千两银子，赶快各人择人而事，未尝不可再做头代祖宗。我看此屋，既不吉利，大可售作庵观庙宇，你们也不必再住此间的了。"说完，复向众人告辞。

那十个人道："恩人姊姊的令弟，既要赴渝就医，自然不敢挽留。恩人方才的一番金玉良言，我们当然铭感肺腑，不过我们受了恩人的大恩，如何能够就此罢休呢？务求恩人将姓名、籍贯示下，我们就不说报，断不能不晓得我们恩人的姓名。"

孝媛接口道："我的不问诸位姓名，我也不将姓名宣布，正为我既不望报，何必留此痕迹？只要诸位将来能替祖上争光，我纵与诸位后会无期，总算也有一点儿缘分。"

那十个人听了，重又泪下如雨地说道："这么恩人且请稍待。"说着，便有一个会画图画的女子，赶忙去拿了一副纸笔，对着孝媛的那张标致脸蛋，提笔就画。

孝媛还想阻止，那九个又说道："这是我们的一点儿心，这点点请求，恩人姊姊千万允了我们吧！"

孝媛听了，见她们既然如此诚心，于自己又无损处，也就让她们去画。

等得画毕，那十个人一面将那空棺材、裸小人，以及那张字纸烧为灰烬，一面各捧二百银子，合成二千之数，送与孝媛作为盘缠。

孝媛一因不能不稍领其情，二因身边也没现钱，便收下二百银子道："这么我就受之有愧了呢！"

大众见孝媛仅收十分之一，哪肯罢休？定要孝媛全收。推来推去，孝媛只得再收二百。大家硬又添上四百，方把余多的银子推过一边。

孝媛谢了众人，只见两个使女走来向她说道："小姐和少爷两位往重庆的长轿业已叫好，所有轿钱，我们少奶、小姐已代给了。"

孝媛听了，又谢了一声，急将小青唤醒。

哪知小青真的一屙之后，痛虽未曾大减，人却清楚多了。当下也忙下床，即向那十个女主人深深地一揖道："奉扰府上，很是不恭。"

那十个人见了，慌忙还礼不迭地道："少爷怎的这般客气？我们受了令姊的大恩，真是感激莫宣。现在我们仅将令姊的容貌画下，以备制作长生禄位供奉，其余毫无答报呢！"

孝媛在旁听了，又来阻止。反是小青劝着孝媛道："人家受了姊姊的大恩，图画供奉，也是受者诚心的表示，姊姊何必阻止她们？

就是我受……"

孝媛听到这里，恐怕小青多说多话，反惹这里十个人的疑心，赶忙乱以他语，方把小青的话头打断。

大家还要留着吃了午饭动身，孝媛再三不肯，但向两个使女说道："我们这位舍弟，病中一时不慎，床上被头惹了肮脏，烦你们二位费心，代为洗净吧！"

两个使女看见孝媛为人如此周到，反觉受宠若惊，连连地笑着答道："这个不算什么，小姐何必专诚吩咐？我们也感戴小姐的大恩，无可报答。但愿少爷的贵恙药到病除，就算的祝祷吧！"

孝媛急于赶路，不肯耽搁，辞别主人，同了小青，各坐一轿，就此登程。沿途既不停留，小青之病，又有孝媛不避嫌疑地服侍，也没阻碍。所以只有月余，这天上午，已经安抵重庆。住下客栈，立将孟尝君请至。

孟尝君诊脉之后，便伸了一伸舌头道："好险呀！这是风寒入了骨髓，此症在一个月的前头必定大泻，而且浑身骨节奇痛，就可立刻气闭。若是不把骨节摇动，让他舒散，便有仙丹，恐无效力。执事既已平安抵此，不知服的何人之药？这位医生的方子，我倒要拜读一下。"

小青答道："晚生这次所经，都是荒僻的地方，并没医生可请。先生方才所说，真是犹同目睹一般，骨节奇痛的时候，幸亏家姊抱着晚生，边走边拍，总算救了我命。"

孟尝君听罢，哈哈大笑道："我道四川竟有这般名医，原来如此，这也亏得令姊在侧，不然，执事就有些危殆呢！"说罢，便一面开方，一面又说道："不是我这老头子夸口，服了我这方子，总该一药而愈的吧！"

小青听了，自然高兴，忙把双手一拱，谢着孟尝君道："先生两次活我，只好容图后报。令义女赵玉环小姐，不知如今可在此地，还是又回汉口去了？"

孟尝君听了，吃惊道："怎么？执事没有碰见我那义女吗？她在三个月之前，因为有一个名叫孙德照的侠客，硬要逼她做妾，她就连夜偷偷地逃往成都去寻你去了，这事只有我一个人知道。现在既然没有寻着执事，四川遍地都是土匪，如何是好呢？"

小青听了孟尝君这话，急得扑地坐了起来，发急道："这怎么得了？这怎么得了？"

孟尝君慌忙先令小青睡下，方才又说道："执事养病要紧，急也枉然。"

小青只得仍复睡下道："先生快快把我医好，我本要再回成都去的，令爱既然前去寻找我，我难道好不去寻她的吗？"

孟尝君听了道："现在只有如此，我那义女之事，真要执事费点儿心了。"

小青拍胸答道："只要我羊小青一气尚出，就是上天入地，也要把令爱寻了回来的。"

孟尝君看见小青这般义气，倒也把心放下一半。略坐一会儿，也就走了。

孝媛本是避在后房，孟尝君和小青两个方才所说的说话，句句听在耳内。等得孟尝君一走，赶忙出来，先命茶房将药抓来，煎好之后，服侍小青吃下，让他安睡一阵，方问小青："姓赵的女子，去到成都寻你何事？"

小青听了，便将他与赵玉环的遇合，从头至尾，一句不瞒地统统告知孝媛。

孝媛听毕，微微地笑着说道："姓赵的，以一位素不相识的妓女，居然助你川资金饰，自然可感。但是因为稍一有恩于人，就以终身相托，似乎也不应该。"

孝媛这话一经离口，她又忽然想到自己的心理，就觉她的这句话和她的宗旨大相矛盾，顿时将她那张粉颊羞得绯红起来。于是低头默默，很觉有些局促不安。

小青这人本极端方正直，并不留心女子的行动，况且孝媛因报恩而想嫁他的心理，既未宣布，自然更不知道。当下便答孝媛道："诚如尊论，报恩尽管报恩，嫁娶之事，哪可夹在一起？"说完，却把眼睛望了一望孝媛。

孝媛一听小青这句说话，已经大为失望，及见小青说完之后，又在看她，愈加心虚起来，仿佛小青已知她的心理，有意说给她听一般。她便一时熬不住起来，去问小青道："羊少爷，你看我与姓赵的女子两个，何人待你较优？"

小青太息道："姊姊怎么说出这话？姓赵的无非借给我千把银子，姊姊是屡次救我性命，哪好同日而语？"

孝媛听了一乐道："这么我将来若有相求之事，你肯允许我吗？"

小青听了，毅然决然地答道："我对别人呢，至多说一句，凡力所及，无不如命，对于姊姊是，不问力之及与不及，一定遵命。"

孝媛道："你的说话，靠得住吗？"

小青发急道："我羊小青向不扯谎，何况对着姊姊这位恩人呢？"

孝媛道："这么你可晓得我的姓名？"

小青道："姊姊不是姓余吗？"

孝媛摇摇头道："姓余是假的，我的真姓名是，叫作白凤凰。"

小青一听见"白凤凰"三个字，顿时觉得他的魂灵呜的一声，早已飞到半天里去了。正是：

　　　　　　侠女芳名方发表，迂儒小命又如何。

不知后事如何，且听下回分解。

第二十五回

恩仇夹杂窘煞迂儒
因果循环惨遭刺客

却说小青，一听见孝媛突然说出她就是白凤凰，一时神经错乱，便觉轰的一声，他那魂灵早已向脑门之上飞了出去。连忙把他的一颗心镇定了一定，跟着扑地坐了起来，将他那两只眼睛突得像铜铃般大地盯着孝媛的脸上说道："姊姊这话，还是真的呢，假的呢？"

孝媛又正色答道："此事岂可假的？"

小青一听孝媛愈说愈真，顿时把他吓得如遇蛇蝎一般，急出孝媛的不意，一脚跳下床来。又因过于惶急，几乎将身子冲倒在地。可怜他连鞋子也不及再穿，就此光着脚，便两脚三步地逃至房门口站定。一只手坠着门帘，借一借力，始回转身来向孝媛寒抖抖地说道："白……白……白凤凰，不……不……不是听说已和她的老子，死……死……死在什么乱军之中了吗？难……难……难道青天白日之下，竟会有活……活……活鬼出现不成？"

孝媛一见小青这般模样，心里便又有些可怜他，又有些气他，且不搭腔，忙又奔至小青面前，一面将他一把拖到床上，逼令仍旧躺下，自己便在床沿上坐下，防他再逃，一面方才对他说道："这件事情，本也难怪少爷，突然之间，听了要惊慌失措的，但是少爷也须看我对待少爷还是好意，还是歹意。可怜我白凤凰，原是奉了亡父遗嘱，要向少爷府上去报恩的，现在第一要请少爷暂且镇定，才好让我把

190

我的宗旨向少爷剖明。"说着，白凤凰的眼圈儿已经红了起来。

小青听到这里，先在腹内斟酌道："她是那个白秋练之女白凤凰无疑的了，不过她和我形影不离的，已将两个月了，衡情度理，当然一定是个人，绝不是鬼。她此刻又口口声声地说，奉了亡父遗嘱报恩，倘若对我这人稍有歹意，何至如此不避嫌疑地相待？这个一层上，可以不必防她。她既称亡父，难道死在乱军之中的仅她的老子一个吗？"

小青想至此处，始将胆子放大少许地向白凤凰说道："姊姊！"

小青"姊姊"二字刚刚出口，急又改口道："白小姐，令尊是什么时候去世的呢？我的事情也不好再瞒白小姐的了。我此次来川，还是奉了家父之命，要来报……"

小青说到报字，便缩住口，又在腹内踌躇道："白小姐这样地待我，我这个报仇的这句说话，又怎么能够出口呢？"想了一想，又自问自答地说道："不对不对，我娘的仇不共戴天，她虽对我个人有恩，断难以私废公，我只好仍是当她仇人看待才是。"

小青想到这里，正想把那个报仇的"仇"字接续说出，又见白凤凰的两只泪眼朝他望着，不觉弄得仍是不忍出口。谁知白凤凰早已看出他那为难的心理，却向他朗声说道："少爷不必在心里太费踌躇，少爷奉了父命前来报仇，本是正理。我白凤凰也不是不懂道理的人，我的山上夺回少爷，路上服侍少爷，原是要望少爷赦减亡父的仇恨，并且知道亡父得罪了府上，饶赦一层，恐非少爷一个人能够做主，非得令尊大人，他允许赦免我们，方能算数。我从前说要和少爷有话要讲，就是这个问题。好在亡父可怜已被仇人谋毙，临终的时候，非常可惨，他老人家既已悔过，再三命我定要向府上报恩。少爷似乎也应援那已死免议之例，饶恕我那地下的亡父。少爷和令尊大人若是能够允我的请求，我白凤凰来生变猪变狗，这世为牛为马，也要向府上报恩的。若是不能够赦免呢？父债女偿，父罪女顶，要杀要剐，我自然毫没二话。此刻私心所希望的事情，不过想跟少爷去到府上，或由少爷代我向令尊之前求赦，或由我自己向令尊之前求赦罢了。"

小青听到这里，觉得白凤凰所言句句近理，没有一字可驳。但又不敢自己做主，允她跟到寿州。若说就此马上变脸呢，一则自己受了人家大恩，具有天良，如何下得下这样的狠心？二则自知手无缚鸡之力，如何去向一位剑侠报仇？只得暂且不答这个问题，先问白氏父女的历史再谈。

　　小青当下决定之后，便对白凤凰说道："白小姐方才的意思，我此时不能马上答复。我要先问令尊大人究被哪个仇人所害？小姐如此本领，何以还不能够保护令尊的生命？且请宣示，我们再谈别的。"

　　小青说着，适值茶房已将第二煎药送了进来，小青此时一心在和白凤凰讲话，未曾留意。还是白凤凰先看见，忙向茶房手上接了药碗，递与小青道："少爷且请先吃了这二煎药，仍复安睡一霎，再谈我们之事不迟。"

　　小青一见白凤凰依旧这般服侍他，心里又是一急，忙将药碗接到手内，借药尚热、不能就喝的时间，又在腹内寻思道："白小姐呀，白小姐呀！承你的情，这般待我。你倘若不是我的仇人之女，我也要学你那句为牛为马的说话，报答你的大恩。无如这件事情太大，恐非对待我的私恩可以抵换得过的。"小青想至此地，心里愈加着急，脸上就升上火来。

　　白凤凰一见小青脸上升火，便知他为她的事情着急，心里愈是不安起来，忙又对小青说道："少爷现在病中，不要因此再受刺激，加了毛病，这是我的罪上更要添罪了。少爷且将这药吃下，好好地安睡一霎。我已说明在先，少爷和尊大人二位，譬方真的不肯见赦，我替先父领罪，毫无怨言。说到归根结底，尊大人无非命少爷前来报仇，先父既殁，自然无可再报。我呢？又不要少爷费心，情愿跟随少爷回府，去见令尊大人。照我想来，少爷来川目的，也不过如此而已，何必还要焦急呢？"

　　小青听了，一面吃药，一面不知不觉地淌下泪来。又怕白凤凰所见，此泪似乎淌得没甚理由，急将手内的药碗授与白凤凰，自己便去蒙被而睡。他的去睡，并非是遵着白凤凰之命，安睡一霎，以保病体，却是有些怕领白凤凰之情，不要弄得受恩愈多，那仇就愈不忍报了。

白凤凰一见小青倒头就睡，还以为他的病体不能支持，千不好，万不好，都怪她发表太早不好。倘若小青这人果真因此有个三长两短，既违亡父报恩之嘱，又负自己希望之心。她此刻对于这位羊小青先生，仿佛是位上帝，赦罪原情，只在他一个人身上着想，真是把他含在嘴内，又怕含烊了，放在手上，又怕放冷了。只要小青嘴上说得出的言语，她身上没有做不到的事情。无奈小青这人既以孝字存心，人又十分固执，心里呢，何尝不想赦免白凤凰？实怕世人责他只顾自己私恩，不顾上人仇怨。内中还有一样最可笑的事情，羊小青这人，对于他那亡母究是何等冤仇，他却毫不知道。哪知天下竟有无独有偶的奇闻，就是这位白凤凰，她虽口口声声只说奉了遗嘱要向羊府报恩，以便销去她那亡父的仇怨，她那亡父究与羊府何仇何怨，她却也是莫名其妙。这件事情，并非不佞故作疑阵，以炫笔墨曲折，委实当时的事实如斯，不佞无非秉笔直书而已。

闲言少叙，再说当下白凤凰虽见小青似已睡熟，依然不敢寸步离开，小青要吃要屙，都要她去当心。直候许久，天已黑暗，她始轻轻地去把小青被头揭开一看，只见小青何尝睡熟？一个人却在被头之中暗暗伤心。

白凤凰哪里还忍得住？早也泪如泉涌起来。

二人对泣一会儿，仍是白凤凰去劝小青道："少爷快快莫再伤感了，我此刻的一颗心似乎已经碎得一片的了。"

小青拭泪道："白小姐，你我二人与其白哭，于事无益，还是请你将你那位令尊如何遇害说与我听了吧，我还有紧要大事相询呢！"

白凤凰听了，边也拭泪，边说道："亡父遇害的事情，须要从头说起，少爷方始明白。"

小青道："这么请小姐就从头上说起。"

白凤凰听了，果从白帝城米船肇事说起，一直讲至改姓迁至马鞍山上为止，一字不漏、一言不瞒，全部说与小青听了。小青听至此处，忙叹了一口气道："咳！白小姐，你真是一位孝侠了。可惜上人多行非义，累你吃苦。"

白凤凰道："少爷不必打岔，且听我说下去再讲。我那亡父自从迁至马鞍山寨之后，却也真心悔过。我因白氏世代单传，就劝亡父纳一位妾，倘能生下一子，白氏香烟便不至由我们这代而绝，亡父便也允诺。岂知亡父这条性命，就在我主张纳妾的这句话上，活活断送。我此刻提到此事，我还是白氏门中的一个大大的罪人呢！那时亡父既要纳妾，我那山寨内的众头目自然分头往山下探访。照我的初意，本想将一个女队长名叫牛姐的，请亡父收为姬妾，免得外边买来的人心难托，不甚放心。不料亡父嫌憎牛姐粗鲁，不听我的说话。后来由一个头目买到一个自卖自身的女子，带上寨内。亡父甚为合意，即夕收房。哪知那个女子却是有心前来替她母亲报仇的。"

小青听到这句，忙插嘴道："一个女子竟会替娘报仇，我羊小青七尺昂藏，反不如一个纤弱女子，真正愧多矣！"

白凤凰也不接腔，只自顾自地说下去道："这个女子原名叫作小虎，她的母亲叫作暴虎。暴虎本是一个女盗，在距今二十一年之前，暴虎偶至寿州，那时亡父正在一位义母丁老夫人府上闲耍。"

小青失惊道："丁老夫人，就是我的外祖母。你们令尊怎的会拜她老人家做义母的呢？"

白凤凰听了，连连地摇着头道："少爷连外婆家中的事情既不知道，我当然更不知道了。这件事情，还是后来小虎向我说的，并不是亡父向我说的呢！亡父那天恰在丁老夫人家内，忽见闯入几十名强盗，大概是来抢劫丁府上的。亡父既在那儿，岂肯放那些强盗过门的呢？于是三拳两脚地就把那几十名强盗驱散。谁知无意中却为暴虎所见，因怪亡父一个人打走几十个人，她便打起抱不平起来，就与亡父交手。打了半天，也非亡父对手，便被亡父捉住。照亡父的本意，立时要取暴虎的性命，据说还是丁氏母女不忍，逼着亡父放了暴虎。亡父当时平平安安地放走暴虎也就罢了，不该再将暴虎这人赤身露体地绑在树上，大大地羞辱了她一场。暴虎记恨在心，她在临走的时候，口称她有一女，名唤小虎，异日必要报仇。当时亡父听了，自然不在心上。不图就在去年秋天，小虎就易名改姓地卖到寨内，做了亡父之妾。没有一月，小虎暗藏一支见血封喉的毒箭，于同房之际，我那亡父不幸被她刺死。等得我一得消息，飞奔赶到亡父房内，亡父自知无救，就对我垂泪说道：'我从前不应随口立誓，说是死于女子之手，现在果被小虎所伤。她虽为报母仇，可是我那个风流之咒，居然应了。如此说来，"因果"二字果是有的。我平生所做的恶事，虽也不少，唯以对不住寿州的羊青阳府上为最。你若是我的孝顺女儿，千万等我闭了眼睛之后，速往寿州，向羊府上报恩。就是羊青阳倘然已经不在人世，就是他的儿子小青面上，也要替我报恩。'我当时自然要问亡父，羊府上究是什么仇怨？可怜亡父就在那时，大叫一声，口吐狂血，竟丢下我这个孤苦伶仃的女儿，撒手归天去了。"

白凤凰说到这句，复又放声大哭起来。小青急忙再三劝止。白凤凰哭了半天，方才停住。

小青又问道："这么那个小虎，难道就此行刺之后，逃走不成？"

白凤凰道："当时我却寻她不着，不知避往何处。又过半月，说也稀奇，小虎竟来见我，她说她刺亡父，是为她娘报仇。又说：'你是孝女，必要代父报仇。'她自知本领敌我不过，她虽上天入地，我有本领前去找她。她的自来见我，因为她娘有病，势已危殆，大概至多在一年期内，难留人世。她来求我宽限她一年的期限，等她送终葬母之后，即来自首服罪。我当时念她一点儿孝心，便允其请。谁知刚刚只有十个月，少爷却被我掳上山去。我因亡父万分注重在向羊府报恩，至于小虎刺他，并未命我复仇。我当下权其轻重，应以亡父的意旨为意旨，所以连手刃亡父的仇人也不及等她前来服罪，就此解散所部，带了少爷，拟往成都医病。现在少爷单看这件事情面上，也该怜我苦哀，赦免我们父女二人之罪了。"

小青听完，忽然想着一语，便现得色的话问白凤凰道："白小姐既说那个小虎是位孝女，大可永远赦了她吧！"

白凤凰听了，急忙乱摇其头地答道："这是万万不能，这是万万不能。父母之仇，所谓不共戴天，岂能轻言赦免？"

小青听毕，赶忙扑地坐了起来，把眼睛盯着白凤凰的脸上说道："白小姐，你可读过'四书'吗？"

白凤凰听了不懂道："少爷为何夹忙之中，问起读书的话来？"

小青接口道："白小姐倘若读过书，就应该晓得'己所弗欲，弗施于人'的两句说话。小姐父母，就是父母，我的父母，难道就不是父母？小姐父母的仇人，既是'岂能轻言赦免'，这么我父母的仇人，怎么硬要逼我赦免呢？"

白凤凰被小青这般地一问，倒也无词可答，只得红着她的脸说道："我何尝硬逼少爷？我方才和少爷的一番说话，已是软求得至已尽矣的了。少爷方才不是说，还有紧要的说话问我吗？"

小青此时看见白凤凰的一张粉脸已经红得像关老爷一般，一时不忍再驳，便答道："我是因为家父不肯把此事的底蕴对我说明，我起初还以为小姐既是口口声声说是奉命报恩，一定知道内容。现在始知小姐也是和我一样，我与小姐这一对人，真正也好算是奇谈的了。我来报仇，不知所报何仇；小姐报恩，不知所报何恩。我此刻急于要想明白此事，倘若令尊大人对于舍间之事果有可以原谅的地方，我方能够替小姐去求我的父亲呀！"

白凤凰听到这句，不觉认为小青的口风已有一丝光明的途径了，心里一喜，正拟答话，忽见门外匆匆地进来一人。正是：

　　　满腔愁苦无从去，一线光明有路寻。

不知后事如何，且听下回分解。

第二十六回

寻义女老先生仗义
审官司新大令辞官

却说白凤凰一见进来那人非别，却是那位医生孟尝君，慌忙避入后房。

只听得孟尝君走了进来，边坐在小青的床沿上，边问道："两煎药都已吃下了吗？"

又听得小青答道："业已吃下。"

孟尝君又说道："且让我再诊一诊脉。我此刻连夜而来，实是为我那个义女的事情，但望执事早日痊可，便好仍回成都，代为寻她。"说着，按过了脉道："贵恙已去十之七八，不必十天，执事就能复原了。"

又听得小青答道："先生起死人而生白骨，真是感激万分。赵小姐的事情，白天晚生本已答应就回成都去寻。"说着，又嗫嚅地说道："现在倒出了一桩难题，更比赵小姐的事情还要重大。赵小姐承她资助路费，尚是晚生个人的恩人，此刻发现的事情，乃是家严身上的仇人，事有轻重，并非我晚生薄情，赵小姐之事，只有俟晚生回家一趟之后，再入成都寻找赵小姐，此事正待和先生商量呢！"

孟尝君听了一惊道："执事此次入川，代母报仇，我也曾听我那义女提过。执事的孝心本在钦佩，此刻照执事说来，难道那个仇人竟会自行投到，且肯情情愿愿地跟着执事回府吗？"

小青听了道："此话甚长，晚生也不便宣布。总而言之，晚生打算明后天就要动身。至于暂时辜负赵小姐，这也是没有法子的事情，还要先生原谅。"

孟尝君道："既然这样，疏不间亲，怎好来怪执事？要么只有我去寻她的了。"

小青听到这里，似乎就要下床，去谢孟尝君的样儿。孟尝君赶忙拦阻道："执事不可劳动，让我再开一张长方，留给执事，我明天一早就往成都，并请执事留下府上通信地址，倘若我能寻着我那义女，执事就可不必多劳往返了。"

小青听了，又连连地叹上几口气道："咳咳咳！我羊小青命途多舛，不幸之事接二连三地都会碰上一起。别的不说，单是先生偌大年纪，怎能去吃辛苦？"

孟尝君听了，忙把他双拳擎得老高地向小青表示他的精力强健道："执事不要看我年迈，我现在还不过七十岁挂零罢了。每顿可食高粱二斤、蹄膀一只，不能算老，不能算老。执事何必替古人担忧呢？"说完，便去开方。

开好之后，并不再与小青多说，口里"再会"二字尚未说毕，早已扬长地去了。

白凤凰一见孟尝君已走，倒也佩服他的仗义，赶忙出来问小青道："孟尝君的盘缠，未知富裕不富裕？少爷既欠他那义女的款项，可要送去还他？"

小青道："小姐身边有钱吗？能够设法凑集送去，使我也好过意得去一点儿。"

白凤凰便在臂间勒下一只珠宝镶嵌的金镯，又将太和镇那十个女子送她的银子取出五百两，叫进一个茶房，命他即将镯与银子立刻送到孟尝君的寓所，要取收条。

小青看见白凤凰做事周到，又在肚内寻思道："白秋练那个坏蛋，居然生下这位十全十美的闺女，我将来到家之后，情愿去碰父亲的钉子，定要竭力替她代求一求。"

小青心里这般在想，嘴上又对白凤凰说道："小姐替我代垫银物，只有容我回家之后，去向家父说明，一定加倍奉还。"

白凤凰听了，不禁皱着眉头说道："少爷真正是迂腐得可怜的了。你要想想，我现在与少爷的关系，这一戋戋的东西，何必上嘴？我若跟你回府，尊大人倘肯赦我，我本打定主意，要在府上大大地报恩，我还备有少数的物件，要想孝敬令尊；倘若令尊不肯赦我，我那时必已性命难保，还要银物何用？少爷的为人，对于银钱一丝不苟，固属可敬。不过对于世故人情，你的理想尚觉有些幼稚呢！"

小青被白凤凰这样一说，不觉自己也好笑起来，又轻轻在那里自言自语地说道："我在家里的时候，除了洗澡那件事情，我那奶娘不便亲为代洗外，其余哪一桩事情要我关心？我此次真是呆子不怕鬼的，一个人闯到四川来，仿佛一只老鼠，不被猫儿衔去，已属侥天之幸呢！"

白凤凰听见小青所说的都是一派公子哥儿的说话，不禁也被他逗得扑哧地一笑，笑了出来道："我这位好少爷，你这回单身入川，本也吃的苦头不少。若非你那一片孝心感动上天保佑，就是不被什么猫儿衔去，恐怕也被枪弹送了小命。"

白凤凰还要往下再说，只见那个送银物到孟尝君那儿去的茶房仍旧捧了东西回来。白凤凰忙问他可是孟先生不在家中。

茶房答称："孟先生倒在家，他说，这些银物请这里的羊少爷留着自用，他到成都去的川资已经拿衣服当了三百两，尽够用的了。所以叫我把原物带转。"

白凤凰听毕，便朝小青说道："这是孟先生的客气，怕你要用，不知少爷此刻可能勉强支持，最好亲自送去，向孟先生说，我们……"

白凤凰刚刚说出"我们"二字，觉得这话，对于小青身上，太觉亲热。小青是个规行矩步的人物，恐怕被他看低自己人格，忙又改口说道："你就说你是向家乡回去的人，盘缠少些无碍于事。他是出远门又要去寻人的人，路费带少了，不要弄得青黄不接起来，那就贻误正经，非同儿戏的呢！"

小青不待白凤凰讲完，慌忙爬了起来道："我去我去，孟先生不收这些东西，叫我就要从此魂梦不安的了。"说完，即命茶房，仍旧捧着东西，跟了自己再去一趟。

白凤凰一见小青的衣服已经肮脏得不成模样，忙问他道："现在已是初秋天气，少爷又在病中，怎么夜间出去，不加件衣裳的吗？"

小青听了，指着他的那件竹布长衫说道："我一共只剩这件衣裳，叫我再加什么？"

白凤凰听了，忙去拿了一件二蓝府绸的夹衫，递给小青道："我白天就托茶房替少爷买了几件，少爷的奶娘既是不在身边，自然归我当心了。"

小青接来边穿着，边赞白凤凰道："白小姐真是事事周到，你仅比我大着一岁，怎么会有这般的经验？"

白凤凰听了，恐防小青不要迂腐腾腾的，再说些什么说话出来。若被茶房听去，虽然无碍，总觉不妙。忙对小青说道："少爷不要再婆婆妈妈的了，时候不早，快请去吧！"

小青听了，方始摇头摆脑地带着茶房出门而去。

没有多时，白凤凰已见小青和茶房两个空手回来，便问小青道："收下了吗？"

小青听了道："幸亏小姐这番说话，不然，还不肯收呢！"说完，打发茶房走后，便又向白凤凰说道："白小姐，我想我们两个从此却要分室而卧才好，因为从前我并不晓得小姐就是白秋……"

小青说到这里，忙又改口说道："我那时既然不知是小姐，又因有病，没有法子可想，只得要求小姐不避嫌疑地服侍我这病人。现在我病差不多要好了。"

白凤凰听得不耐烦起来，急插嘴道："少爷不必往下再说，就是少爷不发表此话，我也要请求的了。今天我的不见那个孟尝君，便是男女有别的意思。"

小青摇摇头道："我倒不是为避嫌的意思，我实为小姐现处我的恩人、仇人之间，我若当小姐是恩人呢，万一家父要我报仇，我将来如何好对恩人报仇？我若当小姐是仇人呢，万一家父又准我报恩，我将来如何好对仇人报恩？现在稍有畸轻畸重的地方，必致使我将来无从着手。与其将来为难，不如此时早点儿预留地步。这是我的本心之话，无论小姐见怪与否，我只好这样决定的了。"

白凤凰听了道："这是少爷实在不敢自专的孝思，我如何好怪少爷？今天少爷说话太多，快请早些安置，明后天再服两剂药，便好动身。"

小青听了，忙向白凤凰恭恭敬敬地弯了一弯腰，自顾自地睡觉去了。白凤凰也至后房去睡。

第二天，小青果与白凤凰不甚讲话。白凤凰本知他是拘谨一流的人物，以后对他也只好略事疏淡。

小青在头一晚上，已与孟尝君说明，次日不去送行。至于孟尝君去到成都寻找赵玉环的事情，下文再表，此刻暂且不提。

单讲小青服了两剂药之后，虽未完全复原，可是已能行动。白凤凰便催着早日起程。小青即问茶房，日内可有往宜昌的便船，要想包定两舱就走。茶房打听回复，适有一只赴宜昌的官船，已为办妥。小青大喜，就于次晨上船。小青既与白凤凰分舱而居，所有煎药等事，均有船家照料，倒也便利。

在船一住几天，那天晚上，正泊夔府，小青的毛病虽已一天好似一天，谁知白凤凰却又害起病来。小青不能不往内舱问候。白凤凰先说病体无碍，后又悄悄地对他说道："少爷，今儿晚上，须要睡得惊醒一点儿。"

小青听了不解道："小姐叫我睡得惊醒一点儿，究是何意？务请明白宣示。"

白凤凰道："这船上的官儿，他已不认识我，我倒还认识他。此人就是逼走赵玉环小姐的那个孙德照。"

小青听了，顿时义形于色地央求白凤凰道："小姐既然认得他是姓孙的，万望小姐快替赵小姐出一口气，倘能把他置之死地，赵小姐就是不及前来道谢，我当感同身受。"

白凤凰道："这个孙德照，他曾跟着太上道人，想与亡父和我交手，后来虽被我那太师祖广成翁劝和而散，对我无甚关系。不过亡父在日，恨他阻挠朱鸾吹夫人与亡父的亲事，每想前去与他寻仇，皆被我劝阻下来的。此人虽有剑术，心地颇不纯正。但是不必我去处治，今天半夜，必有人来劫他的财物。少爷若闻有人争斗之声，千万不要起来乱奔，只要熄火安睡，便不碍事。"

小青道："小姐何以知道今夜必要发生这事的呢？"

白凤凰听了微笑道："我连日见有一只小船，跟着我们这只大船行走。我起初还不在意，后见姓孙的行囊十分丰富，方知小船上的人都是一班能手。"

小青听了，吓得牙齿打战地说道："小姐，这样说来，我是吓不起的，我只有暂且搬到小姐这里来的。"

白凤凰听了，又气又好笑地答道："此地官河大道，人多口杂，怎么可以男女混在一起？你快回你舱里去，照我说话行事，绝不会错。"

小青没法，只好战战兢兢地走出舱去。

未到半夜，果已听得陡的一声哨子，跟手就有不少的脚声扑地一齐跳入官舱之中。同时又听得一片叮叮当当的刀兵声响，交战起来。小青此时蜷伏被内，只顾发抖，当然不敢坐起观看。

没有多时，又听见官舱里面似有两个妇人的声音，边哭着，边大喊道："不好了，快来救命呀！我们的老爷已被强盗劫去了，我们的东西也被强盗抢去了。"

就在这个哭喊声中，又听得后艄上的船家早已敲锣鸣警，一船敲锣，众船跟着也敲。镗镗镗的锣声，闹得震耳欲聋。

小青正拟偷偷坐起来看的当口，忽见白凤凰走到他的舱里来向他说道："少爷可知道那个姓孙的已被一班剑侠连人带物地一齐劫了去了吗？"

小青正要答话，又见岸上忽有多数的队伍，一时灯笼火把，人喊马斯地踏下船来。为首一个戴着水晶顶子的武官，一见他与白凤凰两个，喝声绑了，顿时就有十几个亲兵一拥而上，要来捆绑他们两个。

此时又见白凤凰一面推开兵丁，一面也向他们喝道："我与我们兄弟二人，都是搭客，你们要想怎么？"

那班兵丁哪里肯听？仍想来抓他们，早被白凤凰一手一个，抓着两个，就向地上摔去。那个武官似已看出白凤凰的本事，只得向白凤凰很客气地说道："你这位小姐，不必动武，我们职守所在，不能不连夜将小姐等人带至县里审问。"

白凤凰道："既是如此，尔等速去唤两乘轿子来，我们姊弟两个现在都是病人呢！"

内中有几个兵丁自言自语地说道："这个女子，还说病人，已像煞神的一般，倘若不是病人，恐怕就要吃人了呢！"一壁说着，一壁就往岸上招呼轿子去了。

等得轿子唤到，白凤凰便和小青两个，各坐一乘，抬到县里。尚未下轿，已见自称孙太太的妻妾二人站在堂上，硬对县官说，白凤凰、小青两个都是强盗的暗探，要叫县官严办。又见一个少年县官听了，便命速把强盗暗探带上。

谁知白凤凰、小青两个尚未走近案前，就见那个少年县官，一见了白凤凰，脸上似露诧异之色，急问白凤凰道："你可是名叫白凤凰吗？"

白凤凰听了，一面答称是的，一面仔细朝那县官一认，忽然想起，此人似像龙王村的那个李英，后来越看越像。只因公堂之上，不便说出前事，特地有意提醒他，急说道："我白凤凰在龙王村里，曾经惩治过恶棍金龙。现在怎么硬说我们姊弟二人是强盗的暗探起来呢？"

那个县官听了，当下把头连点几点，便去驳那原告道："二位夫人既说这两个人是强盗暗探，天下岂有强盗已把人和东西劫走了，这两个暗探还不跟着一同逃走，反在船上等人捉拿之理的吗？本县做官，只知保护良民，未便冤枉良民。二位夫人暂请回船，静候本县上紧缉捕强盗便了。"

那两个原告一见县官似要释放这两个暗探，顿时口出恶言，甚至咆哮公堂起来。

那个县官看见原告无理可喻，便也含怒说道："本县情愿辞官不做，决不糊涂断案。"说完，就此退堂。

白凤凰同了小青，正想回船，忽见一个差役奔上来对他们说道："二位慢走，我们大老爷奉请二位进衙谈话。"

白凤凰此时方知县官果是那个李英，就同差役来至内衙。正是：

受恩不报非君子，审案能明是好官。

不知后事如何，且听下回分解。

第二十七回

入竹阁劫印辱妖姬
游兰亭题诗避少妇

却说白凤凰和小青两个，来至内衙，早见李英同着他的妻子宋艳姑两个，已在屏门肃立，含笑相迎。

同进内室，李英夫妇朝着白凤凰纳头便拜道："恩人姊姊，真的还在人世，这是我们夫妇二人尚有图报的机会了。"

白凤凰忙把李英夫妇扶起道："明府所说，大概是指赤石岗的那桩案子而言了，我们父女那时不敢和省军对抗，只得假说业已死在乱军之中。其实我们父女已改姓余，搬到马鞍山上去了。"

李英夫妇听了道："原来如此。"说着，又指着小青问道："这位可是恩人的令弟吗？"

白凤凰道："正是舍弟，他方从家乡来寻找我的。"

李英夫妇又忙与小青见礼之后，大家一同坐下。白凤凰才把赤石岗的内情详详细细地说与李英夫妇听了。

李英道："怪不得我们在马边厅里的时候，听人传说，那座马鞍山寨的大王，专做除暴安良的事情，一切行为，很与清风山寨相似，不知就是恩人的化身。我们夫妇二人，自从由恩人仗义将我们二人配合之后，嗣因金龙已做统领，我们惧他报复，不敢再住家乡，适有一个同窗，在做马边厅同知，我们就去投奔。承那个同窗留在衙内办事，先得一个保案，以府经县丞用，跟手又得了一个异常劳绩的保案，始得免补本班以知县用。只因我是原籍江西，并非川人，因此委署犍为。日前调署此缺，还不到一个月呢！"

白凤凰听了道："明府少年多才，将来不可限量。"

李英正要答话，忽见近身二爷进来禀道："府里传见老爷。"

李英听了，先命速传伺候，又向白凤凰说道："恩人请在敝衙宽住几天，好让我们夫妇二人略伸东道之忱。我此刻要上府署，回来再和恩人细谈。"说着，又问那个二爷道："白小姐船上的行李，可已搬来了吗？"

那个二爷答道："已经派人去搬，马上可到。"

白凤凰道："我因家乡有事，万难再事耽搁，行李大可不必搬进衙来。"

李英道："那只船上的孙夫人已与恩人成了冤家，恩人就是要走，也得另外雇船。"说着，府里又来催传。李英便命宋艳姑相陪，自己匆匆上府去了。

宋艳姑因见天已大亮，忙命开出早饭，又因小青是她恩人兄弟，也不相避，就在一桌同食。

白凤凰问起："那个孙德照现任何职，不知此次到宜昌何事。昨天分明被几个剑客所劫，他的女人胆敢含血喷人，冤枉我们。幸而遇着贤伉俪二位在此，不然，就是辩得明白，恐怕总要耽误日子的了。"

宋艳姑道："恩人怎会与姓孙的同搭一船？今天之事，也要算是无妄之灾呢！姓孙的已补成都都司之职，此去赴京引见，自然先往宜昌。现下既被剑侠劫去，性命可能保全？"

白凤凰道："姓孙的本与亡父有点儿嫌隙，我们此次和他同船，本是不期而遇。"说着，又指着小青道："我们舍弟，本在吵着要我把他收拾了，我想多一事不如少一事。哪知我倒未曾动手，他倒已遭那班剑侠所劫。这班剑侠，我虽不知何人之徒，姓孙的恐难幸免。如果姓孙的果是一个好人，我既与他同坐一船，断无袖手之理。"

宋艳姑听了道："恩人方才既称亡父，莫非令尊大人业已逝世了吗？"

白凤凰见问，正拟细说前事，忽见李英已经气哄哄地走了进来，一面把他所戴的那顶红缨大帽子除了下来，狠命地向地下一摔，一面始向白凤凰说道："我已向府里辞了这个断命官了，打算跟着恩人，去到下江一带混混。不知恩人可肯携带我们夫妇前去吗？"

白凤凰听了，大吃一惊道："明府辞官，莫非就是为的我们这桩案子不成？倘真为了我们辞官他往，叫我们姊弟两个如何对得起你们贤伉俪二位呢？快请说明，我却尚有办法。"

李英摇摇头道："恩人这话，未免小睹我李英了，莫说我本来对于一个小小知县不在我的心上，就算为了恩人身上丢官，这也是天公地道应该的事情。"

白凤凰听了道："这话不是这样说法，譬方我们姊弟二人真有性命之虞，非得明府丢官不能保全，这也还算丢得值得。现在明府不必辞官，我也有法对付。这样说来，明府这官岂非白丢了吗？"说着，硬要李英说出原委。

李英道："这里的这位府尊，他与我们那个金龙交好，因知孙德照也与金龙通谱，一时官官相护起来，就怪我不应释放恩人姊弟两位。当下我便驳他道：'盗案须凭证据，不能由事主诬指。府尊若真要卑职诬良为盗，卑职情愿辞官。'府尊见我既肯辞官，方始不提恩人二位。"

白凤凰道："明府不必为了我们之事去和府里负气，我有法子，必要府里亲来挽留明府就是。"

李英听了道："恩人既是不以辞官为然，倘若府尊真来留我，那也可以不辞。不过我方才见府尊的神气，恐怕代理我缺的官儿明后天就要来接事了呢！"说着，又问二爷："白小姐的行李，难道还没有搬来吗？"

二爷答道："已经搬来。"

李英这天便同他的妻子陪着白凤凰、小青二人，先在各处游玩古迹，后在衙内摆设盛宴，算替他们二人接风。

等得席散，闲谈一会儿，李英亲陪小青睡在签押房内，又叫宋艳姑与白凤凰同榻，这是表示亲昵的意思。

白凤凰睡至半夜，轻轻下了床来，飞身上屋，由屋上走到府署上房的屋上，揭瓦一看，只见那个知府，一个人正在那儿批阅公事。急又从屋上走至后面，忽见有两个丫鬟，手捧两盘菱藕，边往一座后花园走去，边在互语道："我们这位姨太太，真好算是不要性命的了，你想想看，她老人家刚才和老爷两个，在上房床上闹得还不够，此刻她一个人又睡在那座竹阁的地下不算外，还要吃这些生菱、生藕，难道不会得什么伤寒之症的吗？"

另外一个答道："你懂得什么？姨太太本是重庆班子里的红姑娘，据说她们的身体是练就的，不论如何闹去，绝不会害病的。"

头一个又说道："怪不得她这般大胆，原来如此。"说着，两个丫鬟便往前行。

白凤凰在屋上听得明白，连忙轻轻地飞身下屋，隐在那两个丫鬟的背后，一脚来至后花园的那座竹阁外面，且不马上跟踪进去，却在帘外偷看那位姨太太究是何等样人。哪知不看犹可，这一看，早把白凤凰羞得又气又好笑起来。你道为何？

原来白凤凰看见那位姨太太一个人躺在地下一张龙须席上，身上衣履全无，令有一床单被覆盖腰际，她的那张脸上，已红得像醉杨妃的一般，十分春意，涌现眉梢。看她的那种态度，好像在那里专等她们老爷来做鸳鸯之戏似的。最奇怪的事情，她的尊头不是睡的什么绣枕，却是枕着她们老爷的那只四品黄堂的印箱。

白凤凰看得不解，也不待那两个丫鬟送进菱藕，再去让她受用，顿时蹿至她的面前，随手先把她所覆在身上的那床单被抢在手内，使她无颜逃跑，回头又喝住那两个丫鬟，不准她们出外报信。然后方把那只印箱取到手里，同时再向那个姨太太喝声道："我把你这个

208

无耻妇，本可一刀两断，现在姑且饶你暂活几时，仅取这只印箱而去。你若要想活命，以及保全你那丈夫的官儿，赶紧第一件快去挽留李英，第二件不许再究白凤凰、羊小青之事。限你连夜办妥，否则我随时随刻要来取尔狗命。"

可怜那个姨太太，此时又羞又怕，哪里还敢道个"不"字？口里既在死命地连称遵命遵命，手里还在高合双掌地向空乱拜。白凤凰见她已经答应，便将手上的那床单被包着印箱，提了走出竹阁，飞身上屋，回至县署，便把印箱放在桌上，悄悄地上床安睡。

第二天大早，白凤凰正在好梦方浓的当口，忽见宋艳姑站在床前，将她唤醒，边笑着边向她说道："恩人姊姊，真有飞天的本事，怎么昨儿夜间出去干了这件大事？我真睡得像个死人，一丝儿都不知道。"

白凤凰一面起来，一面也笑问道："莫非府里已来挽留了吗？"

宋艳姑道："岂止挽留？府里说，只要印信还他，以及不去伤害他那姨太太，还要保我们老爷的卓异呢！"

白凤凰微笑道："印在桌上，还他就是。"说着，又正色向宋艳姑说道："李嫂，我身有大事，万难停留，我们今天一定就要动身。"

宋艳姑无法挽留，只得忙去通知李英，饬令差役前去封船。等得把船封来，白凤凰和小青别了李英夫妇，匆匆上船，就命速开。走了两天，白凤凰知已将近葬她那位亡母的白帝城了，急命船家拢岸，便同小青两个寻到她那亡母的土堆之前，哭拜一番。正待回船的时候，忽见有一个剑侠模样的人物，匆匆地授了一封书信给她，也不搭话，转身就走。顷刻之间，已失所在。

白凤凰就在岸边，拆开一看，见是她那师祖信天子写给她的，命她克日前往浙江绍兴，信天子在兰亭候她，有话面谕。白凤凰看毕，同了小青回到船上，一面吩咐船家限日要到宜昌，一面方始把信递给小青看过道："我的师祖既在兰亭等我，少爷只好同我先往那儿一走，然后再回寿州的了。"

小青不便反对，只得应允。沿途既无耽搁，一到宜昌，改坐轮船，由汉而沪，由沪而甬。过了百官，便离兰亭不远。

这天到了兰亭，白凤凰便问小青道："少爷可要随我上岸，见见我那师祖？"

小青听了摇头道："我与令师祖无见面之必要，恐怕失礼，我想不去奉谒，未知小姐以为何如？"

白凤凰道："少爷不见我那师祖也罢。"说着，便叫小青在船相候。

白凤凰即在岸上雇了一只驴子，以作代步。那座兰亭，距离靠船的地方不过数里，不要个把时辰，白凤凰早已到了兰亭，付过驴资，白凤凰正在暗忖："此地我未到过，不知我那师祖究在里边哪一间里？"她尚转念未已，忽听得有人唤她名字，急忙抬头一看，却是她那师叔崆峒炼气士。

白凤凰一见师叔，慌忙下礼相见。只见崆峒炼气士一面含笑向她说道："师侄毋须多礼！"一面命她跟着入内去见师祖。

白凤凰边走边问道："师叔何时跟着师祖来此的？"

崆峒炼气士答道："我们到此已将两月，一则爱此风景幽雅；二则预料你在川中有事，必要到现在方能前来。"

崆峒炼气士口里刚刚说完，他那脚步已在信天子休憩的那间房外停了下来，急把他的嘴对着白凤凰向房内一努道："师祖就在里面，你快进去吧！"

白凤凰听了，慌忙先将她身上的飞尘拍拍干净，方才恭恭敬敬地走入里面，一面向信天子倒身下拜，一面问道："孙徒自在那座马鞍山寨，恭送太师祖和师祖大家走后，无日不在心中惦记，未知师祖呼唤孙徒来此，有何吩咐？"

信天子听毕，一壁命白凤凰起来，旁边坐下，一壁道貌盎然地微笑着答道："尔在川中所为，还算能够不负我们所嘱。我此次唤尔来此，却是为那小虎的事情。"

白凤凰耳内一听"小虎"二字，眼中马上就纷纷落下泪来道："小虎刺毙亡父，她原约孙徒俟她葬母之后，再赴马鞍山让我复仇。孙徒因为急顾姓羊的这面报恩之事，因此不及候她。杀父之仇，倘若不报，孙徒尚有什么脸去见我亡父呢？"

信天子又微笑道："小虎的刺死尔父，乃是为娘雪耻，有因方始有果，尔能遵我之话，赦了小虎，在面子上看来，似乎对不住亡父，其实反是替尔亡父减少罪恶。你现在跟着姓羊的去，也无非要想减少尔父的罪恶。如此通盘一想，你便明白我的道理了。"

白凤凰想了一想，忽对信天子道："孙徒此刻醒悟了，与其冤冤相报，没有尽期，何如留些交情，真可减少亡父之罪。"

信天子道："这才对了，尔是我的孙徒，我岂有不卫护你的呢？"

白凤凰听了，此时心地一清，如释重负的一般，忙又对信天子道："孙徒既赦小虎，就想专办姓羊的事情去了。"

信天子道："小虎明后天就要来此，你且与她和好之后再走吧！"

白凤凰听了，不敢不遵，正待想问她的终身结果之事，忽见小青已随崆峒炼气士走了进来，白凤凰忙将小青引见给信天子。信天子一面答礼，一面向小青说道："善哉善哉！尔父为人刻薄，有你这个孝子，倒可减少天谴。尔虽具有孝心，无奈尔父作孽既深，你须好好地替他受一番苦呢！"

小青听了，还以为信天子指的已过之事，赶忙谢过信天子，又对白凤凰说道："我因一个人在船上闷得发慌，因思此地乃是晋贤觞咏流连之地，为何不来瞻仰瞻仰的呢？"

白凤凰见他迂腐得可怜，便向他笑问道："少爷既是如此，我方才进来的时候，看见外面那座亭上都有名流题的诗句，少爷可要我陪去逛逛？倘然高兴，不妨也题他几首。"

小青听了，不觉诗兴大发，真的同了白凤凰来至那个鹅池旁边的一座竹亭之前，果见亭内壁上满题诗句，就向管事的讨了一副笔墨，即向壁上写道：

中原鼙鼓不堪听，五马金陵踤暂停。

矛戟未修修禊事，清谈遗误会兰亭。

小青写完，又在下面写上"寿州羊小青题"六个大字。

小青刚刚写罢，忽见一群少妇，嘻嘻哈哈地也向亭上走来。小青一想："男女哪可混杂？"慌忙同着白凤凰避出亭外，便去看那一座碑上，刻着王羲之所写的鹅字，他正在颠头摆脑、极端赞美那字的当口，又见那班少妇里头，有一位少妇匆匆趋至他的面前，含笑问他道："羊少爷，你在成都，与我那赵玉环姊姊几时分手的？"

小青听了，老实答道："学生此次到了重庆，方知赵小姐已往省城寻我。"

那位少妇听了，吃惊道："这样说来，羊少爷不是与我姊姊相左了吗？"

小青见那少妇似有和他长谈的意思，急以目视白凤凰，似乎要想她来替他解围的样子。正是：

风流蕴藉虽争慕，长厚拘泥实可怜。

不知后事如何，且听下回分解。

第二十八回

收门徒勉释冤家
遇伙计误传噩耗

却说白凤凰果已明白小青的用意，便让小青独去闲逛，自己走上去招呼那个少妇，一同坐在亭子里的栏杆之上，互相攀谈起来。白凤凰先通自己姓氏，仍认小青是他兄弟。

谈上一会儿，方知那个少妇名叫乔翠华，也在重庆曾做神女生涯，却与赵玉环是最莫逆的手帕交。她在重庆的时候，每闻赵玉环和她谈起小青这人，似有终身相托之意。后来赵玉环受着孙德照逼迫，逃到成都去寻小青，她统统知道。她本有一位入幕之宾，名叫毛贯三，就是此地绍兴城内人氏，原拟纳翠华做妾，只因翠华自己称赞自己才貌双全，虽与毛贯三十分知己，尚嫌做妾一层，名义未免低微，没有完全认可。及见赵玉环被姓孙的逼得孤身溜走，何等凄凉？方始觉悟身处风尘，哪里有这许多的护花铃呢？倘若一嫁了人，就算做小，只要夫主怜爱，别人就不敢欺侮，因此决意嫁了毛贯三。毛贯三本属越中富绅，既已娶了如君回家，当然万分宠爱，因防如君关在家里气闷，于是去请女戚陪着如君，不常地出来游览名胜。

这天翠华正同几位亲戚来逛兰亭，起初就见小青长得标致，已在暗中倾慕。因有亲戚在旁，未便去和一个面生男子讲话。正在想不出主意的时候，及至走进亭内，忽见小青所题诗句的具名，才知此人就是赵玉环追到成都去寻的那个羊小青。翠华此时既已寻着题目，便想借此接近，好露垂青之意。岂知小青这人真是一个聪明面孔笨肚肠的家伙，一见翠华似要和他长谈的样儿，吓得退避三舍，请人来做代表。翠华当然大失所望，便与白凤凰敷衍了一阵，只索扫兴回府。

白凤凰送走翠华之后，即将翠华的说话简单地告知小青。小青听了，非但没甚说话，而且连他的游兴都被打断了。白凤凰看见小青此时既已意兴索然，便命他先行回船。

小青去后，白凤凰始去问她师祖，指示她的终身结局。谁知信天子不敢泄漏天机，叫她多积阴功，并没什么显明的表示。白凤凰问不出什么理由，只得和她师祖、师叔二人谈谈剑术的事情。一直谈了一天一夜，那个小虎果已到了。

原来小虎自从刺死白秋练之后，自知她的本领断非白凤凰对手，慌忙逃到她的母亲那里，先把那支毒箭缴还玄玄尼姑。玄玄尼姑见她代母雪耻，也不责她窃箭之事。小虎谢过玄玄尼姑，方将刺死白秋练的始末禀知她娘。那时方知她娘出去找她，曾在马鞍山下的旅店之中住过好久，后来因为寻她不着，急得病体十分沉重，只得先行回山。后见仇虽已报，病仍加剧，小虎一则见娘断难痊愈，自己活着也无生趣；二则知道白凤凰的剑术厉害，万难逃出她的掌中，乐得做个漂亮人，再到马鞍山去要求白凤凰宽她一年的期限。在她的意思，决计等得她娘归天之后，丧葬一毕，便去请死。谁知有孝行的人，老天一定保佑，后来小虎的娘果在一年期内真的病殁。

小虎正想往马鞍山去向白凤凰践约的时候，忽然接着信天子的书信，限她于八月十五的那一天，去到绍兴兰亭，有话面谕。小虎一想："我已除死无大难的人了，去去何妨？"所以小虎的到兰亭，她何尝想到信天子会叫白凤凰赦她的呢？

当时一见白凤凰也在那里，可怜她还以为他们师祖孙徒两个有意叫她到这里来送死的，一时又怨又气，又没本领去敌他们，只得一壁泪如雨下，一壁叹上一口气，方对信天子说道："咳！师祖何必唤我来此的呢？我小虎倒是一个言而有信的人物，就是师祖不来唤我，我本打算往马鞍山那儿践约去了。现在白氏既已在此，我也决不要她动手。"

小虎说到这句，急向身畔摸出一柄寒可鉴发的尖刀，就朝她的咽喉一刺。说时迟，那时快，早见小虎颈项之中陡然飞出一股鲜红，她那身体跟着砰的一声，已经倒在地上去了。

等得信天子、白凤凰两个慌忙赶上去救，业已不及。幸而信天子带有起死回生的药末，急命白凤凰代向小虎的创处敷上，也还过了好久，方见小虎在地上悠悠扬扬地回过气来。

信天子又忙对小虎说道："我倒不知尔有这般烈性，险些误送尔的性命。其实我的唤尔来此，正为业已和我这个孙徒说妥，一则念尔一点儿孝心；二则冤家宜解不宜结，可以赦免尔罪。"

白凤凰也接口和小虎说道："小虎姊姊，我父不过裸辱尔母，尔竟伤了我父性命，即按法律而论，凡是调戏妇女的，也没死罪。姊姊所为，未免有些情罪不当。不过我现在已遵师祖之命，说是若替我父复仇，反增我父的罪戾。因此之故，愿与姊姊言和。"

白凤凰边说，边也淌下泪来。

小虎起先听见信天子说可以赦她之罪，心里已经感激难言。及听白凤凰的一番理由，更加觉得自己真有些对白凤凰不住。当下就扑地爬了起来，急朝白凤凰跪下道："白家姊姊，方才的说话极是彻透有理，我因一时之气，虽然伤了令尊，是代我母雪耻。但是对于姊姊面上，似乎很觉说不过去。况且我娘已殁，我这个举目无亲的女子，活在世上也无趣味。现在虽承师祖和姊姊二位真心赦我，但我既觉抚衷有愧，与其活着做这对不起人的人，不如一死做那对得住自己的鬼。姊姊呀，你可仍照前约，快快将我一刀两断，我小虎决不怨你姊姊就是了。"

小虎说完，也在地上伏着，哭得透不过气来。

信天子又插嘴向小虎说道："我的命我孙徒赦你，我们道家不打谎话，并非为的是你，乃是为替死者减去罪戾。现在你既怕对不起我这孙徒，你就当着我面，拜我这个孙徒为师，再由你发愿，可向世上救活千命，借替死者忏悔。如此一来，似乎双方都好安心了。"

小虎听毕，还怕白凤凰推却，急又对着白凤凰接连磕着几个响头，口称："师父在上，徒弟必遵太师祖的金谕，一定发愿搭救善人，广积阴骘，以便我那地下的师祖即日升天。"说完，又是几个响头。

白凤凰只得心里熬着痛苦，一把扶起小虎，认她做了徒弟。不佞编到此地，要来插几句闲话。

那时尚在逊清光绪初年，人们的心理，对于"天、地、君、亲、师"五个字无不十分敬重。白凤凰又是一位纯粹的孝女，她虽然听着她那师祖极深奥的解说，说到她若替父复仇，反增其父罪戾。这是因为白秋练在生时候，作孽太重，倘能受着一重惩戒，便好减去一重罪孽。否则阳世法律易逃，阴曹罪孽难赦。这样说来，白凤凰若杀小虎，岂不是成了表面上是个孝女，暗骨子里反是其父的罪人了吗？白凤凰当然不能反对这个理由，不见得好说，一定要杀手刃她父的仇人，情愿她父去受冥谴之理，这是论的理由。若说事实呢，社会的人们，眼光总是浅近的多，既是白凤凰具此飞天的武艺，对于杀父仇人，熟视无睹？这种舆论，叫白凤凰又怎样忍受呢？所以白凤凰的遵着师命，释了仇人，这是为要减她亡父的冥罪。她的对于去收小虎为徒，仍表勉强之状，这是怕的舆论责备。照不佞看来，白凤凰的处事真可以算得情理兼尽的了，不佞因为自知笔墨不好，描写不能彻透，不要阅者也去责备白凤凰，那就使不佞也对不起白凤凰，似非不佞的本意。

话既表明，再说当时信天子一见白凤凰已经收下小虎为徒，这场事情就算雨过天青，便又对白凤凰说道："你这徒弟，本事不够，如何可以出而问世？倘遇妖魔鬼怪，以及略有剑术之人，就要枉送性命。你现在又要急赴寿州，哪有工夫教她？只有由我暂且将她携回山去，命尔崆峒师叔传授她的剑术。"

白凤凰听了，甚以为然，忙对崆峒炼气士说道："我这徒弟，对于剑术，毫无门径，还要求师叔很费一番心呢！"

崆峒炼气士听了微笑道："我们一家人，师侄何必客气？"

信天子也向崆峒炼气士说道："我要先到你那师祖广成翁那里一转，报告此事的结果，也好让他老人家放心。你就带着小虎就此回山去吧！"说着，出了大门，将身一闪，早已不知去向。

白凤凰又吩咐了小虎一番用心学习的说话，别了崆峒炼气士和小虎二人，自己就向船上而来。

小青一见白凤凰来了，忙问道："小姐的事情办毕了吗？"

白凤凰一面先命船家速速开船，一面方把已收小虎为徒的事情告知小青之后，复向小青微笑着说道："小虎是我的杀父之仇，尚且赦了。我那亡父，对于尊府，未必也有杀父之仇。少爷这回回府，总要替我向令尊大人面上竭力求一求情才好呢！"

小青听了，毅然答道："我总凭我的良心，定向家父央求。我还有一位奶娘，乃是先母从嫁的使女，做人最好没有，家父很是敬重她。我想再去拜恳她去进言，如此一来，在我想来，似乎有点儿把握，不过天下的事情难料。但我不敢在小姐面上说了满话，万一力不从心起来，如何是好？"

白凤凰听了，又叹上一口气，摇了几摇头道："我白凤凰已奉师命，释了冤家，不知人家可能赦我这个冤家吗？"说着，忽又凄楚起来。

小青在旁分明看见，可怜吓得不敢相劝。你道为什么缘故？

原来他这个人太觉固执，以为他一劝白凤凰，将来倘若事与愿违，便要失信，做人是不能失信的。好在白凤凰早已看出他的做人，所以并不怪他无情，反而敬他诚实。

一路就此无话，这天已到上海，小青于未上岸的当口，他就要求白凤凰要在上海买些家乡没有的东西，以便回去孝敬他的父亲和奶娘两个，白凤凰当然赞成。上岸之后，便在三洋泾桥泰安栈中住下。白凤凰和小青二人在栈休憩一夜，次日，陪着小青至福州路一带，买了不少吃用的东西，先命店家分别送回栈中，自己便和小青在马路上索性闲逛起来。

小青走过青莲阁茶馆门口，即见那班油头粉面的妇女竟在大庭广众之间，硬拖过路男子，已属莫名其妙。又见还有多数骚态较好的，脂粉其面，绫罗其身，一屁股高高地坐在男子肩膀之上，毫没羞态，不禁更加奇怪得忙问白凤凰道："小姐你看，这班人在干什么事情？难道连'男女授受不亲'那句书都未曾读过不成？"

其实拉人的是雉妓，坐在肩上的是长三，白凤凰虽比小青有点儿阅历，可是对于野鸡、长三等名目和事实，何尝会知道呢？只得轻轻地回复小青道："我也初到上海，并不晓得这般妇女在干何事。可惜我们就要动身，不然，我就要把这班不要脸、坍我们女界台的东西统统杀尽才好。"

小青听了，正要回答，忽见有人叫他，急把那人仔细一认，忙向那人问道："你不是我们米店的袁先生吗？"

那人答道："我……我……我正是袁……袁九星，小……小……小东家，不是到四……四……四川去寻仇人去的吗？何……何……何以会在上海逛起马路来呢？"边说，边又把眼睛望了一望白凤凰，急又轻轻地咬着小青的耳朵说道："小……小……小东家，上……上……上海的女人，是不……不……不能够碰她们一碰的呢！"

小青听了，并不知道那个姓袁的说的是白凤凰，也不答复这话，单问他道："你是几时到上海来的？老东家在家里平安吗？"

那个姓袁的听了吃惊道："难……难……难道小东家还不知道老……老……老东家的……的……的……的……的……的……"

小青看见那个姓袁的吃惊样子，已经万分着急，及听他"的……的……的……"个不了，急得跺足道："你快快地说下去呀，怎么

'的……的……'的不清楚了?"

那个姓袁的一见小青发急,可怜他越想急于说出来,越是说不出来。

白凤凰也怕小青家里出了事情,于她的目的便要大受打击,忙对小青说:"还是把这个姓袁的同回栈房里去讲吧!"

小青听了,急对那个姓袁的说道:"你还是同我们回到栈房里说。"

那个姓袁的听了道:"我……我……我在此地无……无……无意中碰见小……小……小东家,应……应……应该到栈房里去请……请……请安的。"

小青也不和他多说,三个人坐了东洋车,一脚来到泰安栈里。

小青见买的东西已经送来,便对白凤凰说道:"请小姐看看东西,可曾缺少,让我来问他说话。"说着,又问姓袁的道:"莫非我们家里出了乱子不成?"

那个姓袁的连连地点着头道:"我……我……我也是听……听人说的,老东家营……营……营业失败,亏……亏……亏空了几……几……几十万,听……听……听说老东家,被……被……被县官捉了去,已……已……已在监里,去……去……去……世……世……世了。"

小青一听此言,早已哇的一声哭了出来,一时被气噎住,砰的一声,倒在地上,厥过去。吓得白凤凰和姓袁的两个,急忙伏在地上,边拍边喊。闹了好半天,方见小青回过气来。

白凤凰忙边怪姓袁的冒失,边又劝慰小青道:"少爷快要保重身体,但愿传来的消息不确最好,否则少爷还要办理大事,这个身子更加要紧。倘一急出病来,怎么好呢?"说着,又来不及等小青答复,忙又去问姓袁的道:"你这个信息,究从哪里得来的?你既是称他为小东家,你就应该知道他的为人,像这等大事,怎好不委委婉婉而说的呢?"

小青也含着眼泪接口问道："你这个消息，究竟听谁说的？"

那个姓袁的听了，又急得双眼翻白，一时期期艾艾地，又说不上来了。正是：

耳闻恐怕传来假，眼见才能说是真。

不知后事如何，且听下回分解。

第二十九回

蓄心作妓妻妾爱风流
举目无亲仆从叹星散

却说姓袁的又过了好久，方才嗫嚅道："我于上个……个……个月才被老……老……老东家辞歇生意，老……老……老东家被……被县官捉去，是……是……是我亲眼所见……见……见的，我就在老……老……老东家入……人……入狱的第……第……第二天，离了寿……寿……寿州，打……打……打算来此，老……老……老东家，逝……逝……逝世的消……消息，却……却……却是听……听人传说的。"

白凤凰看见这个姓袁的真正口吃得又好笑，又好气，急对小青说道："据他所说，令尊大人的这个凶耗，并不可靠。少爷既是着急，少爷何不立刻打一个电报回府，询问原委就是了。我看，问这位先生，就是问到明年去，恐怕也问不出什么道理来呢！"

小青听了，一面连连地答道："小姐主张不错，小姐主张不错！"一面就去拟好电稿是，寿州三条街羊青阳父亲大人膝下，儿子已从四川到申，因晤袁伙计，知家中似有讼事，乞详细电示，以免儿子记念。男羊小青发于上海三洋泾桥泰安栈等语。

白凤凰接来一看，微笑道："这是打电报，字要愈少愈好，少爷怎么竟像写信的一般起来呢？"

小青急答道："字多几个，无非多花几个钱，倘字一少，句子便不恭敬了，怎能省字？"

白凤凰听了，又笑道："这么就是这样。"说完，就命栈中茶房去打。

茶房去后，小青和白凤凰两个都不爱和姓袁的多讲，三个人在一间房内对坐着，你看看我，我看看你，好半天没有言语。小青仍是急得唉声叹气，虽有白凤凰譬解，哪里肯听？直到傍晚，回电方来。小青边接电报，双手边在发抖。

白凤凰看见小青这个样子，一时性急起来，便一面在小青手内把那张电报接了过去，一面就向栈里要了一本电码，她就替小青代译。

译电报本有一个倒译上去的例子，小青一见白凤凰译出"奶娘春梅"四字，不禁又吓得发急地问白凤凰道："小……小……小姐，这……这……这个电报，既是我那奶娘出名代复，我那父亲，恐怕必是凶……凶……凶多吉……吉……吉少的了。"

白凤凰听了，虽然只顾急急地往上译去，并不去睬小青，心里可是也在那儿害怕。

等得又译出十个字来，见是"在监平安，少爷火速回家"字样，白凤凰和小青两个，大家方才异口同声地说道："还好还好。"一面又去怪那个姓袁的轻事重报。姓袁的一听见老东家平安在监，方才认传闻失实。

白凤凰此时已经放心，便慢慢地译齐，写了出来是："上海三洋泾桥泰安栈羊小青少爷鉴，电悉，老爷营业失败，在监平安。少爷火速回家，奶娘春梅"三十七字。

姓袁的还要不识趣地又向小青说道："小……小……小东家，老……老……老东家，吃……吃……吃官司的事……事……事情，总不是我乱说了。"

小青此时尚在拿着那张电报，从头至尾地看了又看，不及答话，白凤凰早已听得不耐烦起来，就向姓袁的吓了一声道："你这个人，真也太不漂亮了，照你的口气，你难道还在此地幸灾乐祸不成？"

姓袁的看出大家都在讨厌他，只得推说有事，很没趣地辞别而去。小青也不送他，单问白凤凰道："小姐，今夜不知道还来不来得及动身？"

白凤凰道："恐怕还来得及吧！"说着，急令茶房算账，就把行李打好，赶紧上船。等得买好船票，坐到房舱里面，细细打听，方知船要天亮才开。因为他们两个都未吃饭，长长一夜，如何能熬？白凤凰主张重上岸去吃饭，顺便买些路菜。小青此刻心里又痛父亲在监，便又有些痴痴呆呆地起来。

白凤凰道："这么少爷就在这个架上躺躺，我实在肚子饿得发慌，我一人上岸去吃了，马上就下来。"

小青听了，不置可否。白凤凰便不敢离开小青，只得饿着肚皮，陪伴小青。

忽听房门外面有卖糕饼的喊过，忙把房门开开，随便买了几块糕饼，刚刚付钱之后，又见门前匆匆地走过两个少妇。白凤凰想去看看她们的面貌，谁知已经走远，仅见那两个少妇的后影，觉得像是熟人模样，白凤凰赶忙追了上去。看看将要赶上，急在背后高声喊道："二位慢走！"

白凤凰刚刚喊完，只见那两个少妇业已停住脚步，回头朝她一看，三个人一打照面，大家各吃一惊。那两个少妇一见喊她们的就是白凤凰，顿时将脸一红，急又飞奔地往前去了。

白凤凰看她两个走入大餐间里，随手砰的一声，慌忙将门关上。白凤凰就在门外立定，暗忖道："这两个不是孙德照的妻妾吗？怎么也在这里乘船？她们见我这个人应该动气，何故只是红脸，我起先还当是另外的熟人。现在既是她们两个，与我毫无干系，我又没有说话和她们去说。"白凤凰想至此地，便向自己的房舱里走了回来。

及至跨入房内，只见小青也要吃那糕饼，她便把自己方才买的给与小青先吃，自己仍又回到外面，再去寻那个卖糕饼的人。可巧

223

那个卖糕饼的人刚从大餐间里出来，白凤凰就向他招招手，那个卖糕饼的赶忙趋近白凤凰的面前，问她可要将那半篮糕饼全行买下。白凤凰因为小青爱吃，便将她的脑袋点了几点，又叫那个卖糕饼的跟回房里，一面手上在数糕饼的数目，一面问他何以卖得这般快法。

那个卖糕饼的笑答道："也是我今天大走鸿运，碰见你这位小姐，和住在那大餐间公阳里的秋芹、秋桂两位先生，你这位小姐，不是也认得她们两个的吗？"

白凤凰听了，忙问道："你所说的，可是我方才喊她们的那两个女子吗？我知道她们两个，一个是姓孙的大太太，一个是姓孙的姨太太，你怎么知道她们两个的名字？"

那个卖糕饼的答道："你这位小姐，怎么说她们两个是姓孙的大小老婆？我晓得她们两个，听说不是新由重庆下来的长三先生吗？"

白凤凰又问道："怎么叫作长三先生？"

那个卖糕饼的听了微笑道："长三先生，就是吃把式饭的呀！"

白凤凰听了，心里更是不解起来，自问自答地说道："她们两个，难道因为姓孙的已死非命，她们竟到上海来做妓女不成？果然如此，这也是孙德照的现世报了。好在事不干己，何必管她？"

白凤凰心里想罢，手上的糕饼也刚数完。付清价钱，一面把房关上，一面笑对小青说道："我因为你爱吃，我所以统统买了下来。"

小青听了，且不答这句话，单是皱着眉头道："小姐，我只出了不到两年的门，你看我那家里已糟得家破人亡，不知我父亲究竟亏空若干？既是人已到了监里，恐怕不是等闲的账目吧！"

白凤凰道："我说现在少爷可以暂把此事丢开，为什么缘故呢？因为不知事情的内容，无从悬揣。"

小青急接口道："小姐呀，我家本来没有什么不动产的，父亲一生经营只有两爿典当、几家米店，父亲对于营业手段，本甚泼辣，所以负有米业大王之名。我曾经听见我那奶娘和我偶然提过，她说我们父亲做生意的胆子太大，竟可以盈则成为全县的首富，亏则要做坐监的犯人。现既坐在监内，我那父亲岂不要活活地着急死了吗？"说完，便又以手掩面，呜呜地哭了起来。

白凤凰忙又劝他道："少爷不必空急，大不了杀人偿命，欠债还钱就是了。"

小青听了，连把他的头摇得像拨浪鼓的一般道："小姐怎么也说出这样的轻巧话出来？照我讲来，还是杀人偿命容易。因为性命生在我的身上，只要我肯不要性命，要死总还便当的。若说到欠债还钱，那钱的这样东西，除了有点石成金的法术之外，古人早已说过'一钱逼死英雄汉'的说话，我羊小青却承上人余荫，腹中仅仅乎有几本诗书，寒既不能当衣，饥又不能当饭，叫我空有救父之心，而无生财之道，怎么好呢？怎么好呢？"

白凤凰听了，也踌躇了一会儿，方又对小青说道："现在不知令尊大人到底亏空人家多少？若是数目不大，我还可以设法，倘若为数过巨，这我也就力不从心的了。"

白凤凰说至此处，复又跺着脚，连连地表示后悔道："咳！这桩事情就要怪我不好了，我在要离那座马鞍山的时候，我的那班部下似想凑集一笔大大的银钱送我，我那时一想，我要银钱何用？"

小青听到这里，慌忙接口道："小姐不必说了，不要说了，那些不义之财，小姐就是带了下山，在我想来，若用那种银钱，似乎于理不合吧！"

白凤凰听了，顿时意兴索然地没有言语了。

小青这夜也未合眼，一个人淌泪淌到天明，方始迷迷糊糊地睡去。

白凤凰次日醒来，看见小青正在好睡，也不敢喊他吃饭，单将菜饭替他留了一些下来。直到下午，小青一觉醒来，慌慌张张地坐了起来，问白凤凰道："到了什么地方了？到了什么地方了？"

白凤凰答道："我已问过茶房，要明天午后方抵芜湖，我们再在芜湖叫船到庐州府起旱，大概还得十天八天，才能够到府上呢！"

小青听了，仍是急得只是摇头。白凤凰叫他吃饭，既不要吃，劝他莫急，也不肯听。白凤凰弄得无法可想，只得陪了小青对淌眼泪。

沿途的事情，不佞也不便再事细叙了，若再细叙，恐怕羊小青一定要活不成了。

现在单叙小青和白凤凰二人，这天下午，已经安抵寿州三条街羊府上的大门口之前，小青头一个跳下轿来，陡见他那府居的两扇大门非但紧紧地闭着，而且下了铁锁，还交叉着贴上县衙门里的十字封皮，不禁吓得一呆，忙又对白凤凰说道："小姐，小姐！我竟弄得无家可归的了。"

白凤凰此时已下轿子，一听小青的说话，急答道："这么我们只有去借客店再讲。"

白凤凰讲到这句，正拟再命轿夫抬着去寻客店的时候，忽见这座正屋旁边那三间小屋之中，突然钻出一个半老徐娘的妇人出来。那个妇人一眼看见小青，早已活跌活撞，两脚三步，一口气地奔到小青面前，一把拖住小青的手，边在淌泪边说道："少爷怎么今天才到？我自从回过少爷的电报之后，哪一天不在盼望少爷早些到家？也好商量老爷的大事。"

又见小青起先似想一头倒在那个妇人怀内去的样子，后来又像似因人多，不好意思，方又泪流满面地问那个妇人道："奶娘，我先问你，我们爹爹的身体怎样了？究竟欠人多少债务？"

又见那位奶娘答道："少爷且到我屋里再谈。"说着，又指着她这个人问小青道："少爷，这位小姐是谁呀？"

又见小青直答道："是白秋练的小姐白凤凰。"

又见那位奶娘一听小青这句说话之后，顿时面现惊惶之色，复又紧皱着眉头道："少爷，老爷叫你出去干什么事情的？怎么反把仇人的女儿带了来家呢？"

又见小青连摇其首道："此事慢慢再讲。"说完，又回头对白凤凰道："小姐，请你快把轿子和脚夫的钱开发了，我们里面坐吧！"

白凤凰正在开发钱的时候，耳内又听得那个奶娘轻轻地在埋怨小青道："少爷，你真正太不晓事了，难道老爷的脾气难弄，少爷还不知道的吗？"

又只见小青仍旧将头乱摇，似叫奶娘不必多问的样儿。白凤凰明明看在眼内，心里虽然很是失望，手里只好把钱开发清楚，一个人把行李箱子提进小屋里面。

其时又见小青已与奶娘咬过一阵耳朵，那位奶娘便向白凤凰苦笑了一笑说道："我此刻听得我们少爷说，小姐这回的相待少爷，已经要算仁至义尽的了。无奈尊大人对于我们这里的事情，委实……"

奶娘说了半句，又见小青忙来阻止奶娘道："这事此刻莫谈，我们先管爹爹的事情要紧。"说着，又问奶娘道："我们房子虽然被封，难道这班男女仆人统统也封在里头不成？"

又见奶娘叹了一口气道："咳！少爷还要问那班没良心的用人呢，他们一见老爷出了事情，大家走了还倒罢了，他们真正是一百二十万分的可恶，倒说竟像强盗的一般，个个趁火打劫地，你搬木器，我搬什物，大家搬了，一齐走他娘的。我当时只有一个人，怎样禁止得那班杀坏得住？只好眼睁睁地让他拿着走了。"

小青道："这么那班用人就不讲他，难道我们的亲戚朋友，一个都不来帮忙的吗？"

那个奶娘又说道："少爷，你怎么出门了两年，莫非家里的情形统统忘记了不成？你们那班亲友，老爷生意做得兴兴隆隆的时候都没有一个鬼来上门，现在一出乱子，他们不来下井投石，已属天大幸事，少爷还想望他们来帮忙吗？"

小青听了，忙把头摇上几摇，又长叹了一声道："咳！爹爹呀，现在叫做儿子的举目无亲，家人星散，怎么替你老人家想法子呢？"说完，忙又对奶娘道："奶娘，请你先把老爷此次的事情详细地讲与我听了，再说别的。"

奶娘听了，尚未开声，可怜她的眼泪又和泉涌的一般，滚了出来了。

过了一会儿，方始边揩眼泪边说道："少爷，你听了不要害怕，老爷亏空的事情尚小，倒是被仇家告他强盗的案子不得了呢！"

小青听完，急忙说道："这又奇了，我那爹爹，何至于会做强盗的呢？像这样的诬告，应该一百年也告不准的呀！"

奶娘听了，边跺着脚，边答道："我也是这样说的呀！哪知一则老爷做得也荒唐一点；二则平日又不结人缘；三则衙门里的师爷想点好处，老爷又一文不给。这样一来，可怜老爷已经刑讯好几次了呢！"

小青一听"刑讯"二字，怕他老父吃苦不起，心里一急，早又顿时吐出几口血来，跟着晕了过去。正是：

> 未曾去见衰亲面，早已先伤孝子心。

不知后事如何，且听下回分解。

第三十回

避重就轻肩上惟添一点
改邪归正胸中尚惧三分

却说白凤凰起先眼睁睁地看小青在和他奶娘讲话，因听奶娘口风，对她亡父很不赞成，自己又是一个闺女，有人在侧，须要避点儿嫌疑，所以一句不去插嘴。

此时一见小青扑地扑地吐上几口鲜血，跟手又晕了过去，自然不好再事袖手旁观了。慌忙帮同奶娘把小青救醒转来，又忙对小青说道："少爷，你们令尊大人的案子，现在全在乎你一个人去替他想法。你倘若再睡了下来，那就更不得了了。"

奶娘一听这位白小姐说得很是有理，忙边拍着小青的背心边说道："少爷，你千万不可急出毛病出来，还是听我把老爷的事情说完，应该上控的就是去上控，应该怎样办的就怎样地办。"

小青忙去横在一张竹榻之上道："我此刻万难支持，我且躺着听。奶娘，你说下去吧！"

奶娘道："老爷于少爷出门了之后，生意做得很是顺当，直到今年三月间，老爷的心呢，真也太狠，倒说竟把全县的谷米统统囤了下来，照老爷曾经算过一算，他说只要一到秋天，他可以赚五六十万银子。谁知到了五月以后，直至七月底边，方才下雨，米价的奇涨呢，也不用说的了。老爷是天天地扳着手指头在算，指日便要做全安徽省的富翁了。谁知新来一位县官，因为要粜贫米，硬要老爷

229

捐助三万银子，少爷你想，老爷是个一钱如命的人，怎肯答应的呢？那位县官心里已不高兴，寿州城里城外的百姓本来早已都恨老爷是个米蛀虫，不知怎样一来，竟把我们的几爿米店统统抢得干干净净，一粒无存。老爷报官，县官假作痴聋，并不上紧拿人。老爷一气之下，一天，打听得南门庞董士的家里，收买了我们被抢的二三百担的米。老爷亲去和他讲理，他又不睬，老爷没有法子，就雇了几十个流氓，去到庞董士的家里，把他所买下的赃米统统抢了回来。哪知饥民抢米，据说其罪极小，我们老爷抢米，要当强盗办罪。那个瘟官本在气我老爷，他一接姓庞的状子，就把老爷拘去，口供也不问，就是一千小板，两次天平，可怜把老爷打得死去活来。"

小青听到这里，又急又吓，只是拉着奶娘的手，急问："老爷可碍，老爷可碍？"

奶娘忙答道："少爷莫急，幸而那时尚未封门，我也没有办法，只好瞒着老爷，私下给了差人一千银子。差人便把老爷报了重病，总算挨过了一个多月。不料墙倒众人推，我们老爷所趸的米，自己本钱仅不过十分之六，其余四成，都向钱庄借的，钱庄上一见老爷的米已被饥民抢完，本身又遭盗案，于是大家一告，那个瘟官便把我们的房子发封，除将典当，以及一切所有抵过外，净亏空人家十五万银子。照老爷的本事呢，只要盗案能够不办，他出来慢慢地料理，大家总不至逼他性命的。哪知那个狗官，他竟一口咬定老爷从大门而入，便是强盗。恐怕就在这几天之内，要详出去了，倘若一详出去，少爷，老爷那就凶多吉少了呢！那县衙门里有个姓钱的师爷，在我们房子未发封以前，曾经托人和老爷要三千银子，倘若给他，盗案便好改为窃案，哪知老爷一文不给。现在弄得就是情愿给他，也没有钱了。"

奶娘说到这里，还要再说，白凤凰急插嘴问奶娘道："现在这位钱师爷，还在县里吗？"

奶娘答道："在是在县里，我们从哪里来有三千银子呢？"

白凤凰听了，又向那个奶娘说道："我那亡父虽然有些对不起这里府上，但是业为仇人所害，已过世了。我此次奉了亡父的遗命，要想向羊府上报恩，少爷身上，不敢说报，不过略尽我心而已，这些事情，你们少爷统统知道。现在此地老爷既有官事，当然先要办理此地老爷的事情。方才你这位老人家提起三千银子，似乎一时不便，我现在打算就去会那姓钱的师爷。"说着，又朝小青说道："少爷，且俟我去过回来之后，你再去见令尊大人，因为那个姓钱的既是得人钱财，便要替人消灾，恐有什么说话，必须关照令尊大人，以便公事与口供相符，也说不定的。"

小青和奶娘两个同声答道："小姐倒有现成的三千银子吗？"

奶娘又单独说道："我知道公事早已办好，恐怕就是有了银子，也未必来得及了呢！"

白凤凰道："这点儿银子，我还有这能力。况我左在此地，毫没事情，就是空走一趟，也不要紧。"说着便想往外就走。

小青见了，忙又将白凤凰唤住道："小姐，此事要你费心，我又怎么对得住你呢？"

白凤凰道："我道何事？此刻也非讲客气话的时候。"说完这句，头也不回地往外去了。

奶娘等得白凤凰走后，方对小青说道："白小姐是一个姑娘家，此刻说是去会县里师爷去的，第一样不知道可会闯出乱子；第二样不知道可会借此逃走。少爷既是和她一路来的，当然知道她的为人。"

小青听了，连连地把头乱摇道："奶娘尽管请放一百二十四个心，白小姐的阅历经验，真要比较你我高出万倍，至于防她就此一去不来，更不用防。这回我的性命至少也有十回八回可以死去的了，倘若没有她在一路……"

小青说到这句，又叫了一声奶娘道："奶娘，我这个人，再也不会回家来的了。"

妈妈听罢道："她的老子害了你母和我两个，我现在正想剥他的皮、抽他的筋，怎么说道他已死了呢？我的意思，她的老子虽死，她这女儿应该替父受报。少爷不要因她长得倒还罢了，为她所迷，那就不对了呢。"

小青听了，急得满头大汗地答道："奶娘怎么疑心到这件事情头上去了？我的为人，奶娘莫非还不知道吗？况且白小姐沿途虽然服侍我病，真是不苟言、不苟笑的，她不过想替她的亡父求赦罢了。我此刻听奶娘的口气，那个白秋练，不但是我那亡母的仇人，似乎还是奶娘的仇人样子。白秋练这个坏蛋，虽是不好，他的女儿，我说毫无不好之处。奶娘呀，冤有头，债有主，大该一人做事一人当才好。"

奶娘听见小青帮得白小姐越是厉害，越是起她的疑心，后又一想："现在正在要用她钱的时候，只好且将报仇的事情暂时容忍。"便对小青说道："少爷既是说白小姐这般好法，此刻趁她不在这里的当口，少爷何妨说些给我听听呢？"

小青听了，便把自从遇见白凤凰起，从头至尾的经过，统统说与奶娘听了。奶娘听完，正在似信不信的时候，忽见白凤凰似已去过，急急忙忙地走了回来。白凤凰此时明明听见奶娘和小青两个是在谈她的事情，只作不闻地急忙插嘴对小青说道："少爷，令尊大人的事情，真好险呀！"

小青和奶娘二人听了，起先陡觉一惊，继又问她何事好险。

白凤凰因为走路走得太急，此时尚在喘气，她忙一面先用她的衣袖把她额上的香汗轻轻拭去，一面方向椅上坐下，对着小青和奶娘两个说道："我在这里出去之后，先到一爿茶馆之中，泡上一开茶，我就冒充是此地老爷的远亲，特来替他料理讼案的，一壁命人去把姓钱的请到茶馆，一壁觅了一间密室，等候他来。过了一刻，那个姓钱的果然来了，我一见他那个獐头鼠脑的样子，就知他那个人，只要有钱，没有办不到的事情。等得我与他谈后，他果然先一口答应。哪知他的一口答应，恐怕我这注生意不着杠的意思，其实是这件公事，真的早已写好，只待用印付驿就是了。我当时一听公事已经写好，除非要连县官打通，才可改办，单是一个刑名老夫子，断断没有这个力量。岂知姓钱的真是神通广大，他说本来三千银子一定可以，现在公事已经到了用印的门稿那里了，非得再加三千银子方有法想。当下我便对他说：'要加三千银子，并不繁难，怎样可把盗案改作窃案，要将这层道理说给我听，须我认为妥当，方才可以交银。'姓钱的答称：'你这位小姐，问出来的说话倒是一位内行。'我答道：'不是内行，也不出来接洽案子了。'姓钱的道：'你们令亲羊青阳先生，这回的案子，他的致命伤，就是"从大门而入"这五个字，坐实了强盗的罪名。现在县官那里，万万不是银钱能够走得通的。我此刻想出一个主意，名叫"瞒天过海之计"。'"

白凤凰讲到这里，似现得意的样子，又接续说道："我当时便知'瞒天过海之计'，乃是就在用印的时候，偷偷地改上一两个字，还要使上司看了，毫没痕迹，稍有一丝痕迹，县官、刑名都有死罪。但是这种把戏，刑名和门稿等人本是家常便饭，在别人以为十分繁难，在他们老吃老做的，似乎很觉容易。姓钱的当下又和我说道：'我现在叫那门稿只在"从大门而入"的那个"大"字的右肩之上，添上一点。小姐，你况是内行，就是外行，也知道改得天衣无缝的了。你们令亲羊青阳先生，既从犬门而入，请问世间的强盗，可有肯钻狗洞的呢？一钻狗洞，当然是窃贼了。小姐，你平心说说看，这六千两银子值得不值得？'"

白凤凰说至这里，又把她的眼睛望望小青。

小青此时一见白凤凰在看他，慌忙欣然答道："小姐，这个'大'字添上一点，变为'犬'字，真正现成。"

白凤凰正要再说，奶娘插嘴道："我们老爷也算是寿州城内的巨商了，世间岂有一位巨商会做窃贼的呢？况且那位县官又不是死人，怎么改换一个字，他会不晓得的？"

白凤凰听了微笑道："这是你不知道公事的缘故，州县官衙门的案子，一则本是刑名老夫子做主，二则县官公事又多，哪里记得？即使记得，一经举发出来，他自己反有极大的处分。所以州县官既称灭门知县，刑名老夫子也是学习十年八年方才能得馆地。若照你

233

说来，公事要与事实相符，百姓就不致含冤莫白的了。"

小青也插口道："奶娘，白小姐说得很对，你对于公事，似乎有些门外汉呢！"

小青说完，又将他的眼睛望望白凤凰的那只衣箱道："小姐，我与你一路而来，并不知道这只箱子里面竟有这许多银子，否则沿途都有盗匪，小姐纵有本领，我是出名的老鼠胆子，虽不吓得全死，恐怕也要急个半死了。"

白凤凰听了，微微地笑答道："这只箱里，何尝有甚银两？我此次下山的时候，我们那班所部硬要送我一笔重礼，我再三不要，又苦苦地给我一匣珠子。我当时尚退还了一大半给他们，不过留着少数的带在身边。方才那姓钱的，我给他的，就是一小串珍珠，我也不晓得究值若干。但见姓钱的接着一看，便往他那袋内一塞，并没一字嫌少的表示，大概总是他便宜，方肯不响的。少爷，你此刻可以往令尊那儿去了，我的事情，务求竭力吹嘘，我白凤凰一定感激少爷的。"

小青听完，忙又迂腐腾腾地谦逊一番，正要出去的当口，只见那个奶娘赶忙将他拖至一边，咬着耳朵，叽里咕噜地叮嘱了一阵。白凤凰虽未听出句子，揣度情形，大概总是奶娘和她不对，似有阻止小青吹嘘的意思。但是又未便当场驳诘，只好闷在肚里罢了。

及至小青去了回来，白凤凰看见小青脸上大有不豫之色，忙问他道："少爷见过令尊了吗？"

小青点点头道："见是见过了，我爹爹说，现在既把盗案改轻，就要张罗那十五万的亏空了。哪知我爹爹一筹莫展，似乎要我设法。小姐，有什么法子可想呢？"

白凤凰道："我身边虽然还有几串大珠子，不知值不值得到这许多数目。"

小青听了，并不答话，若有所思。

白凤凰又问他道："少爷，照我的本领，何尝不可以把令尊大人劫出狱来？但是劫了出来之后，又叫他老人家往哪儿去存身呢？"

小青忙接口道:"这是断乎不可,国法俱在,如何能够叛君的呢?况且我们羊氏祖先也曾世受皇恩,这种事情,我断断不赞同的,恐怕我们爹爹也未必许可。至于方才小姐说,身上尚有几串大珠……"

小青说到这里,又朝白凤凰先打招呼道:"小姐,你不可动气,你那珠子,明是抢劫而来的,虽说劫富济贫,似乎总属非义,此其一;就算二害相并择其轻者,我就用了小姐的珠子,将我爹爹赎出监来,等得事后,又叫我羊小青拿什么东西奉还小姐呢?此其二。况且我已将小姐待我的好处统统禀知我们爹爹了,爹爹听了,一句没有回答,我就不敢再说。我因种种缘故,实在一无法子可想,小姐不要怪我太迂,就是这六千两头,我还一时无处张罗,不能即日奉赵,奈何,奈何!"

白凤凰听完,便正色地答小青道:"少爷方才的议论,我却有些不以为然。少爷不是嫌我的珠子乃是不义之物吗?照法律而论,本有改邪归正、既往不咎的一条,我现在总算改邪归正的了。这些东西,若在马鞍山上,自然应说不义,我既变为平民,跟了少爷来家,此物便不能嫌它不义了。我还有一个很切确的譬方,大凡盗贼的赃银,一入官库之后,请问还好当它仍是赃银看待吗?我拿良心来评判,只要用途正当,虽是不义之财也可以变义的;用途不正当呢,虽是正当之财,也好说它不义。少爷是读书人,应该'守经行权'的四个字,不能不分别清楚。至于说到将来无款还我,这句说话,更属不成问题。我明明是来报恩的,我的东西,只怕你们府上不用,倘肯哂纳,真是我求之不得的事情。"

小青听了,虽见白凤凰譬方很是彻透,一时心里,尚有三分狐疑莫决。正是:

临财不苟虽堪敬,救急何妨暂一移。

不知后事如何,且听下回分解。

第三十一回

见财起意乳母记前仇
送礼上门奸商交大运

却说白凤凰看见小青尚在踌躇，便不去和他多辩，急将身边的那几串大珠子，取了出来，递与奶娘道："你老人家既是此地少爷的奶娘，理应该替少爷做主。少爷此刻方寸已乱，对于事情的缓急轻重，反而不能分别。你的年纪究竟比较少爷大些，你的阅历究竟比较少爷深些，你以为我刚才和少爷的辩论，孰是孰非？你看这几串珠子，能够值得到十五万的数目吗？"

奶娘起先只见白凤凰空口在说，并未知道她的珠子究值若干，因此没有插嘴。此时一见白凤凰拿出来的珠子不但粒粒精圆，而且大于黄豆，随便估值价目，总在十五万以上。于是便在腹内寻思道："这个姓白的女子，她明明是我们主仆的仇人之女，不要说老爷有了此珠，这桩债务官司马上就能了结，就是丢开债务而讲，像这样值钱的好东西，哪好任她去受用？乐得老实收下，虽然不算报仇，借此出出胸中之气，也是好的。可笑我们这位好少爷，反在这里推三阻四起来，怪不得要被这个姓白的说他不识轻重好歹的了。"奶娘想至此处，又暗暗地叫着白凤凰的名字道："白凤凰，白凤凰，你可不要怨我无情，你只好去怪你那个过世的老子不好。"奶娘说罢，一面就把珠子接在手中，一面又对白凤凰假意笑道："小姐虽是一番好意，愿把这几串珠子给予少爷，少爷因为数目太大，不敢贸然接受，也难怪他。现在让我来打个圆场，这几串珠子由我做中，暂向小姐借下一用。一俟老爷出监之后，首先设法筹还小姐就是。"说着，还怕白凤凰反悔，急把珠子边向袋内一塞，边又对白凤凰说道："我现在还有一句不中听的言语，不能不向小姐说明。我们这个屋里，没有多的床铺，小姐住在此地，又有种种不便，最好是请小姐暂投客店，且待老爷回来再说。"

白凤凰一听奶娘要她去住客店，起初不禁一愕，似怪奶娘太没情分，后又转折一想："奶娘既然不肯留我，难道一个姑娘家，好说硬要住在此地不成？"

白凤凰这般一想，只索暗暗地抽上一口冷气，方始慢腾腾地答道："这么我只好另寻客店耽搁。"说着，指着她的箱笼行李，又去对小青说道："少爷，我的这些东西，暂且寄存府上。"边说，边又很注意地望了小青一眼道："少爷赶快料理令尊的大事，我奉求少爷的事情，务请少爷放在心上。"

小青起先一见奶娘不留白凤凰住宿，心里已在万分抱歉，此时又见白凤凰的神情，以及和他说的说话，赶忙答道："珠子的事情，我们奶娘既是这般说法，我也不敢反对，此时暂且不谈。不过奶娘又说蜗居湫隘，不足屈留高轩，这件事情，我真的有些过意不去。"

白凤凰道："少爷既是不能做主，这也不必说它，我最要紧的，总要求少爷在令尊面前多说好话才好。"

小青听了，连连地点着头道："小姐放心，我一定代你恳求父亲。"说着，忽又把眉头打着结，自言自语地说道："但愿父亲肯发慈悲，我才能够对得起人呢！"

白凤凰听罢，此时已知小青对于家庭之间，毫没一点儿主意，倒是这位奶娘，看去似乎是一个极有权力的人。听奶娘的口气，对于她这个人，很是冷淡，如此说来，恐怕她托小青的事情未必有什么指望。白凤凰想罢，也不再说，背转身去就走。

现在不讲白凤凰一个人冷冷清清地去找客店安身，单说奶娘一见白凤凰已走，便用她的手指指着小青道："我的少爷，你们那位去世的母亲，一生一世的做人，就是吃着忠厚的亏。我现在看看你，觉得还要比你的母亲忠厚到二十四万倍。据我想来，这桩报仇的大事，若要指望在你头上……"奶娘说到这句，连把她的脑袋乱摇道："恐怕难了。"

小青听了，顿时大吃一惊道："怎么？奶娘还在提'报仇'的字样吗？我还以为奶娘既已收了白家小姐的珠子，自然饶恕她的了。不然，天下断没有罚办兼施的罪名。"

奶娘听完，又冷笑了一声道："我的好少爷，你这句说话，幸亏讲给我听，倘若被你老子听见，至少把你捶个半死，我说你一路之上也辛苦了，快让我去随便弄些东西给你吃下，早些去睡吧。明天一早，以便我同你出去，卖掉珠子，好救老爷。"

小青听了，不敢再说，只得胡乱吃些东西，便在白秋练从前住过的那间房里睡下。没有多时，早已沉沉睡去。

又过一会儿，奶娘忽然听得小青一个人在说梦话，忙去揭开帐子一看，又听见小青续说道："姊姊，你这样不避嫌疑地抱我，我虽然可以暂时止痛，但是怎么对得你起呢？"又见小青说完这句，一个翻身，他的鼻息声气，又齁齁然地大作起来。

奶娘忙又暗忖道："这事不好，我看一个青年，一个少女，沿途眠食都在一起，莫非已经有了什么暧昧情事不成？否则一位姑娘家，怎么可以去抱一个少年男子的呢？"奶娘想到这里，一壁回到自己房里，一壁长叹了一声道："此事只有据实告诉老爷，好在姓白的女子既已来此，报仇的事情，老爷自己能够办理的了。"奶娘想罢，也就安睡。

次日一早，急将小青唤醒，连早饭也顾不得再吃，就同小青去到大街，一连问过几家首饰铺，都说珠子虽好，无奈寿州没有这样的大主顾。奶娘无法，只得对小青说道："此地既没买主，要么老爷有一位知己朋友，名叫海胡子，现充利康钱庄经理，老爷本来欠他不少的款子，他在老爷没有出事之前，已把款子逼清了去，所以这回各庄控告老爷，海胡子倒没名字。我想他既是钱庄经理，只要珠子值钱，就是暂做押款，他也不便拒绝。"

小青听了大喜道："奶娘何不早言？海老伯与我们爹爹既有交情，我们快去托他。"说着，马上同了奶娘来至利康钱庄。

见了海胡子，说明来意，请他设法。只见海胡子面现笑容，忙将珠子接去，细细一看之后道："这几串珠子，如果到上海去卖给洋庄，至少也值二十万左右。现在青阳兄的盗案，听说已经改轻，可以不究，只要一有十五万银子，马上就好出狱。我与青阳兄既称莫逆，哪好袖手？你们二人且请回去，让我凑集现款，三天之后，你们来拿银子便了。至于或押或售，我等青阳兄出狱，再和他当面斟酌就是。"

小青、奶娘两个一听海胡子如此说法，自然大喜，忙又再三拜托了一番，方始高高兴兴地回家。踏进大门，已见白凤凰一个人候在屋内。

小青一见白凤凰，连她昨夕寓在何处也不及问，开口就对白凤凰说道："家父的事情，幸亏小姐的珠子，三天之后，家父便好安然出狱了。"

白凤凰听了，也很高兴地问道："难道已有买主了吗？"

小青听了，方才据实地告知白凤凰。

白凤凰听毕道："这位海胡子靠得住吗？"

小青未及答言，奶娘听了，满脸不乐意地插嘴说道："海胡子也是寿州城内数一数二的巨商，小姐这话，未免说得太看人家不起了。"

小青也接口说道："小姐不用多疑，我们奶娘跟了家父一二十年，家父所交游的朋友，孰好孰坏，她岂有不知之理？况且十五万的进出，也非小数，何至不问皂白地乱去交给人家的呢？"

白凤凰听了，连连自悔失言，还恐怕奶娘怪她拿出这点儿珠子，便要鸡毛当令箭起来，太不像样，忙向奶娘剖白道："我不过随便问一声罢了，并没他意。现在只等三天，这里的老爷便好出狱了。我也不敢以此居功，只望能够略减亡父对于羊府上的恶感。我的心里，自然也觉安些。"

小青脱口答道："照我想来，小姐第一次就将家父的盗案办得改为窃案，况且那几串珠子也非等闲之物，家父总不至于不见情的吧！"说着，又朝奶娘的脸上望了一望道："奶娘，你说怎样？"

奶娘听了，只淡淡地答道："我是一个下人，老爷的心思，我哪里会晓得的呢？"

小青听了，又觉自己碰上一鼻子的灰，不禁把他的一张脸皮臊得通红地向白凤凰忸怩地说道："小姐暂请宽心，且俟家父出来再说。小姐昨夕住在哪家客店？寿州地方的客店比较上海那家泰安栈，真有天渊之别了呢！"

白凤凰听了，皱了一皱眉毛答道："我昨儿住的叫作荣华客栈，房间既小，铺盖又极肮脏，还是小事，价钱反比上海的泰安栈要贵一倍。我昨儿身边，幸亏有两把碎银，一宿一餐之后，此刻是弄得身无分文的了。今天的栈资，还要请少爷设法呢！"

小青听了，很是不过意地，正拟答复，因见奶娘在侧，不好说什么说话，只得把他那双乌溜溜的眼珠子望着奶娘道："奶娘可有零碎银子？先给白小姐十两八两，让她好付栈资。"

奶娘听了，太息地答道："少爷刚才出门回来，哪里知道我的苦楚呀！自从老爷入监以后，我把我的半生积蓄，以及你母亲给我的衣服，统统质当了，凑集一笔银子，去替老爷打点衙门。这几天的伙食，全是变卖木器……"说着，又指指房里的东西道："少爷，你看看哪一样东西可以再变钱的呢？"

小青听了，急得只是叹气。

白凤凰插嘴对小青道："少爷既是没有零碎银子，我箱子里还有几件衣裳，且让我去质当，混过几天再说。"说完，便把箱子打开，取出几件衣服，正在盖箱子的时候，只听得手上所捏的衣服里头，扑地掉下一件东西。

奶娘忙走过去，拾起那件东西一看，方知是一柄金镶玉嵌的利刃，便一面递还白凤凰，一面说道："这柄刀倒出色，我看镶在柄上的这几颗珠子和宝石，很值几个钱呢！"

白凤凰边接去，仍旧放在箱子里面，边答道："这柄宝刀，还是亡父的遗物，这柄上的东西，所值总属有限，倒是这把刀，真能削铁如泥。据亡父说，异常宝贵。"

白凤凰说完，又对小青说道："少爷，我且回栈去，令尊大人一回府来，你来叫我一声。"

小青连连答道："那个自然，那个自然。"

谁知白凤凰出了羊府，质典衣服，回到栈里之后，就听见有人在那儿沸沸扬扬地议论，说是利康经理海胡子，昨天漏夜携款潜逃，今晨利康股东查出账上，海胡子亏空十几万银子，现已报官缉捕等语。

白凤凰一听这个消息，可怜她也会吓得浑身发抖地连说："这样怎么得了？这是没有命了！"还怕弄错人头，急去打听栈房老板，始知那个海胡子本是光身一个人，早已亏空利康不少，那时利康已被他闹得周转不灵。还亏他有才足以济奸的本领，不致马上倒闭。但是无款可卷，不能空身逃走。可巧小青和奶娘两个昨天送上几串大珠子，赛过送上门去的一笔大礼，海胡子一等小青、奶娘走后，不动声色地就此脚上揩油，也不管他的那位青阳兄的死活，连再会也不说一声地走了。

白凤凰既已打听明白，赶忙奔到小青那儿，百事不提，就把海胡子潜逃的事情急急告知小青。

小青听了，只是急得干哭。奶娘听了，也吓得一把眼泪、一把鼻涕，自怨自艾地号啕痛哭起来。

白凤凰因见事已至此，也没有工夫再去埋怨奶娘，单对小青说

241

道："事不宜迟，我想此刻就去追那恶贼，倘若侥天之幸，被我追着，我一定把那个恶贼碎尸万段，方消我胸中的恶气。"

奶娘听了，急插嘴道："白小姐，此事虽然因我没有眼睛，碰见这个没人心的贼，但我也是一点儿热心，不好一定怪我。那个恶贼，既是逃走，此地是个东南西北，四通八达，处处可走的地方，小姐纵有全身本事，我看一定是追不着的了。"

小青也一面拉着白凤凰的袖子，一面接口说道："白小姐，奶娘既说追不着，这是决计追不着的了。现在已经出了这个大乱子，小姐若再一离开我，这是我只有寻死的了。"

白凤凰一听小青不愿意她离开他，她便疑心小青防她见事无望，也想逃走。她一想到这事，便对小青说道："少爷既不让我去追，我就不离开少爷可好？但是令尊大人的事情，怕没有救药了呢！"

奶娘接口道："只要小姐能够帮忙到底，我看还有法子可想。"

白凤凰忙问道："奶娘还有什么法子？只要你说得出的事情，我没有办不到的道理。"

奶娘道："小姐那把宝刀，我看很值几万银子，小姐若是舍得那把防身的东西，我觉此事，尚有救星。"

白凤凰听了，犹未答言，小青早已插上嘴来说道："小姐，可否请你好人做到底，就牺牲此刀，救了我们全家的性命吧！"

白凤凰听了急答道："我并不是舍不得这把宝刀，只恐怕柄上这点点的东西值不到这许多银子。你们既是这样说……"说着，忙把箱子开开，取出那把宝刀，递与小青道："你们尽管拿去就是了。"

小青接了宝刀，忙问奶娘道："奶娘，这把刀又去卖与谁呢？"

白凤凰接口道："这把刀虽然不值什么大钱，多少还值几文，倘若再出乱子……"

白凤凰说到这里，只把她的眼睛看看奶娘，便不说下去了。

奶娘把脸红了一红道："我已经闯过这个大乱子，我想只有把这柄宝刀送与老爷，让他自己办理。"

白凤凰听了，连连地点头道："这个办法最好。"说完，便和奶娘、小青两个，一同来至监外，单由小青一个人把刀送进监去。

过了一刻，小青出来对奶娘、白凤凰两个说道："爹爹说的，那把宝刀，他拟托人去卖给此地的这位镇台，听说这位镇台是个旗人，生平最爱购买古刀。他若看对，十五万银子，或者肯出，也未可知。"

白凤凰听了，自然欢喜无限。正是：

如此酬恩推第一，那般记恨却无双。

不知后事如何，且听下回分解。

第三十二回

违父命辩明公理
报娘仇放弃私恩

却说白凤凰一听小青说，这位镇台能够买她那柄宝刀，自然更加放心，便一面请小青、奶娘两个回去等候好消息，一面自己也回到栈中，一个人又想前想后了好一会儿，方才自言自语地说道："我的事情，只要小青的老太爷一回府之后，小青当然要去替我恳求他父亲。我两次帮助他父亲出狱，他的父亲必非不识好歹之人，对于我那亡父的冤仇，一定可以减等，甚或完全取消。既是如此，我只有我那亡父所说的，连他儿子身上，都要报恩的这句说话，没有办到了。"

白凤凰想至此地，忽然会把她的那张粉颊无缘无故地红了起来，幸亏房内只有她一个人，她始敛去羞容，又寻思道："小青这人，总算是位诚实君子，还有何说？若以公而论，亡父的意思，一定望我嫁他，还怕我不愿嫁他，所以加上一个报恩的大题目，这也是亡父委屈的心理，我倘不遵这句遗嘱，便是不孝；若以私而论，我与小青万里同行，寝食与共，他对于我，我对于他，虽然是鬼神可鉴，决无一毫私心。然而人言可畏，嫌疑难泯，唯有嫁他，老老实实做了夫妇，方能保住我们二人的令名。事既如此，我这个人，想来定是姓羊的人了。不过还有那个赵玉环，现在不是专诚到四川去找他去了吗？平心而论呢，姓赵的以一个萍水相逢之人，资助他的盘缠，服侍他的病症，对于姓羊的不能算薄，况且已经指名说要嫁他的了。他虽并无表示可允姓赵的请求，我既然已是他的妻子，自然要想法子，替他们二人成了眷属才好。"

白凤凰想到这里，自觉诸事已有把握，只要按部就班地做去，似乎不致再有什么岔子出来了。谁知天下的事情，理想与事实不能如意的很多很多，白凤凰虽不至于如此，却也要大大地费一番周折呢。

当下白凤凰只在栈里等候羊青阳出狱的信息，可怜她一直等了三天三夜，尚无佳音到来。她又因小青这人现在好算是她的未婚夫一样的了，似乎倒有些难为情去见他。她还有一个妄想，她一厢情愿地以为，那位羊青阳先生既是因她出狱，只要一到府上，自然就要前来请她，有此两层缘故，她所以尽在栈中老等。

直等第四天的上午，她实在有点儿等不下去了，她正想去到小青那里问个明白的时候，忽见小青匆匆地走了进来，向她说道："家父已有消息，今天午后，便好回来。我此刻就要到监门外面去等候，特地先来通一个信给小姐，请小姐下午准定到我家里，一切的说话，那时再谈。"

小青说完，也不及再等白凤凰答复，复又急急忙忙地出栈去了。

白凤凰一听见那个大好信息，她那时的心里，好似拨雾见青天的气象，便也一任小青速去接他父亲，自己赶紧重又装束装束。

吃过午饭，略停一会儿，看看将近申刻，急向小青家里走来。一进那所偏屋门口，劈头就遇见奶娘，白凤凰忙问道："你们老爷回来了吗？"

奶娘听了，点点头道："刚才回来不久。"说着，又把她的嘴向对面的那间房内一努道："此刻正在房里和少爷讲话。"奶娘说完这句，又对白凤凰说道："我要请白小姐，就在此地替我坐着照管一刻，听说县里有人就要来启封我们那座正屋，我趁此刻赶快出去买些点心，以便款待县中吏役。白小姐要见老爷，我们少爷自会替你介绍，不必忙在一时。"

白凤凰听了，慌忙答道："奶娘尽管请去买物，此间我会照应。"

等得奶娘去后，白凤凰甫经坐定，一眼就见对面的房门关得很紧，不禁狐疑起来，暗暗寻思道："这又奇了，他们父子谈天，何必关门闭户？这样说来，内中必有别情。此刻是我的生死关头，我且前去窃听窃听，小青究竟如何在那儿替我解释。"

白凤凰想至此处，哪里还坐得住？她便轻手轻脚地悄悄地走到对面的窗外，脚未站定，就听见小青老子在里面对小青发话道："你这不肖子孙，为父命你前去报仇，你仇倒不报，反敢在此替这个贼女儿说情，真正气死为父了。"

白凤凰听到这里，顿时吓得神魂不定地，又自忖道："听这口气，这位老太爷明明不肯宽恕我的了。"

白凤凰心里边这般地在转念，不由得边把窗纸舐破一个小洞，急急朝里一望。只见小青的老子面含怒色，坐在一张靠床的椅子上，正把他的那一双令人不寒而栗的眼珠子突得像牛眼一般大，只是盯着小青在看。

又见小青跪在地上嚅嚅嗫嗫地答道："爹爹说话，自然一丝不错。不过儿子没有阅历，理路不通，还要求爹爹暂息雷霆，让做儿子的把话说完，爹爹再教训就是。"

又见小青老子恨恨地说道："你说，你有话便说。"

又见小青说道："那个白秋练在世的时候，想来自然不好，一定不好的了，儿子决不敢再在爹爹的跟前替他求情。但是他的女儿，不要说她老子做的事与她无干，单说她在四川山上不杀儿子，又在别的山上把儿子从死中得活地救了出来，沿途亲侍汤药，不避嫌疑，更是难得。做儿子的那时倘被她也和别人一样，真个一刀两断，此刻儿子的尸首早已烂得不知去向了，还会在此地和爹爹说话吗？"

又见小青讲到这句，他的眼睛之中已经含着一包泪珠，不过不敢淌下来罢了。

白凤凰看了这般情景，一位杀人不眨眼的女英雄、女大侠，也会情不自禁地凄然下泪起来。白凤凰此时又见小青老子冷笑了一声说道："痴儿呀，你下世的亲娘，算得老实的了，怎么你说出来的说话，还要比你的娘老实十倍呢？"

又见小青老子说着，又用手在小青的脸上狠命一戳道："你难道真个不明白吗？"

又见小青被他老子这一戳，吓得一面忙把他的脑袋一偏，一面眼巴巴望着他老子答道："儿子真的不明白。"

又见小青老子接说道："我问你，你是不是被那个姓白的女子抓上山去的？"

又见小青正色答道："是的。"

又见小青老子听了小青这话，又说道："你既是被她抓上山去的，就算她没有杀你，也只好划直，不得算是救你。你若不明白我这句说话的意思，我可以再譬方一桩事情给你听，譬如你凭空地去捉了一只虫豸，放在桌上，本想把它弄死了玩玩的，后来忽又不高兴起来，你仍旧把它放了，请问你这只虫豸，以后的活命，能不能算是你救它性命的呢？"

又见小青想也不想地答道："这是不能算儿子救这虫豸的。"

又见小青老子听完，便在他的鼻内哼了一声道："这么那个姓白的女子，也不是和你捉了这只虫，后来又放了这只虫一样的吗？"

又见小青听了这个譬方，略略一想，又说道："就算那个姓白的女子对于儿子身上，一无功劳，这么她两次拿出东西，解了爹爹之围，难道也没有功劳不成？"

又见小青老子复又仰天冷笑了两三声道："这话更是奇谈了。"

又见小青老子把鼻子凑近了小青的脸，请问小青道："这些东西，你说是谁的？"

又见小青接口答道："自然是姓白的女子拿出来的。"

又见小青老子道："你说是姓白的女子的，为父说却不是她的。

你要晓得，她老子不闯这个祸，绝不会逃入四川，不逃入四川，绝不会去做土匪，不做土匪，绝不会有这些值钱的东西。这样讲来，树从根脚起，姓白的女子自从做了女匪以后，有得吃，有得着，有银钱使用，有珠饰可戴，这些无上的享受，老实说一声，都是你那死娘抬举她的。照规矩而论，她应该谢谢我们羊府上呀！难道这点点东西，她竟敢据为己有，还不肯双手孝敬上来吗？还有你这痴儿，居然当她是一位救父的大恩人，这也要算是亘古未有的奇闻了。"

小青老子说完，又见小青只把他的眉毛打了结，低头无语，似乎还在那儿想出理由来驳他老子。

就在此时，白凤凰忽又看见小青老子突然之间站了起来，走到一只箱子面前，打开箱盖，在箱子里面取出一张小照，拿在手中，看了一会儿，重复回至原坐之处，就将这张小照掷给小青看道："这是你的什么人，你可认识？"

又见小青赶忙接了那张小照，送在眼睛前头一看之后，又见小青顿时从地上吓得跳了起来道："爹爹，爹爹，这不是儿子的亡母吗？"说着，早已掩面痛哭了起来道："请问爹爹，我的娘，为什么好端端地会上吊的呢？"

又见小青老子且不答话，先把那张小照收回，仍去藏在箱子之中，然后坐下。忽然垂着泪珠，对小青打硬道："你问你的娘吗？我来对你老实讲了吧！那个白秋练的死贼，他倚恃了镇台少爷的势力，竟敢目无王法、不顾天理，非但奸污了你母，而且奸污你那奶娘。"

又见小青只听了这句，就把他的眼珠一突，似有问话。

小青老子却连连摇手道："听我说完再问。"说完这句，又接续说道："那时你的外婆也知其事，初意受了那个死贼之骗，竟想与我退婚，把你母亲配与那个死贼。谁知那个死贼真是一个禽兽，说到忽又另娶名门，就把你母亲丢在脑后。你的外婆没有法子，于是把你的母亲嫁了过来。你母亲和你奶娘二人，自知对我不住，倒也待我不错。谁知一波未平，一波又起，那个死贼过了两三年之后，竟敢又来，先用威吓，奸占了你那奶娘，次用强迫，又奸你的母亲。"

小青老子讲到这句，气得把他的胡子翘得丈把高，复又把手连连地拍着胸口道："气死我了，气死我了！"

白凤凰听到这里，也会皱皱眉头，悄悄地暗中叹上一口气，叫着她的亡父道："爹爹呀，爹爹呀，你也太难了，你老人家虽然下世去了，只叫女儿替你解冤销仇。可是这个冤，这个仇，叫我怎么解，怎么销呢？"

白凤凰边这般地怨她老子，边又见小青老子已在接下去讲与小青听道："那个死贼，瞒着我这个人，奸了你母亲和你奶娘两个，倒还罢了。他还要杀人不怕血腥气地，今天逼你娘要银子，明天逼你娘要金子，后来金银都逼完了，首饰也要，衣服也要，逼得一无可逼的境地……"

小青老子说到这里，忽把他的那只脚向地上很重地乱跺道："可怜呀！连你那个亲娘的一条小性命也被那个死贼逼了去了。你那奶娘倘若不是为父做人明白，她呀，她那时早与你娘一同归阴去了。"

小青老子气喘吁吁地讲着，忙又看看小青的脸说道："你总算有人称过你一声是孝子，孝子的亲娘死得如此惨苦，孝子的老子活着，还是一只极大极大的乌龟，这位孝子，却尽管要顾个人的私恩，硬要保全父母的仇人。为父想想，世间最不孝的子孙，最忤逆的子孙，恐怕还不至于这般吧！"

白凤凰一听小青老子忽然说出这几句，使做儿子万万不能够承担的说话，岂有不替小青着急之理？可怜她一个人站在窗子外面，竟把她老子命她来做的事情，直会忘得无影无踪，光在心里尽替小青这人着慌。最好笑的是，她此刻为了爱怜小青这人，甚至竟要去替小青代报母仇起来了。这种情节，并非不佞故意描写，老实说，世界上的男女，往往有无理可喻的事情发现，情之所钟，非理可断。话虽如此，越是无理可说的事情，反而越有真理。不过其理较深，不是猛然之间可以阐透得出来的就是了。

现在单说白凤凰站在窗外，正在替她这位似是而非的未婚夫担惊的当口，陡闻房内砰的一声巨响，更加一吓，慌忙凑近窗隙一看，只见小青的身体早已直挺挺地死在地下了。

白凤凰此时当然着急非凡，但有一个苦衷，一因小青这人，她已认他是未婚夫了，她既与这位不讲理的公公尚未谋面，怎么可以冒昧闯了进去？二因小青此刻的死去，正是因为她的事情，请问她还能够进去吗？她既有这两桩为难，只好眼睁睁地看那小青死去。

幸亏小青乃是气闭，不到半刻，已经回过气来，还未爬起来以先，就在地上叫着他的老子道："爹爹，现在百事不说，快快请你老人家去拿一把尖刀给儿子，儿子不杀白秋练的女儿，非但对不起父母和奶娘，直可说对不起自己了。"

青阳听了这话，忙去拿出一柄预先藏好的钢刀，一面扶着小青起来，一面将刀递与小青道："此女据说极有武艺，你却不可力敌。好在她现在还不至于防你，你只要骗她说，我已经允你的请求，赦她之罪，她听了，自然不备，你就一刀结果了她的性命。这个法子，是不是为父究竟比你有些见识的呢？"

小青听完，哪里还来得及答他老子的说话？赶忙接刀在手，启门而出。刚刚踏出房门，陡见他的这位冤家一个人直挺挺地站在窗下，双手掩面，业已哭得不成模样。

小青此时见了这个样儿，心里虽然有些不忍，但是晓得私恩敌不过父母的公仇，而且他为人又来得万分老实，有些固执不通，连那两面光的法子，他也未必想得出来，当下只有一鼓作气，奔到白凤凰面前，闭着眼睛，就是一刀。正是：

有仇不报非君子，大义灭亲是丈夫。

不知白凤凰性命如何，且俟下集《义侠让嫡记》中再听分解。

250

图书在版编目（CIP）数据

孝侠酬恩记／徐哲身著. -- 北京：中国文史出版

社，2025.3

（徐哲身武侠小说）

ISBN 978-7-5205-3933-3

Ⅰ．①孝… Ⅱ．①徐… Ⅲ．①侠义小说-中国-现代

Ⅳ．①I246.5

中国版本图书馆 CIP 数据核字（2022）第 214948 号

责任编辑：卢祥秋

出版发行：**中国文史出版社**

社　　址：北京市海淀区西八里庄路 69 号院　邮编：100142

电　　话：010-81136606　81136602　81136603（发行部）

传　　真：010-81136655

印　　装：北京科信印刷有限公司

经　　销：全国新华书店

开　　本：720×1020　1/16

印　　张：16.5　　　字数：204 千字

版　　次：2025 年 3 月第 1 版

印　　次：2025 年 3 月第 1 次印刷

定　　价：59.00 元